龍　馬　二

脱藩篇

津本　陽

集英社文庫

目次

龍馬　二　脱藩篇

●単位換算表

一寸＝一〇分＝約三・〇三センチメートル
一尺＝一〇寸＝約三〇・三センチメートル
一丈＝一〇尺＝約三・〇三メートル
一間＝六尺＝約一・八二メートル
一丁（町）＝六〇間＝約一〇九メートル
一里＝三六丁＝約三・九三キロメートル
一歩（坪）＝一平方間＝約三・三平方メートル
一反（段）＝一〇畝＝三〇〇歩＝約九九一・七平方メートル
一匁＝一〇分＝一〇〇厘＝三・七五グラム
一貫＝一〇〇〇匁＝三・七五キログラム
一斤＝一六〇匁＝六〇〇グラム
一ポンド＝約四五三・六グラム
一升＝一〇合＝一〇〇勺＝約一・八リットル
一石＝一〇斗＝一〇〇升＝約一八〇リットル

上げ潮

土佐《とさ》の雛《ひな》の節句の頃《ころ》は、桃と桜が満開になる。田圃《たんぼ》では蛙《かえる》が騒がしく啼《な》き、磯《いそ》辺《べ》に潮干狩りの人が群れつどい、湿りけをふくんだやわらかい南風《まぜ》が路上の砂《すな》埃《ぼこり》をあげて、つむじを巻く。

山にはつつじの花が咲き、年寄りは縁台に腰をおろし、まぶしい春陽《しゅんよう》を浴び日向《ひなた》ぼっこをする。

文久《ぶんきゅう》元年（一八六一）三月四日の宵、高知城下では士民が節句の祝い酒をくみかわしていた。

高知では新鮮な魚料理がいちばんのご馳走《ちそう》である。皿鉢《さわち》料理を前に、箸拳《はしけん》で酒を飲みくらべ、興にまかせ、訪客とともに琴、三味線を弾き鳴らし、舞い踊る。

本丁筋《ほんちょうすじ》一丁目の坂本《さかもと》屋敷では、権平《ごんぺい》夫婦、伊与《いよ》、龍馬《りょうま》、乙女《おとめ》、春猪《はるい》が、招いた親戚《しんせき》、知人とともに、雛壇のまえでにぎやかに酒宴を楽しんでいた。乙女は安《あん》政《せい》四年（一八五七）に本丁筋二丁目の医師岡上新甫《おかのうえしんすけ》に嫁ぎ、四歳になる赦太郎《しゃたろう》をもうけている。

土佐で雛祭が三月四日におこなわれるのは、第十代藩主山内豊策《やまうちとよかず》が、文政《ぶんせい》八年（一八二五）八月三日に亡くなり、毎月三日に菩提寺《ぼだいじ》の真如寺《しんにょじ》で法要がいとなまれるので、祝いごとを遠慮したためである。

土佐藩では、第十五代藩主山内豊信《とよしげ》が、越前《えちぜん》藩主松平慶永《まつだいらよしなが》（春嶽《しゅんがく》）らと協力し、一橋慶喜《ひとつばしよしのぶ》を将軍継嗣に擁立する運動をおこなったことを井伊《いい》大老に咎《とが》められ、安政六年二月に隠居、続いて十月に謹慎を命ぜられた。

家督は第十四代豊惇《とよあつ》の弟で、十四歳の豊範《とよのり》が相続したが、この年はじめて豊範が帰国したので、家中は活気をとりもどした。

龍馬は安政三年八月から再び江戸へ剣術修行に出向き、千葉定吉《ちばさだきち》のもとで鍛練《たんれん》して、安政五年九月に高知へ戻った。

二十七歳となった龍馬は、日根野《ひねの》道場、武市《たけち》道場で師範代をつとめているが、まだ自ら道場をひらかず、妻を迎えることもなく、独り身である。

龍馬は権平、乙女の奏でる一弦琴の音色を楽しみ、酩酊《めいてい》した。権平たちは、西町《にしまち》に住む一弦琴の師匠、門田宇平《かどたうへい》の弟子である。宇平の弟子には下士《かし》が多い。

弟子仲間のうちに、宇賀市良平《うがいちろべい》という郷士《ごうし》がいた。高岡《たかおか》郡大野見《おおのみ》郷で、九十七石余の領知を持っているが、高知城下本丁筋四丁目に居を移した。

市良平の次男知己之助は天保《てんぽう》八年（一八三七）九月に、高知で生まれ、龍馬と幼友達である。

雛祭の日の深夜、宇賀家に変事がおこった。

龍馬より二歳年下の知己之助は、数年前に下士寺田久右衛門の養子となり、城北江《え》ノ口《くち》村瑞応寺門前の寿庵《じゆあん》屋敷と呼ばれるところに住んでいた。元禄《げんろく》年間、島寿庵という名医のいた屋敷跡である。

寺田家は二人扶持《ぶち》、切米《きりまい》（扶持米）七石五斗の、ささやかな俸禄《ほうろく》で暮らしている。知己之助の妻亀は二十歳、娘駒は三歳である。家のまわりは人通りもすくなく、夜になれば蛙の声だけが耳につく。

その夜、亥《い》の刻（午後十時）の時鐘《ときがね》が鳴ってまもない頃、寺田家の表戸をせわしげに叩《たた》くものがいた。

知己之助が戸をあけると、顔見知りの小高坂《こだかさ》の郷士が緊張した声で告げた。

「さっき、井口《いぐち》で変事がおこった。市良平さんが、お前《ま》んに片時《へんじ》もきてくれいというちょる」

知己之助が小高坂の実家へ駆けつけると、父市良平と弟喜久馬《きくま》が、行灯《あんどん》のおぼろげな明かりのなかで親戚の男たちに囲まれ坐《すわ》っていた。

十九歳の喜久馬は、こわばった表情で兄を睨《にら》むように見た。知己之助は父にたずねる。

「何事ですろう」

ふだんは酒を好み、我意のつよい市良平が、畳についた片手で身を支え、泣くような声で告げた。

「喜久馬が大事に巻きこまれよった。士格《しかく》を斬《き》りよったがじゃ」

「そりゃまことか」

知己之助の血相が変わった。彼は喜久馬から事情を聞いた。

喜久馬は幡多郡奉行所《はたごおりぶぎょうしょ》へ出張していたが、三月はじめに高知へ戻り、その日友人の子供の初節句に、朋輩《ほうばい》の中平とともに招かれた。

二人は夜が更けてから友人のもとを辞し、帰る途中、江ノ口川沿いの井口村永《えい》福寺《ふくじ》門前の、土橋の辺りへさしかかった。

そのとき、行く手から提灯《ちょうちん》を持ったふたつの人影が近づいてきた。すれちがおうとして見ると、ひとりは高下駄《たかげた》をはいた逞《たくま》しい体格の上士《じょうし》で、いまひとりは頭をまるめた茶道方である。

小高坂西町に住んでいる徒士《かち》の中平は、上士が足もともおぼつかないほど大酔しているのを見て、いさかいをしかけられないよう、道の脇《わき》へ寄ろうとしたが、相手は近づいてきて、中平につきあたった。

「これは粗相をいたしました」

中平はていねいに挨拶《あいさつ》したが、上士は酔眼をすえ、立ちどまった。

春の微雨が音もなく降っているなか、中平忠次郎につきあたったのは、潮江《うしおえ》村に住む御馬廻《おうままわり》百二十石、山田猪平の長男広衛であった。

彼はその日、親戚の茶道方松井繁斎と同道して、城西中須賀《なかすか》村の留守居組小野藤丞に招かれ、節句の祝い酒にしたたかに酔っていた。

広衛は剣術修行の藩命をうけ、再度江戸へ遊学したことがある。北辰一刀《ほくしんいっとう》流千葉周作《ちばしゅうさく》道場に学び、「土佐の鬼山田」と異名をとる烈《はげ》しい剣の遣い手であった。

彼は近頃、鷹匠町《たかじょうまち》の麻田勘七《あさだかんしち》道場で師範代をつとめ、諸藩の剣客がおとずれ他流試合を挑んでくると、抜群の強みをあらわした。

山田広衛は宇賀喜久馬が、夜目にもけざやかな色若衆《とんと》であるのを見て、中平にからんだ。

中平たちは聞かないふりをして立ち去ろうとするが、広衛は聞き逃せないような罵言《ののしりごと》をかさねた。

上士と下士の、わだかまりの因縁が一気に焔《ほのお》を噴き、中平は広衛と刀を抜きあわせた。彼は喜久馬に言った。

「兄貴を呼んできてくれ」

喜久馬は小高坂西町の、中平の兄池田虎之進《いけだとらのしん》の屋敷へ走った。

中平は山田広衛と斬りあったが、広衛は白刃を手にすると、すさまじいいきおいをあらわす。中平はたちまち幾太刀《たち》かを身にうけ、道端に倒れ、動かなくなった。

広衛は血に濡《ぬ》れた大刀を手に、茫然《ぼうぜん》と辺りを見廻し、松井繁斎に頼んだ。

「提灯を踏みつぶしてしもうた。すまんが、近所で借りてきてつかさい」

繁斎は闇中《やみなか》へ立ち去った。

広衛は酔いが急にさめてきた。下士を斬殺《ざんさつ》したうえは、わが身にも咎が及ぶ。

彼は気をおちつけるため、川端の水汲《みずく》み場へ下りて、川面《かわも》に口をつけ水を飲む。

そのとき池田虎之進が喜久馬とともに、あらわれた。彼は弟の中平忠次郎が血にまみれ、呼吸をとめているのをたしかめたあと、辺りをうかがう。

道端のくさむらに抜き身の大刀が置かれ、水汲み場で人影が動いているのを見た虎之進は、刀を抜き、足音を忍んで歩み寄り、うしろから袈裟《けさ》がけの一刀を浴びせた。

「弟の仇《かたき》め」

山田広衛はとっさに脇差《わきざし》を抜き、ふりかえって虎之進と斬りあおうとしたが、深手をうけているので動けず、川のなかへ斬り倒された。

虎之進は、近所で提灯を借りて戻ってきた松井繁斎を見ると、血刀をふるい、前額へ深く斬りこんだ。

乱闘が終わってまもなく、小高坂村の友人の家で節句の祝いを終えた上士の長屋孫四郎、諏訪《すわ》助左衛門が、井口村の屋敷へ帰る途中、永福寺の門前へさしかかった。数人の郷士が戸板に屍体《したい》を乗せて運ぼうとしている。

長屋は彼らを呼びとめた。

「何事ぜよ」

郷士たちは殺気のこもった声で答えた。

「ご覧の通りです。斬りおうて死んだ者を連れ帰るがです」

道端の麦畑のなかに、目鼻も分からないほど血を流し、呻《うめ》いている者がいる。

川のなかにも、深手を負っているらしい人影が見えた。長屋は屍体を運び去ろうとする郷士たちを制止した。

「検屍がすむまで、屍骸《しがい》を動かしちゃいかん。藩法にそむくことになるきのう」

彼は刀の柄《つか》に手をかけ、様子を見守る。郷士たちはしかたなく戸板を地面に下ろした。

諏訪が近所の上士島田甚平を呼んできた。島田が提灯の明かりで麦畑に倒れている男をたしかめると、頭に深い刀創《とうそう》が口をひらき、血が流れ落ちているが、松井繁斎と分かった。

「誰《だれ》にやられたか。いうとうせ」

たずねると、繁斎は何事か答えるが、語調が乱れ、聞きとれない。

長屋が郷士たちとむかいあい、諏訪と島田が水汲み場へ下りた。

「お前《ま》さんは誰じゃ」

体をなかば水に浸している人影は、きれぎれに答え、ようやく山田広衛と聞きとれた。

諏訪が帯をとって引き揚げ、道端へ寝かせた。山田の背中の刀創を指で探ってみると、深く、血はとまらず筧《かけひ》から水の落ちるような音を立て、流れている。右手には脇差を握りしめたままであった。

時がたつにつれ、上士、下士双方の人数がふえてゆき、いまにも騒動がおこりかねない不穏な気配がみなぎった。

やがて山田、松井両家の家族が駕籠《かご》を連れて迎えにきて、瀕死《ひんし》の二人を連れ帰った。

現場に集まる上士は、下士に命じる。

「屍骸は連れて去《い》んじゃならん。検屍を待て」

夜の明ける頃、死んだと思っていた中平がよみがえり、苦痛に耐えかね悲鳴をあげる。

上士たちは中平を訊問《じんもん》しようとした。

「山田広衛と松井繁斎を斬ったがは、おんしか」

だが中平は言葉を発せられないまま、辰《たつ》の五つ（午前八時）過ぎに絶命した。

潮江の屋敷へ駕籠で戻った山田広衛は、意識を回復しないまま呼吸をとめた。

松井繁斎は生きているが、呂律《ろれつ》がまわらないので、誰に斬られたのか分からない。

状況から見て二人が中平忠次郎と相討ちになったとは考えられない。

小目付をつとめる小姓組の下許武兵衛《しももとぶへえ》が、附近を探索したが、事情が分からないので組頭《くみがしら》に届け書を出す。

「いかなる仔細《しさい》にてござ候《そうろう》や。事跡あい分かり申さず候」

山田の屋敷には、上士が集まってきた。剣術仲間の屈強な男たちが、仇討《あだう》ちをしようといきまく。

山田広衛は豪剣で知られていたが、弟の次郎八は巧者の剣といわれ、麻田道場の高弟で、すぐれた遣い手である。

「家中文武館《ぶんぶかん》の指南役をやった広衛が、なんちゃあせんと殺されるわけはないぜよ。うしろから闇討ちをくろうたがじゃ。相手は軽格《けいかく》にきまっちゅう。見つけ出して斬らねば」

三月五日の午後になって、下目付の阿部純吉が中平忠次郎の兄、池田虎之進をたずね、詰問した。

池田は宇賀喜久馬とともに、前夜永福寺門前から立ち去る姿を、村人に見られていた。龍馬は阿部がやってくるまえに、池田にすすめた。

「この喧嘩《けんか》は、山田がしかけたに相違ない。おんしが弟の仇を討ったがは、しかたもない仕儀ぜよ。うしろから斬ったのは褒《ほ》められんがのう。家中の目付らあは、ほうぼう聞きまわって、おんしがやったとつきとめるじゃろ。そうなりゃ、腹を切らにゃいかんきに、いまのうちに喜久馬と逃げや」

池田は観念していた。

「そがなことはできん。喜久馬は手を出しちょらんき、腹を切らんようにしちゃっとうせ」

池田虎之進は、下目付にすべてをうちあけた。事実を知った山田の家族は激昂《げっこう》した。広衛の父猪平は、三人の使いの者を池田家へおもむかせ、虎之進を引き渡すよう交渉させた。

虎之進を山田家へ連れてきて、広衛の弟次郎八と尋常の勝負をさせようと、上士たちはいう。

「もうじき日が暮れる。池田が呼ばれてここへくりゃ、死に狂いに斬りまわるぜよ。親戚やら朋輩も、きっと助太刀にくるろう。俺《おれ》らあも支度せにゃいかん。暗うなっての斬りあいにゃ、敵味方が分からんなるき、目印をつけにゃいかん」

上士たちは髻《もとどり》に白紙を結び、目印とした。

山田家の庭に集まった上士は、百人を超えていた。座敷に入りきれない者は庭、畑にうずくまり、篝火《かがりび》を燃やし、斬りあいの場を明るくする。

また場所をふさぐ庭木を切りはらい、太い幹は数人で力をあわせ引き抜く。彼らの髻を結ぶ白紙は、夜目にもあざやかであった。

龍馬は池田の屋敷にいて、玄関で山田側の使者に応対した。

彼は虎之進を引き渡すつもりはなかった。むざむざと山田家へ出向かせ、次郎八に斬殺されるのを傍観してはいられない。龍馬は大刀を左膝《ひざ》もとに引き寄せ、斬りこまんばかりの気勢をあらわす上士たちを制した。

「親戚の者で、まだこんがが一人おる。これがついたら、虎之進をさしむけるや否やの返事をいたしましょう」

虎之進はすでに切腹の覚悟をきめ、弟中平忠次郎の葬式をいとなんだのち、親戚の男たちと夜が明けるまで酒をくみかわした。

池田家へ詰めかけている郷士たちは、事件をひきおこしたのは山田広衛であると知っているので、彼らを見下す上士と斬りあい、日頃の鬱憤《うっぷん》をはらしたい。

玄関に立ちはだかっている山田の使者と顔をあわせれば、頭に血が上って斬りあいをはじめかねない。

世情も騒然としている。前年に井伊大老が暗殺され、幕府の権威は地に堕《お》ちた。京都、江戸には暴徒、浮浪の徒が横行し、諸国で米価騰貴による百姓一揆《いっき》がおこっていた。

高知城下で下士がいっせいに暴動をおこせば、数において劣勢の上士は叩きつぶされかねない。

下士は二百六十年に及ぶ幕藩体制のもとで、脳裡《のうり》に叩きこまれてきた服従の慣習によって、藩の掟《おきて》に縛られているだけである。

龍馬は危険な状況をおだやかに収束させるため、郷士代表の立場で山田側と交渉をしていた。

池田虎之進は、鶏《とり》が刻《とき》を告げる頃、切腹した。玄関で待っていた山田の使者は、龍馬からそれを知らされた。

「虎之進が山田殿をうしろから斬ったがは、武士の本分にもとるおこないです。しかし、虎之進も弟を討たれちょるき、仇討ちの名分も立つがです。このうえ家中で騒動をおこすなら、おたがいのためにならんですろう。ほんじゃき、虎之進はいま切腹いたしした。御辺《ごへん》がたは、お静かにお引きとり下さい」

山田の使者たちは、龍馬の理路整然とした言葉に感じいって帰っていった。龍馬は城下に騒動をおこさせず、おだやかに取りまとめるため、上士と斬りあおうと激昂する下士たちを根気よく説得した。

彼は二度の江戸遊学によって、世情に明るい人物であると郷士のあいだで評価されていた。

「龍馬は口をひらけば航海遠略の策をいうて、蒸気船を手に入れて貿易をやるがじゃと、大法螺《おおぼら》ばあ吹きゆうようじゃが、外国の事情もよう知っちゅうき、なかなかの了簡《りょうけん》をわきまえた男ぜよ」

龍馬は、人々の信頼をあつめうる年頃になっていた。

剣技にも独特の強みを発揮する。三十路《みそじ》に近いが、太刀さばきの速さは、他に追随するものがいない。上体の動きがまったく落ちていないので、士分の男たちのあいだで、ひそかにおそれられていた。

「龍馬は面、小手、胴を打つのはあんまり上手じゃないが、体がよう動いて引きが強いき、真剣で渡りおうた者は先に斬られるぜよ」

真剣の斬りあいでは、体のどこを斬られても戦う力を失う。小指一本を斬られても、体の重心を失い転倒するという、実戦のいい伝えがあった。

龍馬は事件の収拾を、武市半平太《たけちはんぺいた》（瑞山《ずいざん》）から頼まれていた。新町田淵《しんまちたぶち》に道場を構え、藩内尊攘《そんじょう》派の同志をひそかに集めている半平太は、郷士、下士の信望があつい。が、騒擾《そうじょう》の場にあらわれなかった。

彼は山田広衛とは麻田道場の同門である。また小野善之丞《おのぜんのじょう》、小南五郎右衛門《こみなみごろうえもん》、山川市郎左衛門らの上士とは、一藩尊王をなしとげるために交流している。

半平太が紛争解決を龍馬に任せたのは、翌月に江戸出府をひかえていたためであった。

彼は甥《おい》の小笠原保馬《おがさわらやすま》を連れ、剣術修行の名目で藩庁の許しを得ているが、江戸で薩摩《さつま》藩、長州《ちょうしゅう》藩、水戸《みと》藩の有志と、尊王攘夷《そんのうじょうい》運動について、意見を交わすのが目的である。

さきに砲術修行の藩命をうけ、幕府講武所砲術師範役勝麟太郎《かつりんたろう》（海舟《かいしゅう》）のもとで学んでいた大石弥太郎《おおいしやたろう》が、半平太に至急出府するよう促してきた。

弥太郎は土佐香我美《かがみ》郡野市《のいち》村の郷士大石平右衛門の長男で、半平太とおない年であった。彼は江戸で塾に寄寓《きぐう》していたので、他藩の有志とさかんに交際していた。

藩邸の長屋にいる者は出入りの門限に従わねばならないが、外部に住んでいるので、麻布《あざぶ》長州藩邸の空屋敷で催される、諸藩有志の会合にたびたび出席していた。

ることもある。

話がはずみ、夜が更けるとそばをとって酒をくみかわし、朝まで激語をまじえることもある。

弥太郎は、薩長両藩の尊攘運動が急速に進む様子であると知って、半平太に上府をうながした。

「薩長では、不日《ふじつ》兵を率いて上京し、勅諚《ちよくじよう》を仰ぎ尊攘のために尽力するはずである。土佐においても両藩に遅れることなく、太守さまには万難を排して御入洛《ごにゆうらく》いただかねばならない。天皇好きと渾名《あだな》される貴公が、土佐に引きこもっている時節ではない」

半平太は即座に出府することに決めた。

藩内の下士、庄屋《しようや》のあいだに隠然たる勢力をたくわえている半平太を、ひそかに支援している一門の連枝《れんし》、家老がいた。

山内容堂《やまうちようどう》（豊信）の実弟民部豊誉《とよなり》、隠居景翁（豊資《とよすけ》）、山内分家追手屋敷の豊栄《とよよし》、家老山内下総《しもうさ》、柴田備後《しばたびんご》、桐間《きりま》蔵人らである。

豊誉は尊攘派で、公武合体、開港を是とする吉田元吉《よしだもときち》（東洋《とうよう》）を烈しく批判していた。景翁、豊栄、家老は、元吉が新おこぜ組を登用し、藩政を望むがままに運営しているのが、不満である。

上士に嫌われる元吉は、下士にも評判がよくなかった。人材登用に依怙《えこ》の沙汰《さた》が多いというのである。

彼は開港と貿易に積極的であった。領内の船大工を江戸に派遣し、洋式帆船建造技術を学ばせ、新開港場箱館《はこだて》、長崎に藩士を視察におもむかせた。

吉田元吉は、海外の事情に詳しい。ロシア、アメリカ、イギリス、フランスの形勢、制度を調査するため、上士の下許武兵衛と従者の下士岩崎弥太郎《いわさきやたろう》を臨時御用として長崎へ派遣したが、その長崎から送られてくる、外国新聞を読むためである。

中外新報、香港叢誌《ホンコンそうし》、香港新聞など、海外事情を記した新聞、雑誌は、まず品川《しながわ》鮫洲《さめず》の別邸に隠居し、表向き書信の往復が禁止されている容堂のもとに送られたのち、回送されてくる。

元吉は容堂に礼状を書く。

「頂戴《ちょうだい》した中外新報などは、座右に置き拝読いたし、地球の大勢を暗記して、おおいに識見の助けとなっております」

そんな事情で、半平太は自分の代役を龍馬にさせようとした。

龍馬は、山田広衛の暴言によって事件がおこったのを知っている。池田虎之進は弟の仇討ちを果たし、切腹した。

龍馬は安政四年から五年にかけて、江戸の玄武館《げんぶかん》で山田広衛と同門であった。

山田は稽古《けいこ》をすれば、鉄壁のように隙《すき》のない立ちあいをした。

龍馬は、どこから打ちこんでもはね返されるような、手ごわい相手が好きであった。一度打ちこまれると、つぎの立ちあいで、どのような手を遣って勝ちをとろうかと、考えこむのが楽しみである。

試合に勝ったとき、自分の打ちこんだ太刀筋は、朦朧《もうろう》としてはっきり思いだせないものであった。体が相手の動きに応じ、自然に動くためである。

だが、打たれた瞬間の情景は頭に焼きついている。山田は近間《ちかま》の剣を烈しく遣い、もつれあう拍子に一本をとるのが巧みであった。

たがいに睨みあっているときに、面、小手を抜く呼吸は水際立っていた。

——俺は昨日あいつと試合をして、なんで一本も取れざったか。面を打とうとした出ばなをやられたがは、なんでじゃ。胴を抜かれたがは——

彼が翌日、山田と試合をしたときには、どうしかけて打ちこんでやろうかと、勝つ手を考えるうち、布団のなかから見あげる天井のくらがりに、相手の動く姿が燐光《りんこう》を帯びてあらわれる。

ろくに眠らず工夫をこらした龍馬は、あくる朝、玄武館に着くと山田に試合を挑む。山田が彼の考えた嵌《は》め手《て》にうまくはまったときの楽しみは、大きい。

——堪《たま》あるか。こがな楽しみがあるき、やめられんがじゃ——

山田も工夫をこらし、あらたな攻め技を繰りだしてくる。龍馬は半平太に山田との競りあいについて語った。

「あいつもいごっそう（一徹者）じゃき、なかなか勝たせといてくれんぜよ」

「うむ、酒癖はようないが、稽古熱心な男じゃのう」

龍馬はそのとき、山田が酒乱がもとの刃傷沙汰《にんじようざた》で、命を落とすことになるとは、予想もしなかった。

龍馬は虎之進を死なせたのが、残念であった。京都へゆけば、脱藩浪人が横行している。死なずとも、なんらかの生きてゆく道をひらけばよいものをと、心が痛んだ。

虎之進が切腹したあと、龍馬は宇賀市良平の屋敷へ出向いた。宇賀家の表では、押しかけた大勢の上士と下士が睨みあっている。

玄関には山田の使いという侍たちがひしめきあい、応対に出た喜久馬の兄知己之助と、唾《つば》を飛ばし応酬していた。

「早う切らせ。夜が明けてしもうたぜよ」

「喜久馬は誰も斬っちゃおらん。なんで腹を切らにゃいかんがか」

龍馬は上士たちに、気魄《きはく》のこもった大声で語りかけた。彼はふだん低い声で話すが、撃剣稽古のときの気合は、桶町《おけちよう》、お玉ヶ池《たまがいけ》の両千葉の道場で、もっとも大きいといわれた。

「こんどの喧嘩で、はじめにちょっかいをしかけたがは、山田広衛じゃ。あがな強い相手に、忠次郎らあがなんで喧嘩売るか。考えてもみよ。俺らあが上士に喧嘩売って何の得があるか。身の破滅になるばっかりぜよ。広衛が斬られたがは、身から出た錆《さび》じゃ」

上士たちは顔色を変えたが、龍馬の剣幕に圧倒され、黙っている。

龍馬ははばかることなく言葉をつづける。

「虎之進がうしろから斬ったがは卑怯《ひきよう》のふるまいじゃ。しかし弟の仇を討ったまでじゃ。広衛に文句をつけられる筋あいはない。虎之進は、いい分があるところを黙って腹を切りよった。おんしらはそれでまだ納得できんがか。それでも侍かよ。喜久馬は広衛も繁斎も斬っちゃあせん。なんのわけがあって、腹を切らにゃいかんがか」

上士が喚《わめ》いた。

「奉行所へ引きたてられても、そこで腹切らされるにきまっちゅう。わが家で切るほうが、本人もよかろう。俺らあがここで待つうちに、決着つけい」

龍馬が両眼に焔を点じた。

「ことわりゃ、どうする」

上士が刀の柄に手をかけた。

「ほう抜くか。抜いてみよ。ただじゃすまんぜよ」

龍馬は左手を大刀の鍔《つば》もとにかけ、抜き打ちの姿勢をとった。

「待て、待て。早まっちゃいかん」

まわりから声があがった。

屋敷の前に、髻に白紙を結んだ上士数十人が押しかけ怒声をあげた。

「喜久馬、出てこい」

「こがなあばら家《や》は、踏みつぶせ」

龍馬は黙って、彼らを睨みすえている。

裏手から郷士があらわれ、龍馬と知己之助を呼んだ。

「田淵の使いがきちょるき。蔵の横手じゃ」

蔵の横手の芝生に、武市半平太の使いが立っていた。

龍馬たちはしばらく話しあったが、家中重役の意見も、喜久馬の自害を求めているという。

「もうしかたがなかろう。知己之助、あきらめよ」

龍馬は友の肩を抱きしめた。

喜久馬は切腹するときまると、座敷のうちから庭までを、今生《こんじょう》の名残りにゆっくりと見てまわった。十八年余の生涯を、ふりかえっていたのであろう。

にわかの出来事であったので、朝餉《あさげ》の膳《ぜん》をかざる魚鳥もなかったが、喜久馬はこころよく腹ごしらえをしたのち、肉親、下士仲間に訣《わか》れを告げ、切腹した。

介錯《かいしやく》は知己之助がした。彼は喜久馬が腹を切ると同時に、匕首《あいくち》で心臓をさしつらぬいた。弟の首を刎《は》ねる気になれなかったためである。

龍馬は泣き崩れる宇賀家の人々に同情し、貰《もら》い泣きに頬《ほお》を濡らした。

「あたら有為の人材を、無駄に失うてしもうたぜよ。撃剣自慢の酔いどれがために、大損をした」

龍馬は虎之進と喜久馬を、藩外へ逃せなかったことを悔やんだ。

「酔いどれに喧嘩を持ちかけられて死ぬるがも、コロリ（コレラ）で死ぬるがも運じゃき、あきらめないかんがか」

龍馬は三年まえの安政五年の夏、江戸で突然おこったはやり病《やまい》で亡くなった人の棺桶《かんおけ》が、焼場の外へ積みあげられ、異臭を放っていた光景を思いだす。

七月のはじめ頃、赤坂《あかさか》、霊岸島《れいがんじま》辺りから急速に江戸市中へ蔓延《まんえん》した病気は、発病したものが下痢のとまらないままコロリと急死するので、コロリと名付けられたといわれる。

日本では前例のない伝染病で、医師は治療の方法を知らない。江戸の士民は諸神の守札を門口に貼《は》り、祟《たた》り封じの八つ手の葉を吊《つ》るし、鎮守の神輿《みこし》を担ぎだして町内を祓《はら》い浄《きよ》めた。

八月になると、江戸八百八町のどの町内でも、コロリの死人が五、六十人から百人を超えるほど出た。八月中の江戸の病死者は一万二千四百九十二人。ほかに無宿者が一万八千人ほど死んだ。

千葉道場で撃剣修行をしていた龍馬は、門人のあいだにも病死者が出はじめたさなかに、土佐藩大廻《おおまわ》し船《ぶね》に便乗して江戸を離れ、九月三日に帰国した。

龍馬は大地震とコロリの災害を経験して、命のはかなさを知った。屈強な若者が下痢のとまらないまま、痩《や》せひからびて死ぬ有様を見れば、土佐の狭い社会で身分に縛られ、鬱屈した生活を送るのが、ばからしい。

命のつづくあいだは、くびきにつながれる家畜のような暮らしかたはしたくないと、考えていた。龍馬は二度めの江戸遊学のあいだにおこった、さまざまの出来事を回想する。

安政四年、江戸京橋桶町《きょうばし》の千葉定吉道場で剣術修行をしていたとき、山本卓馬《やまもとたくま》を切腹の瀬戸際から救ったことがあった。

卓馬はその頃、江戸に出て、武市半平太の世話で京橋蜊河岸《あさりがし》(新富町《しんとみちょう》)の鏡心明智流《きょうしんめいちりゅう》桃井春蔵《もものいしゅんぞう》の道場士学館《しがくかん》に寄宿していた。

半平太は安政三年八月、旧師の一刀流麻田勘七の推挽《すいばん》で、かねてから藩庁に願い出ていた江戸での剣術修行を許され、卓馬、岡田以蔵《おかだいぞう》らとともに出府し、桃井道場に入門した。

半平太は、士学館でたちまち頭角をあらわし、免許皆伝を許され、土佐藩留守居役に頼み、卓馬とともに一時桃井塾に寄宿するようになった。

彼は上屋敷へしばしば出向き、藩主山内豊信に命ぜられ、他藩の剣客と試合をおこなった。その剣技は江戸においても非凡の強みをあらわした。

桃井春蔵は、指南役をつとめる諸大名家への出稽古の際、半平太を伴い師範代をつとめさせる。仙台《せんだい》、出石《いずし》の二藩では特に彼の出稽古を所望するほど、人気があった。

桃井塾には諸藩の藩士が寄宿していたが、風儀を乱し、無頼のふるまいをする者が多かった。塾の隣には藤棚という待合茶屋があり、血気の若者たちは淫《みだ》らな風俗に染まりがちである。

半平太はある日、桃井春蔵に依頼された。

「これまで塾生の挙動を心配していたが、取締りを頼む者がいなかった。そなたが塾監になってくれぬか」

半平太は依頼をうけると、塾生の出入りの門限を定めた。

塾生たちは騒ぎたち不平をとなえたが、半平太は動揺することなく、反則者を容赦なく退塾させる。まもなく塾生の素行は大いに改まった。半平太の妻富子の従弟《いとこ》島村衛吉《しまむらえきち》も桃井道場に入門し、抜群の才をあらわす。岡田以蔵の鷹《たか》のような俊敏な太刀さばきも、道場で衆目を集めた。

だが、安政四年八月四日の夜、山本卓馬が思いがけない事件をおこした。新暦では九月二十一日にあたる、夏の暑熱が去った時候である。

卓馬はその夜、塾生の板橋《いたばし》藩田那村某とともに酒を飲みに外出した。塾へ帰る途中、田那村は酒乱の癖をあらわした。

彼は往来の人とすれちがうとき、体当たりをしかけ足搦《あしがら》をかけて倒し、愉快、愉快と笑う。卓馬も放埒《ほうらつ》な気分を誘われていた。

田那村は行く手から近づいてきた、風呂敷《ふろしきづつ》包みを提げた男の胸倉をとり、投げ飛ばした。男はおどろいて包みを捨て、逃げうせた。

田那村が包みをあけると、木箱があらわれ、なかに懐中時計が二個入っていた。

「これは珍品だぞ。蟹文字《かにもじ》を彫っているから舶来物だ」

彼はそれを懐に入れ、箱を踏みつぶして塾へ帰った。

二人は時計をあらためたが、いかにも高価な品に見える。塾生たちに値段を聞いてみると、五十両ほどではないかという者もいた。田那村と卓馬は、翌日からほうぼうの時計屋をまわり、値踏みをしたあげく、浅草《あさくさ》の質屋へ持ちこむ。

入質して酒代を稼ぐつもりであったが、質屋の主人は時計をくわしくあらためたのち、返事をした。

「これほどの品は、めったに見られぬものでございます。よろこんで預からせていただきますが、金子《きんす》はお屋敷へお届けいたします。いずれのご家中でございましょうか」

世慣れた田那村は返事をしなかったが、卓馬がかわって答えた。

「土州《どしゅう》藩の山本格馬じゃ。桃井塾の内弟子じゃき、そっちのほうへ届けてくれ」

質屋は、よほどの身分の侍でなければ所持できない品を、粗末な身なりの二人が持ってきたので、出所を怪しんだ。

知りあいの時計屋に問いあわせてみると、すでに同業者のあいだに回状がまわっており、四日の夜、佐州屋金蔵という道具屋が二人の若侍に投げ飛ばされ、盗まれたものであることが分かった。

八月十二日、土佐藩築地《つきじ》屋敷の長屋にいた武市半平太のもとへ、金蔵の代理であるという浪人がおとずれ、事情を告げた。

時計を入質した者が、土佐藩山本格馬と名乗ったと聞いた半平太は、おどろいたが顔色にあらわさなかった。

「山本卓馬という者はおるが、格馬という者はおりませぬ。当方で調べるゆえ、いったんお帰り下さい」

半平太はさっそく卓馬を呼び寄せ、たずねた。

「四日の晩に狼藉《ろうぜき》をはたらいた者が、土州の山本格馬じゃと名乗ったというて来ちゅうが、まさかおんしじゃないろうのう」

卓馬は苦笑いをした。

「それは俺じゃ」

半平太は叱咤《しった》した。

「なんちゅうことをするぜよ、追剝《おいは》ぎをしよったか」

半平太は築地屋敷長屋に同宿していた龍馬と大石弥太郎を呼び、さらに彼のあと、桃井塾の塾監となった島村衛吉も呼び寄せ、事件の処理につき相談した。

半平太は、龍馬が「窮屈」と渾名をつけたほど、謹直な性格であった。酒色を遠ざけ、禅僧のような日常を送る彼にとって、悪友に誘われたとはいえ、盗賊の所業をはたらいた卓馬は許せない。彼は卓馬に告げた。

「佐州屋から町奉行所へ届け出ておるようじゃ。俺らあがなんとか話をつけてみるが、決着がつかぬときは腹を切れ」

卓馬は軽率な行動を後悔した。

「俺もあほうじゃった。このうえは、進退をお前《ま》さんらあに任せる。腹を切ってよけりゃ切るぜよ。どうでもするき」

龍馬はなんとしても卓馬を窮地から救わねばならないといった。

「夜があけたら半平太さんに俺がついて、浅草の質屋から時計を取り戻し、佐州屋へ返しにいくきに。迷惑料として五両ばあ包んでやりゃ、内済できるじゃろ。卓馬は常とかわらず、道場で稽古しちょき」

翌朝、龍馬は半平太とともに質屋から返してもらった時計と、工面してこしらえた五両を持って佐州屋へ詫《わ》びに出向いた。佐州屋金蔵は、迷惑料を釣りあげようとして、頼みをうけいれない。結局二十五両を支払わねばならなくなり、龍馬たちは金策に苦心した。

そのうち、龍馬と半平太が藩目付に鍛冶橋《かじばし》上屋敷へ呼びだされた。目付は卓馬の犯行につき、町奉行所から連絡を受けていた。

「山本卓馬は、知っての通り、不埒《ふらち》をはたらいた。詮議《せんぎ》にかけにゃいかんき、今日じゅうに召し連れて参れ。あの時計は、もともとどこぞで盗まれたもので、転々と人手を渡っちょったがじゃ。それで公儀でも探しておった。事は、とても内済にゃならんぜよ」

半平太は築地屋敷へ帰る途中、落胆して口もきかなかった。その夜四つ半（午後十一時）頃、半平太と龍馬は桃井塾へ出向いた。半平太は義理の従弟の卓馬を捕まえるしかないと、あきらめていたが、塾をたずねると、卓馬はすでに出奔していた。龍馬が急を知らせ、逃がしたのである。

武市半平太は、山本卓馬の事件によって、龍馬の資質を認めるようになった。

「あいつは学問はせんが、識見を、持っちゅうぜよ」

学問に頼って物事を判断するのみで、独自の理解をあらわせない者とはちがい、世間の慣習にとらわれない考えを、臆《おく》することなく推しすすめる力量がある。

「俺は龍馬のような切れ味は持っちょらん。窮屈と渾名されても、しかたがないがじゃ」

半平太は、自分がかたくるしい侍かたぎから、抜けだせない気質であると知っていた。龍馬は江戸で酒色に淫《いん》することもなく、撃剣稽古に日を送っていた。

卓馬が逐電《ちくてん》した安政四年、幕府は開港条約に従い、下田《しもだ》に駐在していたアメリカ総領事ハリスから通商条約の締結を迫られていた。ハリスは清《しん》国の現状を見よと、幕府役人を威嚇《いかく》する。

清国が広東《カントン》の沖に碇泊《ていはく》していたアロー号というイギリス船を、阿片密輸の疑いで捜索した事件がおこったのは、安政三年十月であった。

アロー号は、清国が建造した船であったが、船籍はイギリスとして香港政庁に登録されていた。船長だけがイギリス人で、他の乗組員十四人は清国人である。

清国官憲が乗組員のうちに海賊がいるのをつきとめ、逮捕に出向いたとき、船長は不在で、イギリス国旗も掲げられていなかった。また、アロー号の船籍登録は、十日ほど前に期限切れになっていた。

だがイギリス側は、清国官憲が船長の留守中に船員十二名を逮捕した事実を知ると、国旗侮辱、条約違反の行為であると抗議した。

二十四時間以内に清国側が謝罪しないときは、武力によって解決すると最後通《つう》牒《ちょう》を発し、清国が応じなかったので、イギリス軍は砲門をひらき、広東城内を占領、数千戸を焼きはらった。

このときフランス軍は、四年前に広西《こうせい》省西林《せいりん》県で、同国宣教師が殺害された事件の責任を追及するとの名目で、イギリス軍に協力した。その後、英仏両国は清国政府を屈服させるため、軍事行動を継続している。

安政四年六月、ハリスはそのような海外情勢を幕府に説き、通商条約の締結を強硬に要求した。

「支那人はフランス、イギリス軍勢に敗北し、要求の条件をすべて受け入れた。このため、英仏軍は、いつでも日本へおもむくことができる。イギリス海軍は三、四十艘《そう》の軍艦をさしむけるだろう。フランス海軍も協力する。彼らがやってくれば、当方との条約のような内容では収まらないだろう」

安政五年四月二十三日、彦根《ひこね》三十五万石の十三代藩主井伊《いい》掃部頭直弼《かもんのかみなおすけ》が、大老の座についた。直弼は四十四歳、譜代最高の門閥である溜間詰《たまりのまづめ》筆頭であったが、それまで人目をひく行動をあらわさない、地味な人柄であった。

幕府の官僚たちは、直弼を「児輩《じはい》にひとしき男」として見くびっていた。鈍重であるとたかをくくられた直弼は、幕府の権威をたてなおすために命を賭《か》けて猛進する彦根牛であった。

直弼は川路聖謨《かわじとしあきら》ら幕府有司のうち、自分の方針に従わない者をすべて罷免《ひめん》し、体制をかためる。

六月十九日、彼は岩瀬忠震《いわせただなり》ら全権委員に命じ、神奈川沖に碇泊するアメリカ軍艦ポーハタン号艦上で、日米修好通商条約十四カ条、貿易章程七則の条約書に調印させた。井伊直弼は、岩瀬らの進言によって、調印は避けられないと決断を下したのだった。

ハリスが調印を懇請しているあいだに応じてやれば、日本の体面が保たれる。四十余艘の軍艦が押し寄せてきたのち、英仏の軍門に下るのは、このうえもない恥辱であった。

掃部頭は、勅許を待たず調印すれば違勅の問題がおこることを、覚悟していた。

「事は急迫して、勅許を待つ余日《よじつ》はない。海外諸蕃《しょばん》の形勢を考察すれば、しいて調印をしりぞけ、兵端をひらき、一時の勝ちを得るとも、海外皆敵となるときは、とても勝てまい。敗北して国土を割譲せざるを得ぬ場合に至らば、ながく国体をはずかしめることになろう。いまは海防の備え充分ならず。しばらくはアメリカが願いをいれ、戦《いくさ》を避くるよりほかはなし」

違勅問題について、水戸藩主徳川斉昭《とくがわなりあき》、尾張《おわり》藩主徳川慶恕《よしくみ》（のちの慶勝《よしかつ》）、一橋慶喜らが登城して詰問したが、直弼は屈しなかった。

彼はさらに六月二十五日、将軍家定《いえさだ》の継嗣として紀州《きしゅう》藩主徳川慶福《よしとみ》（のちの家茂《いえもち》）を立てると、三家以下の諸大名に公表した。直弼の果断の措置は、諸大名を震撼《しんかん》させた。

十三代将軍家定の継嗣問題は、十二代家慶《いえよし》が嘉永《かえい》六年（一八五三）六月二十二日、ペリー来航の直後に薨《こう》じた前後から、幕府の親藩である越前藩主松平慶永、島津斉 彬《しまづなりあきら》らによって論じられていた。

家定は将軍位を相続したとき三十歳であったが、病弱で嗣子をもうけていない。子女が生まれる見込みもなかった。老中、諸役人は、彼の言葉を聞きとれなかったといわれ、非常の際にそなえ、継嗣を決めておかねばならなかった。

ハリスは将軍家定に謁見したとき、奇妙な様子に気づいていた。家定は、ハリスの挨拶に答えるまえ、頭を左うしろへ反らし右足を踏み鳴らす動作を、三、四回くりかえした。

松平慶永は、このようなものの役に立ちそうにない家定の継嗣として、徳川斉昭の七男で、御三卿《きょう》一橋家当主となっていた、嘉永六年当時十七歳の慶喜を擁立しようとした。

幕閣、大奥では、家定の従弟である八歳の慶福を世子《せいし》に迎えたい意向がつよかった。血統、年齢ともにふさわしいというのである。慶永は老中筆頭の福山《ふくやま》藩主阿部正弘《あべまさひろ》を説き、尾張藩主徳川慶恕、阿波《あわ》藩主蜂須賀斉裕《はちすかなりひろ》、宇和島《うわじま》藩主伊達宗城《だてむねなり》、土佐藩主山内豊信らを味方とした。

幕府の外交を担当する老中堀田正睦《ほったまさよし》、勘定奉行川路聖謨ら官僚も、慶永に協力する。

慶永の懐《ふところがたな》刀といわれる謀臣橋本左内《はしもとさない》は、龍馬より一歳年長の若者であったが、主人を啓蒙《けいもう》する識見をそなえていた。十六歳で大坂の緒方洪庵《おがたこうあん》のもとへおもむき、蘭方《らんぽう》医学を学び、三年後に越前藩医となったのち、安政元年には江戸へ出て蘭学を学び、水戸藩藤田東湖《ふじたとうこ》、西郷吉之助《さいごうきちのすけ》（隆盛《たかもり》）らと交流した。

安政二年には藩医を免ぜられ、御書院番として、慶永の耳目《じもく》をつとめる。その頃、彼は、英語、ドイツ語を読解できるようになっていた。

安政四年には藩校明道館《めいどうかん》学監同様心得となり、洋書習学所を設け、開国、外国貿易、ロシアとの攻守同盟につき、意見を説くところがあった。

龍馬とはまったく資質、環境のことなる、眩《まぶ》しい光芒《こうぼう》を放つ秀才であるが、独自の識見をそなえる点では共通していた。

彼は二十四歳であった安政四年十一月、ロシアと同盟してイギリスの圧迫を排するとともに、賢明な将軍のもと、賢明な大名、家臣、志士を集め、明賢内閣を組織し、日本を統一国家として外国に対抗する実力をそなえさせるという、当時としてはおどろくべき意見を開陳した。

そのために、一橋慶喜を将軍に立て、松平慶永、水戸斉昭、島津斉彬を国内事務宰相、肥前《ひぜん》佐賀藩主鍋島直正《なべしまなおまさ》を外国事務宰相とする。

川路聖謨、永井尚志《ながいなおゆき》、岩瀬忠震ら外国掛《がいこくがかり》官僚以下、天下有名達識の士を招集し、陪臣《ばいしん》、民間人にかかわらず登用せよという。

左内は担当大臣、次官、地方長官に至るまで、候補者の名をあげた。

彼は諸大名が譜代、外様《とざま》の区別なく、慶喜を大統領として結集する内閣を待望していた。

井伊直弼は一橋慶喜を中心にして、諸大名の協力体制をつくることは、幕府の権威を失墜させる結果を招くと見ていたので、一橋派を徹底弾圧する方針をとった。

直弼は、幕府探索方に、一橋派の動向を偵察させていた。

「水戸藩士たちは寄り集まって、赤牛（直弼）を両足とも切りたいなど、不穏な放言をはばからない。今度紀州からご養君を迎えたのは諸大名不承知のことで、乱がおこりかねないといいふらしている。

直弼に罷免された川路聖謨ら数人の元官僚は、水戸屋敷へひそかに足を運んでいる。

小石川《こいしかわ》隠居（斉昭）、川路らは赤牛を早々に処分しなければ、このののち災いが増すばかりであると見て、京都堂上衆を味方につける工作をしている」

直弼のもとに、さまざまの情報がもたらされる。

将軍家定はかねて脚気《かつけ》をわずらっていたが、六月になって症状が重篤となった。

探索方は、一橋派の言動を偵知する。

「小石川はもちろん、一橋の連中は飛びあがってよろこんでいる。上様がおかくれになれば、慶喜公がご養君の後見役となり、ご隠居（斉昭）は二の丸にお住まいになる。そうなれば、赤牛の首を取るのはたやすいことだ」

家定が危篤の状態になった七月五日、直弼は将軍の下命であるとして、水戸斉昭に急度《きつと》御慎《つつしみ》、尾張慶勝に御隠居御慎、松平慶永に御隠居急度御慎の処分をおこなった。

斉昭と慶勝は直弼に条約調印の違勅をなじるため、不時登城をした咎めである。慶永は一橋派の主軸としてはたらいたのが、不埒とされた。

一橋慶喜は、登城停止の処分をうけた。謹慎するときは、家族の面会、書状のやりとりも禁じられる。

朝起きると麻裃《あさがみしも》をつけ、昼間は雨戸のところどころに二寸ほどの長さの竹をはさみ、終日書物も読めない薄暗い座敷で端座し、夏のさかりでも入浴、月代《さかやき》を剃《そ》ることを許されない。

土佐藩主山内豊信は一橋派に加わっていたので、立場が危うくなった。

外様大名の豊信が、徳川三家、三卿、親藩の当主とともに将軍継嗣についての運動をおこなったのは、松平慶永に誘われたためであった。

豊信が慶永とはじめて会ったのは、安政四年十月、越前藩邸でおこなわれた大学講会の席上である。

その大学講会の侍講は、橋本左内がつとめた。

山内豊信のほかに同席した大名は、柳河《やながわ》の立花鑑寛《たちばなあきとも》、川越《かわごえ》の松平直侯《まつだいらなおよし》、鳥取の池田慶徳《いけだよしのり》であった。

条約勅許、将軍継嗣の問題で、幕府と一橋派の有力大名が対立している世情のなか、講会が大学講義だけで終わったはずはない。慶永は席上、慶喜を将軍継嗣に擁立するため、豊信らに協力を求めていた。

講会はその日だけで終わらず、二度めは同月二十七日、鳥取藩邸でおこなわれた。このとき豊信は活溌《かっぱつ》な発言をおこない、慶永ら列席者はいずれも辟易《へきえき》の様子であったという。

こののち、豊信は慶永とともに、慶喜擁立運動に加わることになった。

慶永は開国の機が熟しているいま、幕府に協力して朝廷に根強い攘夷論をあらためさせようと考えていた。

幕府はハリスとの談判をまとめ、修好通商条約調印の段階に至ったが、水戸斉昭をはじめ諸大名の反対意見が多いので、国論統一のため朝廷に上奏し、勅命をうけたい。

翌安政五年早々には老中首座堀田正睦が、叡慮《えいりょ》をうかがうため上洛する。

慶永は堀田に条約勅許が下るよう廷臣を説得する見返りに、継嗣に慶喜を推させるつもりである。朝廷説得のためには、内大臣三条実万《さんじょうさねつむ》を通じての運動が有効であろうと見た。

慶永が山内豊信を一橋派に誘った理由は、そこにあった。豊信の室は、実万の養女である。実万は幕府の奏請を天皇、上皇にとりつぐ、武家伝奏の職をつとめたこともあり、堂上公家《くげ》の信望をあつめている。

この頃龍馬は築地屋敷から桶町千葉定吉道場へ通い、撃剣稽古に明け暮れる日を送っていた。

彼は神田《かんだ》お玉ヶ池の玄武館にも籍を置き、連日初見《しょけん》の相手との稽古試合に汗を流す。

龍馬の手練は、北辰一刀流大目録皆伝をまもなく与えられる水準に至っていた。

彼は藩主豊信が、一橋派に加わったという噂《うわさ》を溝渕広之丞《みぞぶちひろのじょう》から聞いたが、関心を持たなかった。

「お殿さんがなにをなさっても、俺らあの存知のほかのことぜよ」

玄武館には、攘夷浪士清河八郎《きよかわはちろう》がいた。年齢は三十歳前後、安積艮斎《あさかごんさい》、東条《とうじょう》一堂《いちどう》に儒学を学んだ勤王家である。

玄武館に入門したのは二十歳の頃で、千葉周作に目をかけられた剣士であるという。師匠の癖を見事にまねた組太刀を遣うので、知られていた。

出羽《でわ》庄内清川村《しょうないきよかわ》の郷士、斎藤治兵衛の長男に生まれた斎藤元司こと清河八郎の剣には、癖があった。

待ち駒《ごま》剣術といい、他人の立ちあいを一度見ると、その太刀遣いの癖を見てとる勘の冴《さ》えがある。

清河は年中諸国を遊説しており、江戸にいる時がすくないが、たまに道場にあらわれ、金箔《きんぱく》で遠山霞《とおやまがすみ》をえがいた溜塗《ためぬ》り胴《どう》に、白刺子《しろさしこ》の稽古着袴《けいこぎばかま》という派手ないでたちで稽古をする。

眼光するどい、面長色白の風采《ふうさい》のいい男である。背丈は龍馬にさほど劣らない。立ちあってみると、しばらく地稽古をするあいだは、さほど冴えたところを見せなかった。

だが三本勝負をやると、人が変わったようにこちらの動きの裏をとり、するどく攻めてくる。

——やっぱり待ち駒か——

龍馬が打ちこみの拍子を変えてみると、また前のようにたやすく打ちこめる。

龍馬は千葉重太郎《ちばじゆうたろう》に清河の変わった立ちあいかたを告げた。

「清河さんと、たまに稽古しよりますが、こっちの癖を見取る技が、尋常ではないがです」

重太郎は笑った。

「あれは清川村を出てから、しばらく上州《じようしゆう》あたりを流れ歩いていたようだが、その間に身につけた、いなか剣術の癖が抜けない。それで待ち駒などといわれているが、芝居の下座《げざ》のような、しゃれた見掛けからは分からねえ勝負度胸を持っているよ。据物斬《すえものぎ》りをいくらか心得ていて、真剣勝負に強いそうだ。奥の知れねえ剣呑《けんのん》なところのある男だから、あまりつきあわないほうがいい」

清河の颯爽《さっそう》とした外見には、武人の風格がともなっていなかった。龍馬は胸中でつぶやく。

「たしかに、武市の顎《あぎ》とは人品がちがうぜよ」

半平太は顎《あご》が張っているところから、このように呼ばれていた。士学館では、「墨龍《ぼくりゅう》」と渾名をつけられていた。墨絵の龍のように威厳と気魄に満ちているというのである。

玄武館には多数の水戸藩士が入門していた。彼らは尊王攘夷を説く儒学者、大《おお》橋訥庵《はしとつあん》の思誠塾へ通い、忠孝の大義を学んでいたが、龍馬は彼らのいうところに心を動かされなかった。

龍馬は半平太にいった。

「あれらあは大言をいいよるが、おのれの意見はなんちゃあ持っちょらん。いつでも命ばあ捨てるいうき、勇士じゃろうが、勇気ばっかりで、アメリカの大砲の弾丸《たま》は防げん。どう見ても、空論じゃ」

攘夷のためには、大艦巨砲をそなえねばならないが、儒学者はひたすら神風を信じるのみであった。

龍馬は江戸築地屋敷の長屋で、半平太としばらく起居をともにするあいだに、常に態度を崩すことのない暮らしぶりを見て、辟易した。

「お前さんはなにからなにまで《ま》、杓子定規《しゃくしじょうぎ》じゃのう。それじゃ息が詰まるろう。俺は人目があろうと、寝転びたいときは、なんちゃあ構わん。大の字になるぜよ。お前さんはひとりでおるときも、前に客がおるようにかしこまっちゅう。まっこと窮屈じゃろ」

半平太は独り居のときも髻《もとどり》をととのえ、衣服の乱れもなく、端座して読書沈思している。

「天皇好き」という渾名を持つ半平太は、藩内下士の信望を集めていた。彼は幼時、叔母《おば》菊子の夫、鹿持雅澄《かもちまさずみ》のもとで国学を修めた。

国学は古事記、日本書紀、万葉集など古典の文献研究をおこなう歌学にはじまる。儒教、仏教が渡来するまえの、日本固有の文化、精神が理解され、神道にもとづく国体観念があきらかになるにつれ、歌学は国学に発達した。

国学は荷田春満《かだのあずままろ》、賀茂真淵《かものまぶち》、本居宣長《もとおりのりなが》、平田篤胤《ひらたあつたね》の四大学者により大成した。このうち、維新尊王の風潮にもっとも大きな影響を与えたのは、宣長学の流れを汲む篤胤であった。

彼は国学をきわめ、古道の究明をするにとどまらず、尊王実践の活動をおこなったので、天保十二年、幕府の咎めをうけ、秋田に蟄居《ちっきょ》した。

その門人は五百五十三人、没後の門人千三百三十人といわれ、後世に遺した影響は、朱子学派南学《なんがく》において、巨大な足跡を遺した山崎闇斎《やまざきあんさい》に匹敵するものであった。

闇斎は朱子学を学ぶうち、中国の中華思想の刺戟《しげき》をうけ、国粋思想にめざめた。彼は日本を神国、本朝と称し、神道をもって国体を論じるに至った。

平田篤胤国学の尊王理論は、さらに徹底していた。彼はいう。

「古道とは、儒教、仏教のまだ渡来しない頃の、純粋のいにしえの心である。古典をきわめることで、日本が神国であることがあきらかになる。

わが古道こそは宇宙開闢《かいびゃく》の根本理念で、諸外国の理念はそこから派生したものである。万世一系の皇統連綿たる国体は、他に比類を見ない」

土佐の鹿持雅澄は、独学で『万葉集古義』の大著をあらわし、篤胤とならび立つ国学者として、諸国に名を知られていた。

土佐人鹿持雅澄が、祖先の恩に酬《むく》いる報本反始《ほうほんはんし》の信念に従い、皇国思想をあきらかにした研学の原動力は、大坂夏の陣によって一敗地にまみれ、滅亡した長宗我部《ちょうそかべ》氏に根ざすものであると、考えることができよう。

山内一豊《やまうちかずとよ》の入国以来、二百五十余年にわたり、土佐の山野に鬱積してきた土着の活力は、尊王の一途に噴出する兆《きざ》しを見せていた。

その徴候は、すでに天保十二年、土佐、吾川《あがわ》、長岡《ながおか》の三郡庄屋を中核とした、天保庄屋同盟と呼ばれる秘密結社の成立にあらわれている。

「同盟談話条々」には、つぎのように記されている。

「本紀神代の巻に、かしこくも天照大神《あまてらすおおみかみ》が、五穀の種を田畑に取り分かち給《たま》い、水田に稲を植えられたとき、天邑君《あめのむらぎみ》を定められたとあるが、それが末代の庄屋である。かたじけなくも神勅正統の職掌であるわれわれは、朝敵に対しては、官軍たる御奉公役をつとめるべきである」

庄屋は将軍、大名の家来ではない。王臣であるという意識は、貨幣経済の発達による商人層の擡頭《たいとう》とうらはらに、窮迫する農民の保護者である彼らの、自衛本能のあらわれであった。

海外諸国との通商開始をまえに、日本の身分社会の地盤に、無気味な亀裂《きれつ》が目立ちはじめていた。

五百石、千石の世襲の家禄のうえに安住し、遊惰の明け暮れを送っている藩の支配階級に対する、下士、庶民の批判の眼《め》がしだいにつよまる。

まだ、諸国の住民は目立った動きをあらわしていない。アメリカ、イギリス、ロシアなどが、開港、通商をもとめてきたといっても、彼らはまったく関心がない。

米価、諸物価が高騰するなど、生活に直接影響をうける変動があらわれないかぎり、生まれた土地にかびのようにこびりつき、ちいさな村の社会ではたらき、消え去ってゆくばかりである。

だが、時代はゆるやかに変わっていた。半平太のような尊王家が、しだいにふえてきた。

龍馬には、大義名分をあきらかにすることを信条として、生活の規範を忠孝のみに置く生きかたが、窮屈でおもしろみのないものに思える。

万事に融通のきく考えをあらわす溝渕広之丞とは、何事もうちあけて話しあうことができた。

安政の大獄がおこったのは、龍馬がさまざまの思い出をかさねた二年間の剣術修行を終え、高知に帰郷して間もない、安政五年九月上旬であった。

龍馬は江戸を離れるまえに、溝渕広之丞から藩主豊信がまもなく幕府の譴責《けんせき》をうけるであろうという、情報を聞かされていた。

「お殿さんは、水戸、尾張、越前三家が隠居、謹慎させられたとき、公儀に遠慮せにゃいかざったが、かえって井伊の機嫌にさかろうた。罰をくらうのも承知のうえのことじゃ」

豊信は、かねて幕府から大坂の警備を命ぜられていた。七月九日に受命書を幕府へ差し出し、警備をおこなうため九カ条の補助を要請したが、その内容が、到底実現しえないものばかりであった。

砲台設置の資金、銃砲、艦船の貸与、七年間の江戸参覲《さんきん》、一切の公務の免除、幕府天領の伊予川之江《いよかわのえ》の譲り受けなどである。さらに、外国軍艦が大坂港口《みなとぐち》に押し寄せ、戦端をひらいたときは市民の混乱が予想されるので、あらかじめ全市を焼き払っておきたいと要求する。

井伊大老に対するあからさまな悪意をあらわした受命書は、幕府から却下された。

広之丞はいった。

「このうえは、薩摩の島津だけが頼りぜよ。斉彬侯は、秋になりゃ三千の兵を連れて参覲し、禁裏のご下命を奉じて幕政を改めるがじゃ。事が成ってみぬことには、なんともいえんがのう」

その後は、一橋派に不利の形勢があきらかになるばかりであった。

七月十六日、島津斉彬が国許《くにもと》で急逝した。水戸、薩摩の一橋派有志は、幕政改革の密勅を水戸藩に下されるよう朝廷に懇請し、それにより諸藩の協力を得て、井伊大老を失脚させる運動をはじめた。

密勅は下ったが、水戸藩は幕府の圧力に屈し、行動をおこせない。かえって幕府は尊攘派の画策を探知し、関係者の逮捕にとりかかった。

京都の尊攘志士梅田雲浜《うめだうんぴん》が九月七日に捕縛されたのち、井伊大老の指示による大粛清がはじまった。

大老は、外様大名を刺戟して動乱を招くのを避けていたが、豊信の行動を見逃さなかった。まず一橋派に与《くみ》した親戚の、宇和島藩主伊達宗城を隠居させたのち、宗城から豊信に隠居をすすめさせる、間接の圧迫をしかけてきた。

当時、土佐藩仕置役は吉田元吉であった。安政元年、江戸で山内家親戚に不敬をはたらき、仕置役を免ぜられ、大地震のあと長浜《ながはま》梶ケ浦《かじうら》から近所の鶴田《つるた》に移り蟄居していた吉田は、安政四年末に赦免された。

煎《い》り豆《まめ》に花が咲くといわれた突然の復活で、翌五年正月には仕置役に戻った。土佐の吉田東洋の名声は諸藩に聞こえており、越前松平慶永が彼を用いようとして、山内豊信の意向を探ったこともあったが、豊信は一橋派に加わり政治活動を展開するにあたり、吉田の才幹を必要としたのであった。

安政の大獄のはじまりとともに豊信の身辺に危急が迫ると、吉田は江戸に出て、幕府の追及をそらせるため、さまざまな周旋をおこなった。

吉田は幕府から処分の沙汰が発せられるまえに、豊信に病気と称して隠居願いをさしださせ、十三歳の養子鹿次郎(豊範)に家督相続をさせる工作にとりかかった。井伊大老の威令は、雷鳴のように天下に鳴りひびいている。

一橋派に対する弾圧の噂が、高知城下にひろまっていた安政五年十一月十八日、飛脚が坂本屋敷へ書状を届けた。

武市道場へ稽古に出向いていた龍馬が、夕方帰宅して書状をひらいてみると、水戸藩士住谷寅之介《すみやとらのすけ》、大胡聿蔵《だいごいつぞう》、吉田健蔵、根本正之介の四人が名をつらねている。

彼らは水戸正義派の尊攘運動家で、諸国遊説に出ており、土佐に立ち寄るため川之江から立川《たじかわ》番所まできたが、番人が入国を許さないので、龍馬に連絡をとろうとしたのである。

龍馬は住谷、大胡を知っている。玄武館へ稽古に出向いたとき、見かけたことがあった。住谷は門人のあいだでは顔を知られた尊王家である。

彼らは旧知の龍馬のほかに、奥宮猪惣次《いそうじ》に連絡をとり、入国の斡旋《あっせん》を依頼しているという。奥宮は、かつて水戸の弘道館頭取会沢正志斎《こうどうかんとうどりあいざわせいしさい》を訪ねた縁があった。

住谷らの来意は、井伊大老の専断をこのまま見逃してはおけない。諸藩有志はあいたずさえて決起すべきであると、土佐藩士の協力を求めるところにある。

大老は水戸斉昭の進言を聞きいれずかえって処罰し、違勅の罪をおかし、尊王志士の一斉捕縛という暴挙をあえてしている。この大奸物《だいかんぶつ》を排する時機を遅らせてはならないと、住谷らは説いた。

龍馬は半平太に相談した。

半平太は藩内の郷士、庄屋の信望を集める剣士であった。武市道場は門人百余人を擁し、他流派から稽古にくる者も多い。一刀流の旧師麻田勘七は、彼を留守居組に抜擢《ばってき》すべきであると藩庁へ推挙したが、とりあげられず、安政五年四月、監察役場から褒美《ほうび》として、終身二人扶持を与えられるにとどまった。

しかし、その実力は衆目の認めるところで、年内には白札《しらふだ》以上の藩士の寄り合い稽古諸事世話方を命ぜられることが、内定していた。

龍馬は水戸藩士の誘いに、心を動かされていなかった。

「お前《ま》さんはどう思うかのう。水戸は老公（斉昭）と一橋（慶喜）が謹慎をくろうて、様変わりの不景気になったき、なんとしても仇を討ちたかろうが、こっちはまだ何も罰をくろうちゃあせん。ゆくゆくはお殿さんに隠居の下知がくるというが、こがいな景気なら、入れ替わるのは上の役人ばあじゃ。俺らあは変わりゃあせん。大老が違勅をしたというて、水戸の肩持って騒ぎたてることもないろうが」

半平太も、気乗りがしない様子であった。

「水戸と大老の喧嘩に、力を添えることもなかろう。開国せにゃ、どもならん形勢じゃ。違勅は見逃せんところじゃが、いまは形勢を観望しよらにゃいかんがじゃ」

「ほんなら、あれらあに会《お》うて、ちと天下の形勢を聞いたうえで去《い》なすぜよ」

龍馬たちには、住谷ら四人を入国させる力はない。

「あさってか、しあさってに立川へいってくるか」

龍馬は家に帰って、行灯のおぼろな明かりのなかで、筆をひねって住谷らへの返書をしたためた。

「尊札拝見つかまつり候。

寒気の節、ますますご安泰、長途御さわりなくご修行、珍重の御儀と存じ奉り候」

龍馬は弾《はず》まない内心を、それとなく分からせるように書く。

「さて、仰せ越され候御おもむき、いずれ拝顔のうえご相談申しあぐべく存じ奉り候。しかるにやつがれ儀、よんどころなき要用にあいかかりおり申し候あいだ、明後出足《しゅっそく》にて、その御許《おんもと》まで参上つかまつるべく存じ奉り候。まことに辺境の地、ことに山中ご滞留ゆえ、御つれづれ察し奉り候」

南国ではあるが、立川の山中は積雪に覆われている。高知から十三里の山道を辿《たど》るのは、楽ではなかった。

龍馬が住谷らと会ったのは、十一月二十三日であった。彼は友人である郷士川《かわ》久保為介《くぼためすけ》二十一歳、甲藤馬太郎《かっとううまたろう》二十一歳とともに、立川の旅籠《はたご》で水戸藩士と夜を明かして語りあった。

住谷の日記には、龍馬の談話がつぎのように記されている。

一、側用人《そばようにん》小南忠左衛門は江戸にいる。仕置役吉田元吉は、当公（豊信）隠居の件で江戸へ出向いた。重役大須賀五郎右衛門は、内用を仰せつけられ、京都へ出向く様子である。

一、当公は病気を申したて引きこもり、ゆくゆく隠居をするだろう。養子が相続すれば、江戸表、国許ともに役人の大異動があるだろう。

一、現状では万事家中が二派に分かれ、動静をうかがっており、決断のできる者は一人もいない。

住谷は、龍馬が側用人小南五郎右衛門の名を誤って告げたので、ひそかにその器量を疑った。彼は日記に書いた。

「龍馬誠実、かなりの人物。しかし撃剣家、事情迂闊《うかつ》、何も知らずとぞ」

龍馬は住谷らに語った。

「ここへくるまえに、目付らあへいろいろ談合して、御辺がたに是非入国して頂こうと周旋しましたが、うまくできざったがです」

龍馬たちは二十五日に立川を離れ、高知へ帰った。

住谷は、参政大須賀五郎右衛門の尽力をうけ、入国したいと斡旋を頼んだが、龍馬からの返報はなかった。奥宮猪惣次からも、入国の見込みはないとの返書をうけた住谷ら四人は、十二月朔日《ついたち》から四日のあいだに立川を去った。

住谷は龍馬をつぎのように批評した。

「すこぶる可愛人物なり。郷士にて、他国の比にあらず」

住谷はのちに余人に語った。

「老中の名前さえ知らぬ田舎漢《いなかもの》を、はるばるとたずねゆきたるは、愚の至りであった」

だが龍馬は幕府の現状、水戸藩内の幾つにも分かれ対立する党派の実態を詳しく聞き、書きとっていた。

住谷は土佐藩士が天下の形勢に疎いことは、他国に比を見ないほどであると軽んじたが、龍馬は些細《ささい》な情報でも聞きのがさない、鋭敏な感覚をそなえている。

彼は半平太にいった。

「水戸は諸大名一同群議評定《ひょうじょう》して、徳川家を扶助せいとの勅諚《ちょくじょう》を賜っても、動けざった。腰が抜けよったぜよ。家来が意趣返しをするのを、こっちが手助けする筋はないろうが」

井伊大老の尊攘派弾圧は、安政六年になると、烈しさを増した。

二月には青蓮院宮尊融法親王《しょうれんいんのみやそんゆう》に慎《つつしみ》、前関白鷹司政通《たかつかさまさみち》、前内大臣三条実万に落飾、慎、左大臣近衛忠煕《このえただひろ》、右大臣鷹司輔煕《すけひろ》に辞官、落飾、慎の処分をおこなう内奏をする。

天皇は四月下旬までに、幕府内奏をやむなく裁可された。

山内豊信は土佐への帰国を望んだが、彼のあとを継ぎ、第十六代藩主となった豊範の父景翁（十二代）が高知にいるため、幕府は二人の隠居が在国する先例がないとして許さなかった。

豊信は雅号容堂を通称にあらためる許しを得て、九月四日、品川鮫洲別邸に移ったが、十月十一日、三条家にはたらきかけ、一橋慶喜の将軍継嗣擁立運動に加担した咎めをうけ、幕府から慎を命ぜられた。

幕府の処分が土佐藩に及ぶ形勢を察した吉田元吉は、それまでにいちはやく家中諸役人の譴責を済ませていた。

吉田は、仕置役への復職を取りもってくれた恩義のある容堂側用人、小南五郎右衛門を帰国させたうえ、格禄を召しあげ、高知から三十里離れた幡多《はた》郡へ追放した。

家老福岡宮内《ふくおかくない》、桐間将監《きりましょうげん》には俸禄を削り、謹慎を命じる。生駒伊之助《いこまいのすけ》、寺田《てらだ》左右馬《そうま》ら容堂側近は帰国のうえ削禄、禁足の処分をおこなった。

吉田の迅速な措置により、家中から幕府の追及をうける者を出さなかったが、藩内には重苦しい気配がわだかまって動かない。

容堂の身辺にも、不幸があいついだ。鮫洲別邸へ移って間もない九月二十九日、実父豊著《とよあきら》が亡くなった。

容堂は山内氏分家で蔵知千五百石の、南屋敷山内氏の出身である。彼が土佐藩主となったのは、十二代豊資の子豊熙《とよてる》が、嘉永元年七月、三十四歳で急死したためである。豊熙には嫡子がなかったので、弟豊惇《とよあつ》が相続した。

豊惇は相続してまもない九月十八日、二十五歳で急逝した。嫡子はなく、相続すべき弟鹿次郎はまだ三歳であったので、土佐藩では豊惇の病死を隠し、幕府に豊惇の隠居願いと、容堂の相続願いを同時に願い出て、許された。

このような事情があったため、容堂は隠居景翁の圧迫をうけ、重臣たちの意向を無視できない、憂鬱な年月を過ごしてきた。その内情を、もっともよく知っていたのが豊著であった。

ついで十月六日、夫人の養父三条実万が、自邸で謹慎するうち病を発し、五十八歳で亡くなった。

容堂が鮫洲別邸に隠居したのち、吉田元吉が藩政を主導した。山内家一門のうちには、容堂の専断を嫌う声があったが、当主豊範はまだ十四歳である。きわめて温厚な性格で、激動する世情に対処して政務をおこなう力量はない。実父豊資は六十六歳の老齢で、後見をする能力はない。藩政を掌握するのは、依然として隠居した容堂であった。

容堂は元吉を信頼しているので、豊資たち保守勢力も、彼の施政にくちばしをいれられない。家老福岡宮内も、元吉の才を高く評価していた。

元吉はかつて大目付に抜擢されたときから、党類ばかりを召し使うといわれていた。党類とは、自分の支持者である。

元吉は仕置役に復帰するとき、彼を推してくれた側用人小南五郎右衛門から、容堂が心中の懸念をもらしたことを告げられた。

「元吉は今度、諸役の人選びに、党のあい立つよう取りはかるのではないかとの、仰せじゃ。よくわきまえられい」

元吉は憤然として反撥した。

「党とは、小人が姦邪《かんじや》の心をもって手を組むことにござろう。さようの思召《おぼしめ》しは、さらに会得つかまつりがたい。

肝要のところに御挙用の者は、才力ある者を置かねばなりませぬ。さもなくば御政事は頽廃《たいはい》いたしまする。手前は浅学不才論なきことに候《そうら》えども、一藩のことを案じておりますれば、党を立てるなどは、もってのほかと存じまする」

元吉は気性が烈しかった。

天保八年二月、二十二歳のとき、若党を斬殺した。

投網《とあみ》について口論するうち、短気な若党が元吉につかみかかり、押し伏せようとした。

元吉はとっさに刀を抜き、斬りつけた。深手を受けた若党は門外へ逃れ、溝端で倒れた。元吉は追いかけてとどめを刺した。

彼はその後、謹慎してひたすら読書にふけった。天保十二年、父正清が亡くなり、二百石の家督を相続し、馬廻《うままわり》に列せられた。

元吉の先祖は、長宗我部氏幕下の吉田備前守則弘《よしだびぜんのかみのりひろ》という侍大将であった。則弘の孫重康、政重は関ヶ原《せきがはら》合戦、大坂冬、夏の陣には、長宗我部盛親《もりちか》に従い参陣した。

大坂落城、盛親刑死ののち、吉田一族は土佐に帰り、安芸《あき》郡田野《たの》に隠棲《いんせい》していた。一領具足と呼ばれる、長宗我部遺臣である。

長宗我部の遺臣が、山内家の上士となった例はきわめてめずらしい。

山内一豊が土佐国主になったとき、長宗我部重臣のおおかたは他国の大名に仕えた。吉田一族のうち、地元に残り浪人暮らしをしていた政重は、山内一豊から奉公をすすめられた。

一豊は吉田家の遠祖が、相模《さがみ》の国山内荘《やまのうちのしょう》を領していた山内氏であることを知っていた。政重は辞退したが、弟正義が山内家に仕えた。元吉の家祖は、別家した正義の次男正幸である。

土佐の在地武士が下士となるなかで、ひとり上士となった吉田氏は、家中で疎外されやすい立場にあった。元吉は山内家一統、重役たちが、彼の出自にそれとなく隔意を抱いているのを察している。

山内家の分家から出て藩主となった容堂も、元吉に共通した立場にあった。贅沢《ぜいたく》な上着を借り着しているような、おちつかないひけめが身内にわだかまっているので、かえって外部に対し積極果敢にふるまう。

元吉とともに藩政に参画しているのは、つぎの人々であった。

奉行　福岡宮内、深尾弘人《ふかおひろめ》

仕置役　渋谷伝《つとう》

大目付　末松務左衛門、麻田楠馬《あさだくすま》、朝比奈泰平

町奉行　市原八郎左衛門

高岡郡奉行　福岡藤次《ふくおかとうじ》（孝弟《たかちか》）

家中では、彼らを「新おこぜ組」と呼んでいた。かねて元吉と親交を結んでいた党類と見なされる顔触れであったためである。

元吉は噂を気にとめなかった。

「才力ある仁《じん》を挙用してこそ、忠義ではないか。儂《わし》は日頃から阿呆《あほう》とはつきおうてはおらん。自然に党類あい引くと見られるかも知れんが、そがな陰口をきく奴《やつ》原《ばら》に、構うちょる暇はないぜよ。新おこぜ組じゃと。なにをぬかすか」

かつて天保十四年三月に、十三代藩主となった山内豊煕は、藩政改革のため馬《ま》淵嘉平《ぶちかへい》という勘定方の役人の才幹を見込んで重用した。

彼の党類と見なされる藩士は四、五十人いたが、いずれも嘉平の進言により、望むがままの役職に就くことができた。おこぜとは、幸運を招く貝である。

嘉平は反対派の策動により失脚し、投獄された。元吉は、わが党類を新おこぜ組と呼ぶ藩士たちが、なにを考えているか分かっている。彼の破滅が一日も早いことを、願っているのである。

当時龍馬は、「まいくり龍馬」と渾名をつけられるほど、土佐七郡を歩きまわり、知友を訪ねまわっていた。足が達者で、どれほど歩いても疲れを覚えない。

彼は二度の江戸遊学で、非凡の剣技を身につけている。門人百二十人に及ぶ武市道場で、師範代をつとめる郷士久松喜代馬《ひさまつきよま》と互角の勝負ができた。

だが城下で道場をひらく段取りもせず、権平に養われる部屋住みのままである。彼が知る辺《しるべ》をたずね歩き、数日帰宅しないのは、めずらしいことではなかった。

龍馬の知友のなかには、江戸、大坂、長崎に遊歴した者がいる。

龍馬は藩内外のあたらしい情報をたくわえている知己のもとを訪れると、その見聞を余すところなく聞き、吸収した。

龍馬には、幕府がアメリカについで、イギリス、ロシア、オランダと通商条約を結び、横浜、長崎、箱館を開港したのをきっかけに、世のなかが転変をはじめるのではないかという予感がある。

彼は予感の裏付けをとるために、知友のあいだをめぐり歩き、彼らの判断に耳を傾けたのである。

龍馬の旧友今井純正《いまいじゅんせい》（のちの長岡謙吉《ながおかけんきち》）は、安政五年の秋、脱藩し、長崎で西洋医学を学んだ。

純正はそれまで父孝順のあとを継ぎ、上下三人扶持用人格の御侍医師の格禄を相続し、中浦戸町《なかうらどまち》で医業をいとなんでいた。

彼は孝順が亡くなったのち、一周忌を終えた頃、江戸におもむき、医業と詩文をおさめたので、開業して日が経《た》っていない。純正が長崎への遊学を思いたったのは、ただならない時勢の動きに刺戟をうけたためである。

龍馬は江戸から帰って日も浅い頃、純正から相談をうけた。

「俺は長崎へいきたいがじゃ」

「ほう、蘭学をやるがか」

「そうじゃ。英学もやってみたい。俺は大坂《おさか》と江戸で医術を習うたが、草根木皮で人命を預かる術《すべ》を習うただけじゃ。やっぱり蘭医の教えを受けにゃいかん。長崎にはシーボルトの弟子がおるき、ヨーロッパの医術を勉強できるがじゃ」

龍馬はたずねた。

「お母《か》やんは許してくれるがかよ」

純正の母お直は、ひとり息子が開業して、ようやく安らかな日を送っていた。

純正は、母の許しを得ているといった。

「お母やんは、何年旅してもかまん、俺がヨーロッパの医術を身につけりゃ、なによりじゃというてくれた」

「そうか、長崎じゃ世界の形勢が、よう分かるきのう。アメリカ、イギリス、オランダ、フランス、ロシアらあが、どがな国柄か知りたいものじゃ。純やん、迷うこたあない。一日も早ういきや。俺もあとからいくき。それで、お暇《いとま》の許しは出たがか」

「それながよ、許しが出んがじゃ。大坂と江戸へ二度もいったき、こののちは国許で医業に出精せいといわれた。俺は思いきって国抜けしようと思うちゅう」

「国抜けか。そうじゃのう」

龍馬は腕を組んだ。

脱藩は、当時法規のうえではきびしい制裁の規則が設けられていたが、脱藩者が実際に処罰されることはすくなかった。他国で罪を犯し、幕府役人の追及をうけるようなことがおこらないかぎり、放置される。

藩士が藩政に反撥し、過激な政治行動におもむくため脱藩して、きびしい処罰をうけるようになるのは、こののち数年を経た頃からである。

純正が脱藩して長崎で勉学の年月を過ごし、帰国しても形式だけの軽い処罰ですむだろう。外国の情勢は一日も早く知らねばならないと、龍馬はすすめた。

「純やん、国抜けしてでもいったほうが、えいぜよ。まあ、上下三人扶持を召しあげられるくらいじゃろ」

純正が伊予国境の、吾川郡用居口《もちいぐち》の関所から間道をとり、長崎へむかったのは紅葉がたけなわな季節であった。

龍馬は、純正が母のもとへ送ってきた手紙で、シーボルトの弟子二宮如山《にのみやじよざん》（敬作《けいさく》）についてオランダ医学を修めるうち、安政六年七月、三十年ぶりに長崎へ戻ってきたシーボルトの門人になったことを知った。

龍馬は江戸にいたとき、築地の幕府海軍操練所で英語教授をつとめる、中浜万《なかはままん》次郎《じろう》と幾度か会っていた。いま、土佐藩士で秀才の名を知られた細川潤次郎《ほそかわじゅんじろう》が、万次郎のもとで英語を学んでいる。

潤次郎は二十石五人扶持の土佐藩儒者の子で、龍馬より一歳年上であった。安政元年から同四年まで、長崎に遊学し、オランダ通詞《つうじ》からオランダ語とオランダ兵学を修めた。彼が高知に帰ってくれば、最新の情報が聞ける。

潤次郎は、家中の若侍たちに嫌われていた。

「あの洋夷《ようい》かぶれが、元吉殿にオランダ語文典を講釈したり、お殿さまに万国地図の洋語を読んでみせたりしよったというが、南学の精神を忘れよったか。皆で押しかけて、心底を聞こうじゃいか」

潤次郎が長崎から帰っていたある日、数人の若侍が南新町《みなみしんまち》の細川家へ出向いた。洋学好きの潤次郎に攘夷論を聞かせようとした彼らは、座敷へ通され、床の間に置かれているものを見て、言葉を失った。

「ありゃ、何じゃ」

潤次郎は笑っていった。

「西洋の皮靴ぜよ」

「ほう、毛唐どもは、こがなものを履いて歩きゆうかよ」

若侍たちは議論するのを忘れ、床の間のブーツを手にとる。

「俺に履かせてみとうせ」

「俺もじゃ」

彼らは新品のブーツに足をいれ、庭先をおそるおそる歩いた。

「潤やんは、長崎で毛唐の家を見たがか」

「うむ、ギヤマンの窓のついた、オランダ屋敷は見た」

若侍たちは攘夷論を弁じるのを忘れ、潤次郎に新奇な見聞を語らせ、よろこんで帰っていった。

龍馬は純正を通じ、潤次郎と交際していた。高知城下にいて、外国の情勢が耳にはいる世情になっている。

土佐藩士たちは、容堂が慎《つつしみ》を命ぜられたことで、幕府の威権が頭上に覆いかぶさっているのを、あらためて感じた。威圧されると、反撥が自然に生じてくる。

「公儀、公儀と井伊大老はしきりに公儀風を吹かしゆうが、アメリカやらイギリスには脅される。あんまり威張らせたらいかんぜよ。闇討ちくわしてやりゃえいが」

天下兵馬の権をそなえる、幕府の威光を復活させた井伊大老は、安政七年（三月十八日、万延《まんえん》と改元）三月三日、節句の登城の途中、桜田《さくらだ》門外《もんがい》で水戸浪士らに殺害された。

この事件の情報は、大坂から浦戸に入った便船でもたらされた。藩士たちはたがいに寄り集まり、昂奮《こうふん》して語りあう。

「頭のうえの天井が抜けて、空が見えたようなもんじゃ。二十人たらずの人数で、大老があっさりと首を取られたがじゃ。死ぬ覚悟なら、思いのほかの大事ができるがぜよ」

藩士たちのうちには、大老暗殺という、幕府二百五十余年の威光を地に堕とさせた大事件がおこったのを、信じない者もいた。

「大坂からの廻船《かいせん》の船頭らあがいいゆうだけじゃ。事の真偽はまだ分からん。根も葉もない風説かも知れん」

だが三月十九日夜、江戸から早飛脚が到着し、事件の詳細が藩内にひろまった。

三月三日、幕府から諸大名へのつぎの達しが発せられたという。

「今日外桜田に於《お》いて、水戸殿家来の者、短筒《たんづつ》をもって乱妨《らんぼう》候につき、万一銘々屋敷へいかがの儀いたすべくも計りがたく、もし飛道具などにて乱妨に及び候わば、こなたにても鉄砲あい用いて苦しからず候こと」

大老が十八人の刺客に襲われ、首級をあげられるまでの状況を記した狼藉聞書《ききがき》の写しが家中へ出回ると、若侍たちは熱狂した。

「これで幕府の政事向きは、一時に変わるがじゃ。大老の威権にゃご隠居もちぢみあがったが、実は張り子の虎《とら》であったか」

城下江ノ口村小川淵の間崎哲馬《まざきてつま》（滄浪《そうろう》）の塾に、十数人の郷士が集まった。そのなかに下横目《したよこめ》役をつとめる者がいて、湧《わ》きたつ慷慨《こうがい》の声を制した。

「たしかに十八士の士気には感佩《かんぱい》するが、国法を犯したがじゃ。あれらあが罪を犯さざったといえるかよ」

間崎哲馬は笑っていった。

「これはいわゆる権道というものぜよ。赤穂《あこう》義士の仇討ち沙汰も、国法によって論ずれば、大罪じゃきのう」

権道とは、正道に則した目的を達するために、臨機応変の措置をとることをいう。

日を経て、井伊襲撃の水戸浪士がたずさえた斬奸《ざんかん》趣意書の写しが、高知にもたらされた。四月なかばの、つよい陽射《ひざ》しが照りわたる朝、龍馬は近所の小高坂西町に住む、用人池内蔵太《いけくらた》の家をたずねた。

内蔵太は龍馬より六歳下であるが、父が早逝したので幼時に家督相続をしていた。彼は龍馬を兄のように慕っている。日根野道場の後輩である。

内蔵太の家には、若い下士たちが集まり、斬奸趣意書を読んでは讃嘆《さんたん》の声をあげていた。

「なんちゃあ。龍馬は座敷へあがり、若者たちを見まわす。

「なんちゃあ。酒も飲まいで酔うたがか。えらい声をあげて、何をいいゆうぜよ」

「龍馬さんは、水戸人と交わりがあるき、今度の一件がおこったわけは、知っちゅうかよ」

龍馬はうなずく。

「まあ、わけはいろいろあるが、あれらあは臣子の分を尽くしたがじゃ。俺もいつかは事に当たりゃあ、こがなことをやるぜよ」

当時、幕府の官僚機構は、開国後の時勢の変化に対応できなくなっていた。井伊大老のもとで外国御用掛老中をつとめていた間部詮勝《まなべあきかつ》は、安政六年の夏に赴任したイギリス公使オールコックから、金銀貨幣の品位についての質問をうけ、答えた。

「私は日本の大名である。幕府の理財については御勘定奉行が管轄し、領内の事務は家老がおこなっているので、このような金銭のことを耳にしたことがない。その件については御勘定奉行、外国奉行に説明を受けられたい」

岩瀬忠震《いわせただなり》、川路聖謨《かわじとしあきら》のような外交の経験者は、一橋派であったため、井伊大老にしりぞけられていた。

外国掛の高官たちは、オールコックと交渉するとき、質問をうけるたびに、うしろにひかえている下役たちから耳もとでささやかれた通りに、返事をする。外国の事情を研究しているのは、上司を輔佐《ほさ》する必要に迫られた下役であった。

そのような内情は、各藩においても変わりはなかった。江戸、京都、大坂に浪人、脱藩者が集まり、攘夷を口にして、政治情勢の変動の機を待っている。開国とともに物価が騰貴し、生活苦にあえぐ下士たちが脱藩して、騒動をおこそうとする。

彼らは日本にきた外国人に乱暴をしかけ、その結果、戦争がおこるのを望んでいた。命を捨てるのをためらわない攘夷論者たちは、虫けらのように死ぬのを怖れず、外国人と刺し違えるつもりであった。

万延元年（一八六〇）八月に水戸斉昭が六十一歳で急逝したのち、過激な行動に走る脱藩者がふえてきた。

水戸藩が幕府の弾圧をうけているあいだに、薩摩、長州を中心として、西南諸藩のあいだに、尊王運動がいきおいをつよめてきた。京都に兵を集め、勅旨を賜ったのち、幕政改革を迫る計画である。

諸藩の志士は、江戸で剣術修行の間に知己となった縁でつながれている。桃井道場で剣名を知られた武市半平太のもとへ、決起をうながす便りが、くりかえし届いた。

土佐藩では、吉田元吉の政策に不満を持つ者がふえていた。元吉は安政六年四月、義理の甥《おい》にあたる二十二歳の後藤象二郎《ごとうしようじろう》を抜擢し、幡多郡奉行に、ついで翌年八月に乾退助《いぬいたいすけ》（のちの板垣《いたがき》退助）を免《めん》（税務）奉行《ぶぎよう》に任じた。

安政七年一月、幕府は日米条約批准のため、遣米使節を派遣していた。使節団は三百トンの咸臨丸《かんりんまる》と、二千四百十五トンのアメリカ軍艦ポーハタン号に分乗し、品川を出帆した。元吉は藩士山田馬次郎《やまだうまじろう》を、幕府外国奉行支配組頭、成瀬善四郎《なるせぜんしろう》の従者として、ポーハタン号に乗り組ませていた。アメリカ事情を調べさせるためである。

「元吉っちゃんも、なかなかやるじゃいか」

龍馬は、評判のよくない仕置役を嫌ってはいない。

元吉以下の新おこぜ組の役人たちは、遊興を好み、豪勢な酒宴を楽しむ。上士のうちには、その行動を批判する声があった。

「家内一同がふだんに絹の着物を着て、ビロードの被布《ひふ》をかさね、美食を好んで山海の珍味を日夜ととのえ、酒は剣菱《けんびし》、男山《おとこやま》、銀の銚子《ちようし》に高麗縁《こうらいべり》の畳と、栄華をつくす。藩内商家の産業をとりあげ、利をむさぼるので、米価はあがるばかり。上に取ること多く、下に施すことはすくない」

元吉は藩士の知行半分を借用する半知《はんち》借上げ、百姓の出米貢納の増加によって財政を遣り繰りしている折柄、莫大《ばくだい》な出費を要する大坂住吉《すみよし》陣屋の建設にとりかかっていた。

幕府は万延元年九月、摂津《せっつ》住吉郡中在家《なかざいけ》と今在家《いまざいけ》にわたる一万余坪の土地を、土佐藩に陣屋敷地として下付した。

土佐藩の防衛分担する地域は、大和川《やまとがわ》から尻無川《しりなしがわ》のあいだである。

「まえの一件があるき、公儀の機嫌を損じたら大事じゃ。さっそく取りかからにゃいかん」

容堂は、さきに井伊大老に反撥して、大坂警備につき嫌がらせの伺書をさしだした。彼は井伊大老の没後、謹慎を解かれたが、客を招き、文通をすることは依然として禁じられている。

吉田元吉は住吉陣屋の普請奉行《ふしんぶぎょう》に後藤象二郎を任命し、材木石材を土佐から海路輸送、工事を急がせたので、二年後の五月に完成の予定であった。

表門を入った中央に主殿を設ける。隣接した幅三十五間の平家二棟が上士宿舎で、主殿後方の幅七十二間の二階建て長屋が、下士宿舎である。

厩《うまや》、蔵、剣槍《けんそう》稽古場、目付、下横目の詰所が附属し、三百人の兵士が宿泊できる。武器倉には、五百挺《ちょう》のゲベール銃が納められている。

工費は銀九百三十六貫匁《もんめ》の巨額にのぼった。幕府の意向をおもんぱかった、大工事である。

ほかに品川藩邸の作事、高知城西北の川原町《かわらまち》に文武館の建設が進められていた。藩士が修行をおこなう文武館は敷地九千百八十坪、建坪千三百九十坪という、広大な施設であった。

龍馬は武市半平太が江戸へ出向いたあと、新町田淵の道場に通う門人たちに稽古をつけてやるかたわら、あらたな情報を集める。臨時御用で、江戸、大坂、長崎へ出張する藩士たちが、藩外でおこった出来事を、絶えず伝えてくる。

百二十人の門人が集まる武市道場へゆけば、毎日収穫があった。

江戸では攘夷浪士の外国人に対するテロ行為が、続発していた。

「幕府では、五百人の浪人らあが横浜の異人館を焼き討ちするという風説を聞きつけて、あわてちゅうそうじゃ」

外国人殺傷事件がはじめておこったのは、安政六年七月二十七日の夜であった。ロシア軍艦の士官が水兵とコックの三人連れで、食料品を買うため神奈川に上陸し、買い物を終え、波止場につないだボートへ戻る途中、数人の暴漢に襲われ、斬り倒された。五つ（午後八時）頃で、大通りの商店はまだ開いていた。

士官と水兵は、群衆環視のなかで斬殺された。コックは深手をうけたが、道沿いの店屋に飛びこみ隠れて、助かった。

同年十月、横浜フランス領事館に雇われている中国人が、日没後に外出した。侍二人が後からついてきて、一人が提灯を鼻先につきだす。「何の御用」とたずねたとたん、うしろから斬られて死んだ。

井伊大老が暗殺されるまえ、安政七年正月に、高輪東禅寺《たかなわとうぜんじ》のイギリス公使館の門前で、日本人通訳伝吉《でんきち》が二人連れの武士に刺されて死んだ。

晴れた昼間、伝吉はユニオン・ジャックの旗がひるがえる、旗竿《はたざお》の下で壁にもたれていた。小道をはさんで向かいには民家がつらなり、男女、子供が伝吉の傍《そば》にいた。

伝吉は、うしろから突然あらわれた武士に背中へ短刀を突きたてられ、切先《きっさき》が右胸に出た。伝吉は門番のところまで辿りつくと、そのまま息絶えた。暗殺者は短刀を残したまま、姿を消した。

二月には、オランダ船員二人が横浜の町なかで惨殺された。同年十二月五日の夜五つ半（午後九時）頃、アメリカ公使ハリスの通詞をつとめる、オランダ人ヒュースケンが、何者かに斬られた。

彼はハリスについて下田にきた安政三年七月以来、日本の生活に慣れていたが、夜間に外出したところを狙《ねら》われた。騎乗の護衛三人がついていたが闇中から不意にあらわれた四、五人の敵に対抗することもなく、取り逃がした。

龍馬は、しだいに波立ってくる世情を注意ぶかく見つめている。井伊大老の没後、幕府の威令が急速に衰えをあらわすにつれ、国政の改革を先導する目的で、脱藩する者がふえている。

藩に属していては、幕府の統制に従わねばならないので、尊攘運動をおこなえない。

浪士となった若者たちは、命懸けで政治行動をおこす。

龍馬は坂本家に近い本丁筋二丁目の医師、岡上新甫の後妻として嫁いでいる乙女のもとへ、しばしば訪ねてゆく。

新甫は乙女より四歳年上で、身の丈五尺に足らない小男であった。人あたりはおだやかであるが、異常な癇癪《かんしやくも》持ちである。わずかなきっかけで逆上し、乙女の髪の毛をつかみ引きすえ、撲《なぐ》りつける。乙女はさからわなかった。

龍馬は、女中と通じているという噂のある新甫を嫌い、彼が往診に出かけた留守に乙女に会いにゆく。龍馬は、四歳の甥の赦太郎を膝に抱き、乙女と話しあった。

「近頃の形勢は、大分荒れてきよった。浪人が事を起こしゆう。脱藩せにゃ、世間を動かせんきのう」

浪士たちは藩の規制から離れ、攘夷行動をおこす。異人を襲うのは、幕府を外交問題で窮地に陥らせ、政治改革に踏みきらせるためであった。

乙女が聞いた。

「脱藩すりゃ、わが身にも家の人らあにも、災難をこうむるぞね」

「そらそうじゃが、いまのままじゃ一生食いかねるような身上《しんじょう》で、内職ばっかりしゆう者ぞ。ちくと頭がまわりゃ、いまの世間でひとはたらきしたいと思うても、ふしぎはない。幕府が通商じゃ、開国じゃと異国の奴らあに押されて、足もともふらついちょるき、尊王攘夷の声があがりゆう」

「公儀に睨まれたら、うちの殿さんも首すくめゆうぜよ」

龍馬が含み笑いをした。

「なんというても、幕府は四百万石、旗本八万騎じゃ。どこの大名でも喧嘩して勝てるとは思うちゃあせん。しかし、幕府だけじゃこれからの絵を描いてゆくのは無理じゃと、誰にも分かっちゅう。ほんじゃき、勅諚を賜って、幕府と合力《ごうりょく》して政事に参与したいという大名も、出てくる。しかし、表向きじゃあ動けんき、脱藩浪人らあがまず世間を騒がして、幕府を弱らせよるがじゃ」

「ほんじゃあ、鹿持先生みたいに、本心から攘夷をせにゃいかんと、思うちゅう人はおらんがかね」

龍馬は乙女の眼をのぞきこむ。

「そら、いっぱいおるぜよ。攘夷、攘夷というてはやらせにゃ、幕府を弱らせるほどの動きができん。しかし、人の上に立って旗を振るほどの者は、日本国にいま攘夷ができるほどの力がどこにもないことを、知っちゅう。世を動かす方便でいいゆうだけじゃ。顎《あぎ》（半平太）でもそれくらいは心得ちょる」

諸藩の若侍たちが、あいついで脱藩し、過激な尊攘活動に身を投げいれるのは、時代の転換が近いと推測しているためであった。

身分の重圧に押しひしがれ、将来にわずかな希望も持てない生活を送っていた下級藩士は、頭上を覆っていた暗い空に、陽光が糸のようにさしこんできたのを、敏感に察している。

政治の流れを変える先導役としてはたらけば、腐りきった上司たちにかわって、才腕をふるえる立場に身を置けるかも知れない。

民草《たみくさ》の御親《みおや》である天皇をいただき、国じゅうの賢才が寄りつどい、幕政を支え、外国の圧迫に対抗しうる力をたくわえる世を招き寄せるため、身をなげうって捨て石となってもかまわないという情熱が、彼らをつき動かしていた。

乙女は龍馬の陽に灼《や》けた顔の、眉根《まゆね》のあたりに薄い埃のようなものがついているのを見て、眼をほそめる。

「お前んは、顔もろくに洗わんがじゃね」

「なんどついちゅうかよ」

龍馬は額を撫《な》でた。

「汚れちゃあせんけんど、きれいともいえんぞね。五台山《ごだいさん》の坂下の半船楼《はんせんろう》や第一楼で、半平太さんと一杯やりゆうと聞くけど、お前んはちゃんとした着物《きいもん》を着て、いきゆうかね」

龍馬は、よみあざと土佐で呼ばれるそばかすの浮いた頬を崩した。

「いや、近頃は仁井田《にいだ》の浜稽古へ再々いきゆう。それでえい着物や差料《さしりょう》が砂だらけになるき、黒木綿の着物に袴で、一両もせん鞘《さや》のはげたなまくら刀を差しちゅう」

「坂本の若旦那《わかだんな》が、そがいな服装《なり》しよったら埒もないぞね」

乙女は笑って座を立ち、箱膳を運んでくる。

「なんにもいらんき、放っちょいとうせ」

「肴《さかな》は鯛《たい》のヌタだけで、なんにもないぞね」

乙女は大ぶりな猪口《ちょこ》を龍馬に持たせ、冷酒《ひやざけ》をつぐ。龍馬は飲みほして、溜息《ためいき》をつく。

「お姉《ねえ》やんとこうしゆうと、いっち気が休まるがじゃ」

乙女がうなずいた。

「お父《と》やんもお母《か》やんも亡《の》うなったき、私はお前んにしか愚痴がいえん。この家にゃ、長うはおれんと思うちゅうがよ。お前んはこの先、高知にいてくれるがかね。脱藩らあは、せんろうねえ」

「いまのところは、そがなつもりはない」

「半平太さんが江戸へ出府した真意は何ぞね。去年も門人を連れて、長いこと撃剣修行に四国から九州へいきよったが」

「諸藩形勢の探索じゃ。顎の腹心は大勢おるき、あれこれと注進しよってせわしいことぜよ」

藩内の下士、庄屋と剣術教授の絆《きずな》で結んだ半平太は、家中上士を脅かすほどの影響力をそなえるようになった。

彼の指示に従い、尊攘運動をおこなうという同志の数は、五百人を超えるといわれている。

「お前んは、半平太さんの片腕じゃといわれちゅうが、これから大事を起こすつもりかね」

「まあ、風向きしだいじゃねや。どがな知らせを持って帰りゆうか、分からんが」

龍馬は盃《さかずき》を干した。

乙女がいった。

「男一生のうちに大事をやるつもりなら、大けな場所に出にゃいかん。お前んはあんまり物数はいわんが、私にゃ本心がよう分かる。日本国を股《また》にかけるようなことを、やるがじゃろ。まだ身を固める気はないろうがね」

龍馬は苦笑いをした。

「俺は子の三、四人もおってふしぎではない年じゃが、部屋住みじゃき、世間も許してくれらあよ」

「江戸に恋人《といち》がおったと噂に聞いちゅう。いま京都で友姫さまのお女中をしゆう平井《ひらい》のお加尾《かお》さんとも、仲がよかろう。栄馬《えいま》さんの妹のお好《よし》さんも十八の花の盛りで、道で行きおうた人がふりかえるほどの別嬪《べっぴん》さんじゃ。お前んとは、子供の時分からのなじみじゃき、嫁にきておくれと頼んだら、きてくれるろう。ところがお前んは気が乗らん。好《す》いちゅうのは誰か、いうちゃろうかね」

龍馬は沈んだ眼差《まなざ》しを乙女にむけた。

「お田鶴《たず》のことじゃろうが」

田鶴は、亡くなった下田屋《しもだや》の主人、川島猪三郎《かわしまいさぶろう》の次女である。

嘉永二年十月生まれで、十三歳であった。姉の喜久《きく》は二十二歳であるが、龍馬は年少の田鶴と気が合う。

田鶴は中高《なかだか》の目鼻だちが品のいい、おとなしい少女であった。彼女は幼い頃から龍馬になついた。龍馬が下田屋をおとずれると、かたときも傍をはなれない。

やがて龍馬に恋情をうちあけるようになった。

「私はお兄《にい》やんの嫁さんになる。誰にも渡さんぞね。お兄やんがどこぞへいってしもうたら、私は死んじゃるき」

「ほんまに死ねるか。そがなことができるかよ」

龍馬がしがみついてくる田鶴の前髪を撫でながらいうと、彼女は烈しい声で応じた。

「そうじゃ。私はお母やんにも打ちあけて、許してもろうちゅうがじゃ」

「そがなことというが、俺とは十四も年が離れちゅうがぜよ」

「年の離れた夫婦《めおと》は、めずらしゅうないぞね」

土佐には早婚の風習があり、十五、六歳で嫁にゆく娘が多かった。

龍馬は田鶴となぜか心が通じあう。他の女性とはちがう、電撃のようにつよく伝わってくる感情がある。

龍馬は乙女にいった。

「お姉やんまで、お田鶴のことを知っちゅうか」

乙女は川島家の末娘をかわいがっていた。

「あの子はお前んといっしょで末子《おとご》じゃき、気が優しいぞね。母親がおととし亡くなったあとは、うちのお母やんがかわって面倒見ゆう。お田鶴はお母やんになんでもうちあけゆうきに、親戚の人らあは、いずれえい潮時がきたら、お前んとお田鶴は添うと思いよるがじゃ」

龍馬は頭を垂れた。

「俺もお田鶴を嫁にもらいたいと思うちゅう。子供じゃと思うてかわいがりゆううちに、いつのまにやら情が移った。お琴《こと》が死んだあとは女子《おなご》を好くこともなかったが、お田鶴が恋人《といち》になるとはのう。考えもせざった」

乙女が膝をすすめ、赦太郎を抱きとっていう。

「私はお前んが城下で道場を構えて、お田鶴と安穏に暮らしてくれりゃ、このうえのことはないと思うちょる。天下のことをいうて走りまわりゃ、浮沈もままならぬき、あんまり波風立てんと暮らしてほしいがよ。そうしてくれりゃ、私もお前んを頼りにしていけるきに」

「それでも、かまんが。栄馬は家を守らにゃいかんというて、俺のように世情を気にかけよらん。郭中《かちゅう》の腐れ侍らあを嫌う気持ちは変わらんが、わが殻《から》から出たがらんがよ。俺も土佐を嫌うちゃあせん。しかし、江戸の地面を踏んできたのが悪かったか、土佐の空がちいそう見えていかんがじゃ。それで、お田鶴と所帯を持つ気が決まらんがよ」

四月に江戸へむかった半平太の旅の目的が、水戸、長州、薩摩の有志と会い、今後の土佐藩尊攘運動の方針を定めることにあるのは、下士のあいだに知れ渡っている。

幕府の体制はすでに腐敗しているが、それでも現状を改革させるためには、多くの志士が流血を覚悟で潮の流れを変えねばならない。

龍馬は乙女に本心をうちあけた。

「俺はやっぱり、己《おのれ》の力の限りを試してみたい。高知でちんまり暮らしていとうは、ないがじゃ。いまは、世間の潮目が変わるところじゃ。それでひとはたらきしたいと思うちょる。俺が顎とちがうがは、時のいきおいについて走らんところぜよ。ひとりで動きたい。志を達するために、捨て石になる気もない。死に急ぎはせんが、危ない橋は渡らにゃいかんこともある。ほんじゃき、お田鶴を道連れにして苦労させとうはないがじゃ」

龍馬は前途に、血のにおいを嗅《か》いでいた。

飛騰

龍馬は高知にいて、江戸の情勢を詳しく知っていた。幕府講武所師範役勝麟太郎、高島《たかしま》喜平《きへい》（秋帆《しゅうはん》）のもとで、砲術、航海術を学んでいる近藤長次郎《こんどうちょうじろう》が、手紙で連絡してくるためである。

坂本家の裏手にあたる、水通町《すいどうちょう》二丁目の饅頭屋《まんじゅうや》の息子長次郎は、勝、高島の門下で懸命の勉学をつづけ、頭角をあらわしていた。

長次郎は安政三年頃《ごろ》まで河田小龍《かわだしょうりょう》のもとで学んでいたが、やがて小龍のすすめで、城下に近い土佐郡鴨田《かもだ》村に住む、岩崎弥太郎の門人となる。

弥太郎は安芸郡井《い》ノ口《くち》村の地下《じげ》浪人の子であった。四十年以上郷士職にあった者が郷士株を売ったとき、地下浪人と称することを許され、いつでも買い戻しうる権利を与えられる。

弥太郎は幼時から秀才の名を知られていたが、安政元年二十一歳のとき、藩校致道館《ちどうかん》教授奥宮慥斎《おくのみやぞうさい》の従者として江戸に出て、昌平黌《しょうへいこう》教授の儒者安積艮斎《あさかごんさい》の門に入った。

安積塾で卓抜な才能を認められた弥太郎は、安政二年十二月、国許《くにもと》の父弥次郎が水争いの紛争がもとで入牢《にゅうろう》したのを知り、急ぎ帰国して郡奉行所《こおりぶぎょうしょ》へ抗議をしたが、役人に楯《たて》つき、自分も入牢させられた。

安政四年正月に出牢した弥太郎は、苗字《みょうじ》、帯刀を剝奪《はくだつ》され、鴨田村で蟄居《ちっきょ》するうち塾をひらき、弟子をとった。

弟子のなかに長次郎、池内蔵太《いけくらた》らがいた。当時、長次郎は二十歳、弥太郎は二十四歳である。

弥太郎はこの頃、浦戸湾外長浜村に少林塾をひらいていた吉田元吉のもとへ通い、教えをうけていた。元吉と弥太郎はともに開明派である。

弥太郎が江戸で師事した安積艮斎は、ペリーが来航したとき外国調役《しらべやく》をつとめ、アメリカ国書、信任状の翻訳にあたった。

艮斎はかつて渡辺崋山《わたなべかざん》、高野長英《たかのちょうえい》らと親交をかさね、長英らのいる「尚歯会《しょうしかい》」に名をつらねたことがある。

彼は『洋外紀略』という著書をあらわし、今後日本の盛衰は、海運復興をなすか否かにかかっていると論じ、商船隊結成を急いだことで有名であった。

長次郎は弥太郎に、安積塾への入門をすすめられた。

河田小龍は長次郎の叔父《おじ》門田兼五郎を呼び、つよくすすめた。

「これは長次郎の運が伸びるかしぼむかの分かれ目じゃき、よう聞きよ。あしが日頃昵懇《じっこん》にしてもろうちゅう御重役、由比《ゆい》宮内（猪内《いない》）殿が、間なしに江戸ご勤番に出向くがよ。そのとき長次郎を小者に雇うてもらい、江戸へいかしや。江戸じゃ、岩崎弥太郎がついた師匠の安積艮斎殿に入門させりゃえい。束脩《そくしゅう》ぐらいは、親の伝次に出させよ」

長次郎は安政六年正月、容堂御側役を仰せつけられた由比宮内の下僕として江戸に出たのち、藩邸から安積塾へ通学した。

だが、同年九月十九日、母鹿が五十四歳で世を去り、翌二十日に父伝次があとを追った。長次郎は急ぎ帰国して、妹に大里屋のあとを継がせ、万延元年の春、江戸へ戻った。

長次郎は高知にいるあいだ、龍馬と今後の方針につき、相談した。龍馬はすすめた。

「安積塾で勉強するのもえいが、これからは船と大砲がいっち大事じゃき、勝麟太郎と高島喜平の門人になれ。皆が習うまえに会得すりゃ、お前を雇う者はいくらでも出てくる。俺《おれ》もいずれは江戸へ出るき、先にやりよってくれ」

「そりゃえいが、俺のような者がにわかにたずねていっても、弟子にしてくれる

「ろうか」

「そこじゃ、行秀さんに頼めばえいがよ」

以前、水通町三丁目に鍛冶場を構えていた刀工左行秀は、いま土佐藩抱えの刀鍛冶、鉄砲鍛冶として江戸に出府し、江東の砂村藩邸にいた。五十数人の弟子を指揮して洋銃張り立てをおこなっている行秀は、講武所砲術師範役と交流がある。

「そうか、行秀さんに頼むか」

長次郎は膝を打った。彼は十歳の頃から毎日のように行秀の鍛冶場へ遊びに出向き、息子のようにかわいがられた。

長次郎は再度の江戸出府のとき、大雨のあとで乗った富士川の渡し舟が転覆し、荷物と旅費をすべて流され、乞食のような姿で左行秀のもとへ辿りつき、養われた。

行秀は長次郎を高島、勝のもとへ入門させ、学費を援助する。衣食の憂いがなくなった長次郎は、寸暇を惜しみ勉学して、勝麟太郎に将来を嘱目されるようになっていた。

長次郎は横浜の開港場でおこなわれている貿易の実情を知らせてくる。日本の生糸と茶は、ヨーロッパ人の予想をはるかにうわまわる良質な商品であったので、外国商人はあらそって買い入れたがるが、彼らの商法は悪辣《あくらつ》であった。

龍馬は長次郎の手紙で知ったあらたな情報を、すべて乙女に語った。乙女は記憶力がいいので、聞いたことは忘れない。龍馬はわが脳中にあるのと同量の知識を乙女に与えておき、何事かを決断せねばならないとき、彼女の判断を求める。

乙女の判断は、龍馬の考えとおおきくかけはなれることがなかった。龍馬は乙女の語る言葉によって、わが考えをまとめるのである。

純正、栄馬のような気を許しあった者のほかには、心をうちあけて語らない龍馬が、乙女とは一心同体のように頼りあっている。

彼は乙女に語った。

「いま京都の西陣《にしじん》じゃ、機屋《はたや》が軒なみ潰《つぶ》れかけちゅうそうじゃ。生糸の値があがったわりには、織物の値があがらんき、儲《もう》かりゃあせんがじゃ。生糸はこの一年ほどのあいだに倍にもあがって、この先まだまだあがる様子じゃ。上州でも機織りどもが難儀して、三十四カ村の総代が幕府に生糸を外国商人に売らぬよう、嘆願したがじゃ」

「ほんじゃあ、そのうちに生糸ばっかりじゃのうて、ほかの品も高うなるがかね」

「そうじゃ、異人らあは幕府に開港場をこしらえさせて、借り賃も払わん。買いこむ品は、商館の蔵へ全部納めさせたうえで、品調べをして、値をきめるがじゃ。日本の商人《あきんど》どもは、存分に買い叩《たた》かれるが、なんせこれまでの倍の値でいくらでも売れる。皆品物をかき集めて、売りゆうぜよ」

外国人たちは、暴利をむさぼる手段を、つぎつぎと思いつく。日本の金銀比価が一対四・五であるのを知ると、一分銀と小判を交換するようになった。日本の金銀比価は、一対十五である。海外の金銀比価は、一対十五である。

彼らは幕府とのあいだに取りきめた公定相場で、メキシコドル銀貨と交換した一分銀を日本の両替商に持ちこみ、いくらかのプレミアムをつけて小判とひきかえ、二倍から三倍の利益を得ているという。

「幕府は近頃、そのことに気がつきよって、小判と一分銀の割歩《わりふ》通用の高を変えたらしいがのう。一文銭も、近頃払底しよるがは、異人らあが買いしめよるためじゃ。銅銭は支那へ持っていきゃ、三倍で売れるためじゃ。それで諸式の値があがりよるがよ」

横浜では輸出商人が外国商人から支払われた洋銀を一分銀に替え、輸入品買入れ商人は、外国商人に支払う洋銀を手に入れなければならないので、洋銀の両替屋が大繁昌《だいはんじょう》しているという。

輸出商人は、生糸、茶などが原価の二倍以上でいくらでも売れるので、高い両替手数料を惜しまない。江戸、横浜のあいだの洋銀輸送は危険である。

攘夷《じょうい》浪士が横行しており、多数の護衛をつけていても、いつ襲撃されるかも知れない。このため、洋銀を肴籠《さかなかご》に隠し、ぼて振りの魚屋に扮《ふん》して小分けにして運ぶなど、工夫をこらし、手間をかける。

乙女はいった。

「開港して、まださほど月日がたってないのに、そがいに世間の景気が変わりゆうか。これは、ただごとじゃないぞね。公儀の政事は難儀になるばっかりじゃろう」

「そうじゃ、幕府はアメリカやイギリスに振りまわされちゅう。老中らあは何の能もないがじゃ。大名衆は幕府に気兼ねばっかりしよって、家中の才智《さいち》ある下等人民をないがしろにしちょるがよ。お姉やん、これから世間は変わるろう。俺はなんとかして、波に乗って沖へ出たいぜよ」

乙女はうなずく。

「お前《ま》んのいうことは、まちごうちゃあせんようじゃ。じっくり様子をうかごうて、雲に乗りや。お母やんはお前んを産むまえ、雲龍奔馬の夢を見た。土佐におったら、大きい仕事はできん。男なら、思いきって動かにゃいかん」

長次郎は、咸臨丸でアメリカへ渡航してきた勝麟太郎、中浜万次郎から外国の事情を聞いていた。

龍馬は、布師田《ぬのしだ》川(国分川《こくぶがわ》)の東、長岡郡鹿児《かこ》村で寺子屋をひらくかたわら、医療をおこなっている今井純正のもとへ足繁くおとずれ、彼の長崎での見聞を楽しむ。

土佐にいて、海外の様子をうかがう覗《のぞ》き窓は、いくつもあった。

純正が長崎から高知に戻ったのは、万延元年三月下旬であった。彼は藩仕置役吉田元吉の命によって長崎の事情探索に出向いた、岩崎弥太郎に冤罪《えんざい》を着せられ、土佐藩監察方役人に召し捕られ、罪人として護送されてきた。

彼は、土佐藩物産の樟脳《しょうのう》、和紙などの交易商談を妨害したという容疑で捕えられたのである。

岩崎弥太郎は吉田元吉の少林塾門人であったので、地下《じげ》浪人から「下代《げだい》某の厄介人」という仮の身分を与えられ、郷廻《ごうまわ》りという郡奉行所の最下級役人にとりたてられた。

安政六年十月、彼が容堂腹心の密偵である、教授館《こうじゅかん》操練調役下許武兵衛《しももとぶへえ》の供をして長崎へおもむいたのは、元吉に学才を認められていたためである。

弥太郎は、長崎へ出張し、元吉の期待にこたえる成果をあげようと意気ごんでいたが、漢学書生にすぎない彼は、なんのはたらきをあらわすこともできない。

オランダ人の言葉を聞いても皆目分からず、清《しん》国商人は交易に慣れているが、弥太郎のようないなか者を見くびって、相手にしない。長崎には、町年寄《まちどしより》の下に唐通事《とうつうじ》、オランダ通詞《つうじ》、書物目利《しょもつめきき》、薬種目利、唐絵《からえ》目利など、貿易に関係する地役人が千余人いる。

下許武兵衛と弥太郎の長崎出張の目的は、欧米事情の調査と藩物産交易の端緒をひらくことである。

だが弥太郎たちは藩金をいたずらに費消して遊蕩《ゆうとう》をかさねるばかりで、なんの成果もあげられない。彼らは長崎で今井純正と会った。純正は二宮如山とシーボルトに師事し、オランダ医学を修め、オランダ語、英語を学んでいる。

彼はシーボルトの長男アレキサンダーに日本語を教え、英書、蘭書《らんしょ》の購入も自由におこなっていた。

弥太郎と武兵衛は、脱藩者の純正が外国人と南蛮鴃舌《げきぜつ》の西洋語を操り、自在に交流するのを見て嫉妬《しっと》した。家中で留守居組に属する上士である武兵衛は、純正に好感を持たない。

二人は市中を徘徊《はいかい》する播州《ばんしゅう》浪人から、純正が土佐物産の交易を妨害しているという中傷を耳にすると、執拗《しつよう》に事情を探索し、事実無根であるにもかかわらず、国許から下横目《したよこめ》を呼び寄せ捕縛させた。

純正は高知へ戻ると山田町《やまだまち》の牢屋に入れられ、厳重な訊問《じんもん》をうけたが、冤罪であると判明した。半年ほどのあいだ詮議《せんぎ》をうけた純正は、ようやく解放されたが、通行手形を持たず国抜けをした罪により、「三年間御城下禁足、布師田川以東へ追放」の罪をうけた。

きわめて軽い処罰であったのは、医学修行のための脱藩であるという、情状をくんでのことである。

純正は五台山に近い鹿児に寓居《ぐうきょ》を借りうけ、文久元年、一宮《いっく》村（高知市）の医師窪添《くぼぞえ》藤七の娘琴を妻に迎えた。琴は十八歳、純正は二十八歳である。龍馬は彼の新居へ足繁く遊びに出向いた。

今井純正は、長崎での明け暮れをなつかしんだ。

「長崎名物は、ハタ揚げじゃ。ハタとは凧《たこ》のことぜよ。港は奥が深うて、ぐるりはあんまり高うない山じゃ。町は海の際にひらけちゅう。春から夏のはじめにかけて、町を見下ろす山の高処《たかみ》で、ハタ揚げをやるがよ。四月三日の風頭山《かざがしらやま》、十日の金比羅山《こんぴらさん》、十五日の風頭山、二十一日の古城趾、二十五日の女風頭山、二十八日の唐八景《とうはっけい》と、順にハタ揚げ試合じゃ。まっことにぎやかなもんぜよ」

「ほう、大凧も揚げゆうか」

「いや、あんまり大きなもんはないがじゃ。昔から港に出入りしゆう唐船《とうせん》やオランダ船の旗をまねしゆうき、十字骨の小体《こてい》なもんよ。小バタ、アゴバタ、蝶《ちょう》バタ、バラモン、奴《やっこ》バタらあ、いろいろあるが、色も青やら赤の筋を入れちゅうぐらいじゃきねえ。それが強い南風《まぜ》に乗って、よう揚がる。糸のところどころにビードロ（ガラス）のかけらを膠《にかわ》で塗りつけちゅうき、ほかの凧ともつれあったときにゃ、相手の糸を切りよる。それで競りおうて勝負しゆう」

「仰山《ぎょうさん》揚がるがか」

「いん、空いっぱいに唸《うな》っちゅう」

「丸山《まるやま》の色町は繁昌しゆうかのう」

純正は妻の琴に聞かれないよう、声を低めて答える。

「行こか、行くめか、思案橋《しあんばし》と唄《うた》にある通りじゃ。江戸吉原《よしわら》、京都島原《しまばら》、大坂新町《しんまち》につぐ大きな色町じゃきのう。長崎の女子《おなご》は器量よしで、気立てもえい。シーボルト先生は、引田屋の遊女の其扇《そのぎ》とのあいだに、おいねという娘をつくりよった。おいねさんは、いまじゃ立派な医者になっちゅう」

シーボルトは南ドイツのバイエルン出身の医学者である。ドイツ医学界の名門に生まれた彼は、文政六年二十八歳で、オランダ領東印度《ひがしインド》陸軍病院外科少佐として、長崎出島《でじま》のオランダ商館に着任した。

長崎に五年間滞在するうち、陸奥《むつ》の高野長英、出羽《でわ》の小関三英《こせきさんえい》、伊予の二宮如山ら全国の俊秀が彼のもとに入門した。

シーボルトは医学のほかに植物学、動物学、地理学、人種学を修めたヨーロッパの新鋭学者で、長崎奉行所は特に市外鳴滝《なるたき》に学舎を設け、門人に授業をおこなわせた。

だが、文政十一年、シーボルト事件がおこった。彼は日本地図、蝦夷《えぞ》地図など国禁の品を所持することが発覚したため、日本から追放された。

シーボルトが長崎に再来して、かつての愛人と娘に会ったのは、安政六年七月、三十年ぶりであった。

今井純正が長崎で師匠とした二宮如山は、中風をわずらい立ち居が不自由であったが、銅座町《どうざまち》で開業していた。

息子の二宮逸二、甥《おい》の三瀬周三《みせしゅうぞう》が如山を扶《たす》けている。逸二はかつて高野長英のもとで学び、大坂の緒方洪庵の適塾《てきじゅく》にも在籍したことがあり、純正と大坂で知りあい、長崎での修行の手引きをした。

純正は地元の英語通詞品川忠道《しながわただみち》に、英語を習った。長崎では英語を学ぶ書生がふえているという。

「長崎奉行の立山《たてやま》役所に、英語伝習所ができて、大勢習いよる。長崎と箱館、神奈川が開港されてから、オランダはヨーロッパの小国じゃと分かったがじゃ。イギリス、アメリカ、フランス、ロシアのほうが、よっぽど大国ぜよ。それで英語に人気が集まりゆうがよ。お前《ま》んにこれを貸しちゃるき、読んでみいや。ヨーロッパの事情がひと通り書かれちゅうき」

龍馬が純正から借りたのは『海国図志《かいこくずし》』である。

アメリカ人ブリッジメンの原著を、中国官僚林則徐《りんそくじょ》が漢訳し、さらに魏源《ぎげん》という学者が中国歴代の歴史、西洋の地図、地志を加え編纂《へんさん》したものである。

「これを読んだら、世界にはロシア、イギリス、アメリカの三国が分立して、そのほかの国らあはそれぞれ、その下に付いちゅう事情がよう分かるろう」

純正はシーボルトをはじめ、長崎に病院（養生所）を建設したオランダ医官ポンペ、長崎海軍伝習所オランダ人教官カッテンデーキ中尉について語った。

「長崎伝習所は一昨年の春に閉めてしもうたが、医術伝習方のポンペや、飽《あく》の浦《うら》の製鉄所の職人らあはあとに残った」

「製鉄所じゃ、どがなことをしゆうがぜよ」

「伝習所で調練に使いよった観光丸《かんこうまる》、咸臨丸の修繕をしよったが、追い追いに造船もやるということじゃ」

オランダで新造した咸臨丸の艦長として、安政四年八月に長崎に派遣されたカッテンデーキは、伝習所の主任教官として厳格をきわめた教育をおこなった。

「カッテンデーキは、日本人が船に乗っても規律を守らんきに、小言ばっかりいいよったがじゃ。それで生徒らあも、あんまり馴染《なじ》まなんだがよ」

「勝麟太郎には会《お》うたかよ」

「会うちゃあせんが、咸臨丸総督として、長崎じゃ聞こえた男じゃ」


文久元年九月も末に近い大風の砂埃《すなぼこり》を巻きあげる午後、武市半平太は江戸の安井《やすい》息軒《そっけん》塾にいた河野《こうの》万寿弥《ますや》（のちの敏鎌《とがま》）、塩谷《しおや》宕陰《とういん》塾の柳井《やない》健次《けんじ》、桃井道場で師範代をつとめる島村衛吉を伴い、高知に戻った。

彼は城下に入るまえ、同行の河野らを布師田の茶店に待たせ、小野《おの》村に閑居する平井《ひらい》善之丞《ぜんのじょう》をたずねた。

善之丞は吉田元吉が仕置役に復職したとき、大目付の職を辞したが、藩内の事情はいまもたなごころをさすように知っている。

吉田元吉は藩主一門衆をはじめ上層部から嫌われていた。彼は隠居豊資《とよすけ》の奥向きの経済に干渉し、五女嘉年《かね》姫《ひめ》が、公卿《くぎょう》徳大寺《とくだいじ》家に嫁ぐとき、婚礼費を節減させた。

品川に隠居している彼の後楯《うしろだて》である容堂にさえ、倹約を進言した。

そのいっぽう、藩士の半知《はんち》借上げを免除し、文武に励ませ、勘定方の杜撰《ずさん》な積弊をあらため、海防、教育施設には多額の支出を惜しまない。

万延元年二月には制度改正役場を設け、藩士の格式の簡素化をはかった。藩の上士は家老、中老、馬廻《うままわり》、小姓組、留守居組の五階級であるが、二男、三男の分家する者に馬廻末子、小姓組末子、留守居組末子などの格を与え、それを上士に含めていた。

さらに上士と下士のあいだに白札《しらふだ》という格も置いていた。

元吉は末子格はすべて一級を昇進させ、白札も留守居組に昇進させ上士に含めることとした。

経費節減、人材登用を狙《ねら》う措置であるが、一門の山内大学（豊栄《とよよし》）は、反対の意向を烈《はげ》しくあらわしている。

元吉は、芸家廃止の方針もうちだしていた。家中の儒学、兵学、書道、槍《やり》、剣、馬、和術《やわら》、砲《つつ》などの武芸の師範家は、すべて芸家と呼ばれ、世襲制であった。これを廃止すれば、学芸停滞の憂いがなくなるというのである。

元吉のこれらの措置に対する藩庁要路の反感は、平井善之丞が知りぬいている。彼は、半平太が江戸で薩長《さっちょう》の志士たちと会談し、重大な決意をかためた旨を告げると、よろこんで協力を承知した。

「委細は吞《の》みこんだ。このたびの一条について、あしは一命を惜しみゃあせん。

ご連枝《れんし》方への周旋は心得ちゅう」

　半平太は日暮れまえに布師田の茶店に戻った。待ちくたびれた三人は聞く。

「首尾はどうじゃ」

　半平太は笑みを見せた。

「平井殿は引きうけて下された。事は十に八、九は成ったぜよ」

半平太は翌朝、藩庁に出向き、大監察市原八郎左衛門に面会して、江戸の情勢につき報告したい旨があると述べた。

「拙者このたび急に帰国つかまつりしは、時勢きわめて切迫いたし、薩長両藩に容易ならざる企てあるを、探索いたせしゆえにござります。事の次第を、監察役場へ、お呼び出しのうえ、お聞きとりを願い奉りまする」

市原は半平太を見くだす心中があらわな眼差《まなざ》しであった。

「何事かは存ぜぬが、いずれ日を定めて呼び出すことにするぜよ」

半平太はその場で聞きとりがおこなわれると思っていたが、案に相違して引き揚げた。

　その日、宵のうちに江ノ口村の郷士上田楠次《うえだくすじ》が、龍馬をたずねてきた。龍馬は昼間に、仁井田浜へ洋砲町撃ち稽古《ようづつちょううけいこ》に出向き、帰って風呂《ふろ》を浴びたばかりであった。

楠次は龍馬より三歳年下で、江ノ口村小川淵で学塾をひらく間崎哲馬の門人である。哲馬は龍馬より一歳年上の徒士《かち》で、江戸安積艮斎塾の塾頭となった英才である。近頃文武下役に取りたてられたが、酒に酔い同僚を罵《のの》しり、職を免ぜられた。

龍馬はほの暗い縁先に立った楠次をみて、いった。

「誰じゃと思うたら、お前んかよ。まあ、あがれ。顎《あぎ》が帰ったか」

楠次は歯を見せた。

「やっぱり龍やんは、勘がえいのう。その通りじゃ。哲馬さんは先に田淵の道場へいっちゅう。大事な話があるようじゃき、いっしょにいかんかよ」

「ほんじゃ、支度すらあ」

龍馬は羽織を着て、外に出た。肌につめたい西風が砂埃を巻いて吹きすぎるなか、龍馬は両刀を差した腰を落とし、腕を組み大股《おおまた》に歩く。ふだんは饒舌《じょうぜつ》な楠次が、黙っている。

――顎は勤王をやるがじゃろ。盟約を固めるつもりか――

新町田淵の武市屋敷の玄関には、草履《ぞうり》が何足も並んでいた。

「今晩は」

龍馬が声をかけると、人影があらわれた。

「よう、きたか、あがりや」

手燭《てしょく》をかざし、龍馬の顔をたしかめるのは、平井収二郎《ひらいしゅうじろう》であった。

龍馬は刀をはずし右手に提げ、奥の座敷へ通った。行灯《あんどん》をふたつ置いた座敷には、六人の男が坐《すわ》っていた。

龍馬と楠次は、車座になった男たちのあいだに座布団を置き、端座した。龍馬はいったんあぐらを組んだが、皆が膝を崩していないので、坐りなおした。

半平太が声をかけた。

「龍馬、楠次。お前んらあは、土佐勤王党の誓書に連判するか」

「やっぱり党派を組みゆうか」

「いん、土佐は尊王ではないがじゃ。勤王ぜよ」

尊王は朝廷と幕府の名分をただすにとどまるが、勤王は王政復古のために干戈《かんか》をとってはたらくことである。

「江戸じゃ、諸藩の有志に会うたがか」

「江戸の岩間金平《いわまきんぺい》、住谷寅之介、酒泉彦太郎。長州の佐々木男也《ささきおとや》、久坂義助《くさかよしすけ》（玄《げん》瑞《ずい》）、桂小五郎《かつらこごろう》（のちの木戸孝允《きどたかよし》）。薩摩の樺山三円《かばやまさんえん》らと談議を交わしたぜよ。薩藩国父《こくふ》の久光《ひさみつ》殿は、来年の春に供人数を千人ほど連れて、京都へ上がるがじゃ」

「そがなことを、幕府が許すかよ」

龍馬が聞く。

大名が軍兵を率い、京都市中に入ることを幕府が許すとは考えられない。

幕府は大名が朝廷に接近するのはもとより、京都の親戚《しんせき》を訪問したときさえ、市中に宿をとることを許さなかった。

半平太はおぼろな行灯の明るみのなかで、うなずいた。

「薩藩は、それも承知のうえじゃ。幕府は腐りきっちょる。天朝のご安危にもかかわる形勢なれば、危急のご時節についてはやむをえぬ。王臣として忍び奉りがたきときは、王政復古の御大業を願い奉る覚悟でおるがじゃ。幕府の風向きなど構《かも》うちゃおれん。いざとなりゃ兵を動かす。そのとき長州勢も藩公を奉じて入京する。久坂らあは、土州も藩をあげて同行せいとすすめる。ぐずついてりゃ、薩長に置き去りにされるぜよ。久坂らあは水戸を頼らず、土州を味方につけたいがじゃ」

水戸藩は、井伊大老暗殺のあと、幕府のきびしい干渉と監視をうけ、藩論は定まらず、一部の有志が過激な実力行動をおこなうのみであった。

「それでお前んが勤王党をこしらえて、藩論を動かすいうがか」

「そうじゃ。郭中《かちゅう》上士はそっぽをむくじゃろうが、七郡の志ある者は皆立ついうがよ。長宗我部《ちょうそかべ》以来の土佐男の力を天下にあらわすときは、いまをおいてほかにはないぜよ」

龍馬はいった。

「幕府は昨年、また勅許なくしてプロシアと修好通商の約を結んだ。近頃対馬《つしま》にゃロシア軍艦が居坐って、港をひらくつもりのようじゃ。お前さんらあが江戸に着いたころにゃ、水戸浪士が高輪東禅寺のイギリス公使館へ、斬《き》りこみよった。異人を殺傷すりゃ幕府が困って、政事向きを改めると見てのことじゃろうが、危ないかぎりぜよ。イギリスらあが浪士の乱暴を口実に、江戸へ攻めこんだら、こっちは徒手空拳《としゅくうけん》の有様じゃ。アヘン戦争の二の舞いとなるにきまっちゅう。去年ワシントンへ出向いた使節の連中も、先方の様子が分からんき、いろいろ恥をかかされたと、内々に聞こえちょる。人を外国へいかせざったがためぜよ」

半平太は、龍馬がどこから情報を集めているのかと内心おどろく。

「近頃は横浜で異人どもにたぶらかされ、洋銀の値を取り違え、物の値が鰻《うなぎ》のぼりで止まらん。天下の人民の迷惑は見ての通りじゃ。江戸や京、大坂では、道を歩けば乞食につきあたるといいゆう。異人が暴慢無礼になるのもあたりまえじゃ。天下に志士が溢《あふ》れちゅうというが、皆世に容《い》れられん薄禄《はくろく》非職の連中ばかりじゃき、攘夷を飯の種にしよる。江戸の大橋訥庵《おおはしとつあん》は朱子学の大先生じゃが、いいゆうことは阿呆《あほ》らしゅうて聞いちゃあおれん。異人が入りこめば国が汚れる。キリシタンの邪法で国が乗っ取られる。それでは外夷を打ちはらうには、開港地へ斬りこみ皆殺しにすりゃあえいというがじゃ。敵が大勢で押し寄せりゃ、決死の覚悟で立ちむかえというばかりぜよ。子供の寝言にもなりゃあせん。それにくらべりゃ、島津の殿さんが率兵上京というのは、まっこと耳寄りな話ぜよ」

龍馬は、ふだん口数がすくないが、いったん弁じはじめると余人に口をはさませない。同座する男たちは、ひたすら耳を傾ける。

龍馬は半平太にいった。

「薩摩がお前さんのいう通り動くなら、土州もぐずついちゃ時勢に遅れる。俺は勤王に異存は持っちゃあせん。お前《ま》さんが国を助けるために勤王党をこしらえりゃ、俺のような郷士の部屋住みでも、随分とはたらけるろう。上士らあには構うな。下の者の力を見せちゃり」

半平太は血盟書の帳面を取りだし、龍馬の前に置いた。

「ほんじゃあ、血判加盟のまえに盟文を読んでくれ」

龍馬は楠次とともに、行灯の下で盟文を小声で読む。

「堂々たる神州《しんしゅう》戎狄《じゅうてき》のはずかしめを受け、いにしえより伝われる大和魂《やまとだましい》も、今は既に絶えなんと、帝《みかど》は深く歎《なげ》きたまう。

しかれども久しく治まれる御代《みよ》の、因循《いんじゅん》委惰という俗に習いて、ひとりもこの心を振るいあげて、皇国の禍《まがつみ》を攘《はら》う人なし」

これは祝詞《のりと》じゃ、と龍馬はつぎを読み進む。盟文の大意はつぎのようなものであった。

「老公（容堂）は国の前途を憂い、幕閣有司を動かし政治改革をおこなおうとして、罪を得られた。

このようなありがたい御心でありながら、なぜ罪に陥れられたのか。君はずかしめを受けるときは、臣死すというではないか。

皇国がいまにも外国に占領されかねない危機に際し、われわれは大和魂をふるいおこし、異姓兄弟の結盟を交わし、一点の私意をさしはさまず、あい謀って国運発展に力を尽くすものである。

錦旗《きんき》もしひとたび揚がれば、団結して水火をも踏むことを、神明に誓う。上は帝の大御心《おおみこころ》をやすめ奉り、わが老公の御志を継ぎ、下は万民の患を払おうとするものである」

龍馬は文中に帝と老公の名が二度あらわれるのを見て、半平太の意中を察した。

――顎はやっぱり藩を動かしていきたいがじゃ。勤王党だけでは大事は成しとげられんと思いゆうがよ――

下士が藩のためにどれほどはたらいても、結局は使いすてられるだろうという考えが、龍馬の身内にわだかまっている。

だが、半平太の勤王党は、藩内の大勢力になるにちがいないと、龍馬は見通していた。

半平太の誘いに応じ、加盟する郷士、庄屋はおびただしい人数にのぼるであろう。

同座しているのは半平太の妻の叔父島村寿之助《しまむらじゅのすけ》、同じく富子の弟島村寿太郎《じゅたろう》、従弟《いとこ》の島村外内《となない》、間崎哲馬、多田哲馬《ただてつま》である。いずれも土佐七郡にひろく知己を持つ男たちであった。

龍馬は盟文の末尾を読む。

「さすればこの中に、私もて何にかくに争う者あらば、神の怒り罪し給《たも》うをも待たで、人々寄りつどいて、腹かき切らせんと、おのれおのれが名を書きしるし、おさめ置きぬ」

龍馬は口もとに力をこめ、血盟書を畳に置く。

島村外内が硯箱《すずりばこ》を彼の膝もとに置く。

——腹を切りゃ、痛いぜよ——

龍馬は胸のうちでつぶやきつつ、筆をとった。

龍馬は半平太が勤王を生涯の目的とする心情が、よく理解できる。

——幕府がいまのままであるかぎりは、世のなかは変わらんぜよ。下々《しもじも》の者は這《は》いつくばって、お上《かみ》の達しをご無理ごもっともと聞くばっかりで、蟻《あり》みたいにはたらいて死ぬだけじゃ。いま家中を動かして、殿さんを勤王の旗頭《はたがしら》に立てりゃ、能のある郷士、徒士らあが寝ぼけた上士を追い越し、藩政を左右できるようになるかも知れん。そがな世がくると考えりゃ、俺でさえ血が騒ぐが――

天皇は万民にひとしく仁慈を垂れ給う一天四海の総主である。

自由、平等の思想が及んでいない日本では、天皇が万民を艱苦《かんく》の泥沼から救い出してくれる、唯一の光明であった。

勤王党結成の盟曰を読み、顔をあげた龍馬に、半平太がいった。

「納得してくれたら、連判しとうせ」

名簿には、半平太、大石弥太郎、島村衛吉、間崎哲馬、門田為之助《かどたためのすけ》、柳井健次、河野万寿弥、小笠原保馬の八人が連判していた。

「滄浪《そうろう》のほかは、江戸で連判したがじゃ。つぎはお前んぜよ」

「入道さんより先に書いても、えいがかよ」

半平太の妻の叔父島村寿之助は大兵肥満《だいひょうひまん》、武市道場で午前中槍術《そうじゅつ》指南をしている。頭が禿《は》げているので、入道と呼ばれていた。

入道が太い声で促す。

「おんしは頭のまわる男じゃき、役に立ってもらわにゃいかん。先に書きや」

龍馬は筆先にいきおいをこめ、署名した。

坂本龍馬直陰《なおかげ》と書いた下に、小柄《こづか》の先で小指を突き、血判を捺《お》す。

玄関におとなう声がしきりにして、川原塚茂太郎《かわらづかしげたろう》、弘瀬健太《ひろせけんた》らの同志が続々と詰めかけ、肩を押しあうように座につく。

富子が行灯を二つ追加し、座敷には若者の熱気がみなぎった。

「勤王攘夷じゃ」

「至尊がお嫌いなされる夷狄を、ぶった切るぞ」

同座の郷士たちが気を昂《たかぶ》らせているのは、大勢の同志が団結して勤王運動に乗りだし、上士を見返したいという熱望のためである。

日本じゅうを揺さぶりはじめた、幕藩体制の経済不安が、若者たちを餓狼《がろう》のように猛々《たけだけ》しくさせる。彼らは攘夷の意味を考えることもなく、現状を打ちやぶるために走りだそうとしていた。

土佐勤王党に加盟する者は、連日数をふやしていった。森助太郎《もりすけたろう》は香我美《かがみ》郡新《しん》宮《ぐう》村の郷士の長男で、半平太と同年の剣槍の達人であった。

彼は郷里に講武場をひらき、文武教授をおこない、藩の海防小頭《こがしら》、文武取締役をつとめている。

助太郎は半平太の誘いをうけるとただちに加盟し、知己のあいだに同志を募った。香我美郡の安岡覚之助《やすおかかくのすけ》、安岡嘉助《かすけ》、安芸郡の村田馬三郎、長岡郡の池知退蔵《いけちたいぞう》、高岡郡の吉村虎太郎《よしむらとらたろう》、那須信吾《なすしんご》らが加盟し、連判帳に署名血判する者は、早くも百人になんなんとした。

郷士那須信吾は、日根野弁治《ひねのべんじ》門下で龍馬の後輩であった。龍馬は六歳年上の彼と親しく交わっていた。身の丈六尺の信吾は鷹揚《おうよう》な性格である。膂力《りょりょく》は人にすぐれ、数貫の重量のある十匁筒の立射をする。

彼の住む檮原《ゆすはら》村から高知までは、およそ二日の行程であった。途中、岩石の突きでた険しい山道を通らねばならない。信吾は高知へむかうとき、両刀と行李《こうり》に加え、長槍《ながやり》と撃剣防具を肩にして、夜明けに家を出て飛ぶように進み、日暮れまえに城下に達した。

信吾は龍馬に過去を語ったことがある。

「俺ははじめ医者になるつもりで、修行しよったがよ。頭を剃《そ》って、信甫《しんぽ》と名乗ったが、病人を相手に銀三分の薬礼を貰《もら》うような暮らしにゃ、なじまざった。なんというても一領具足じゃき、おとなしゅうしちょれんがよ」

十月七日、幡多《はた》郡中村《なかむら》の郷士、樋口真吉《ひぐちしんきち》が半平太のもとへおとずれた。

幡多、香我美両郡の下役をつとめる彼は、半平太より十四歳年長である。かつて諸国を歴遊し、筑前《ちくぜん》の亀井鵬州《かめいほうしゅう》、大坂の後藤松陰《ごとうしょういん》、江戸の安積艮斎、佐久間《さくま》象山《しょうざん》の塾に入門勉学した。剣術は筑後柳河《ちくごやながわ》の大石進《おおいしすすむ》に学んだ。

中村に家塾をひらき、門人一千人といわれる真吉は、半平太に協力を誓った。

「俺は年がいっちょうけん、加盟は遠慮させてもらうが、弟子にすすめて入れさせるけん。天下をひっくりかえすような大仕事をやってみたや」

龍馬は、乙女に勤王党加盟をうちあけた。

「他言は無用じゃが、俺も勤王党に入ったぜよ。栄馬にすすめてみたが、話に乗らざった。あれは、親や妹の面倒を見にゃいかんきのう。俺のような部屋住みと、おんなしようにゃあいかん」

乙女は気づかわしげに聞いた。

「勤王党に何百人寄り集まっても、上士はおらんがかね」

「いん、身分の違う者は、きやあせん」

「ほんじゃ、家中の歴々衆は動かんぞね」

「それは俺にも分からんところじゃ」

龍馬が腕を組んだ。

「お姉やんも知っての通り、吉田元吉っつぁんは、お歴々にゃ嫌われちゅうがよ。分家の大学はもとより、隠居の景翁、民部、家老の山内下総《やまうちしもうさ》、柴田備後《しばたびんご》、桐間蔵人らあは、江戸の隠居（容堂）だけを頼りにしゆう元吉っつぁんを、追い落としたいがじゃ。顎《あぎ》のうしろにゃ、その連中がついちゅうがよ。元吉っつぁんは、百姓らあにも人気がない。台所向きをいろいろと締めよるきのう。井伊掃部《いいかもん》が殺されてのちは、世間は尊王攘夷で沸きかえっちゅう。土佐七郡もおんなしことぜよ。顎の勤王党にゃ、かなりの郷士、庄屋が加盟するろう。顎は来年の春までに挙藩勤王をやるつもりじゃ。殿さんを奉じて京都へ上るがよ。そうせにゃ、薩長に遅れをとることになる」

龍馬は薩摩藩の国父久光が、率兵上洛し、長州藩も呼応するという情勢を、分かりやすく説明する。

「そこでじゃ。薩藩の久光を動かすのは、上士じゃのうて、先君が目をかけた誠《せい》忠組《ちゅうぐみ》という、身分の軽い者ばっかりじゃ。長州の桂や久坂らあも、軽い者ぜよ。いまの世は、身の軽い者が攘夷をいうがじゃ。攘夷をいうて、世を動かし、日本じゅうに乱を起こして上下をひっくり返したい。そがな望みを持って国抜けした浮浪人どもが、江戸や京都に溢れちゅう。そやつらを操りゆうがは薩長じゃ」

「お前さんは、そがなことを顎さんから聞いたがか」

「いん、もっとどえらいことも聞いたが、あとで教えちゃる」

龍馬は勤王党に加盟した理由を語った。

「俺は加盟して、しばらく様子を見るつもりじゃ。土佐の殿さんの頭は、薩長より遅れちゅう。元吉っつぁんは攘夷をせえといわれりゃ、断るにきまっちゅう。外国の事情に明るいきのう。それで顎の思案の通りに、元吉っつぁんが折れるか、御役御免になりゃ、土佐も薩長と肩をならべて、幕府に合力《ごうりよく》して政事ができるがじゃ。そのとき、勤王党の連中が重職に就けるかのう。俺は、そうはならんと思うちょる。舞台廻しの力仕事をさせられるだけじゃないろうか。しかし、まったく芽が出んといいきれんところもある」

半平太がもたらした尊攘派の情報は、龍馬の予想をはるかにうわまわる、過激ないきおいをあらわしていた。久光上洛によって幕府の立場が弱まり、反幕の機運がにわかに高まると見て、諸藩の志士が脱藩して一斉蜂起《いっせいほうき》し、時局を一気に転向させるため、実力行動に出ようとしている。

龍馬が声を低め、乙女にいう。

「これは、よそに洩《も》らしたらいかんことじゃが、皇妹和宮《かずのみや》ご降嫁のことで、水戸の衆らあは、和宮さまの御輿《みこし》を東海道《とうかいどう》の薩埵《さった》峠で、幕吏の手から奪いとり、京都へお返しいたすと同時に、老中安藤信行《あんどうのぶゆき》（信正《のぶまさ》）を仕物《しもの》（謀殺）にかけて討ちとると、殺気充満しちょるがじゃ。長州の久坂らあもただちに同意した。相談の座にいた顎は、一同の論議を抑えたきに、いったん見あわすことになったが、なりゆきしだいじゃ、火に油を注ぐようなことになりかねん形勢ぜよ。俺は風向きしだいで、この形勢を追い風にして、広い世間へ出てみてもえいと思いゆう」

和宮は仁孝《にんこう》天皇皇女、御齢は十六で将軍家茂《いえもち》と同年であった。

家茂は紀州家にいた幼い頃、伏見宮《ふしみのみや》御妹との婚約が進められていたが、安政六年に中止となり、降嫁を迎えることになった。

和宮の降嫁を申請し、公武合体の実績をあげ、外国との開港問題を順調にすすめようという案を、最初に持ちだしたのは井伊大老であった。

大老は皇女御降嫁により、公武融和の政策をすすめたのち、家康以来の、政治については一切を幕府に任せる、十七ヵ条禁中方御条目を活用しようともくろんだ。

そうすれば、外国との条約締結について、朝廷の干渉を受けないですむ。

だが、大老の没後弱体となった幕閣は、その後も皇女御降嫁の方針を進めた。いまでは彼らの目ざすところがまったく違ってきていた。

幕府老中らは、いまでは公武合体によって、朝廷の政治関与をおさえるどころか、朝廷の威光を頼り、当面の困難な情勢を切り抜けたい。

彼らは御降嫁を熱望し、江戸、横浜にきている外夷を、七、八年か十年のあいだに追放するか、征討すると、実現の見込みのない約束さえした。

尊攘浪士らは、和宮の御輿を江戸への道中のあいだで奪い、公武一和を妨げようと企てている。

　幕府は浪士らの動静を偵知して、和宮の東下を文久元年のいまになっても延期していた。

　乙女が障子の外に声が洩れるのを、気づかいつつ聞いた。

「幕府は、警固の人数をふやして押し切れんがかね」

「たやすいことではないがよ。この春の東海道は、どの川も雪融《ゆきど》け水が多うて、とりわけ大井川《おおいがわ》が満水で仮橋などもかけられん。川留めじゃき中山道《なかせんどう》をとるときめた。道普請、宿の支度に手間どるきに、日延べじゃという。けんど、それは表向きのことわりで、関東一円では浪人らあが町家、百姓家へ押し入り、強盗をはたらいても、捕縛もできん有様らしいがよ」

　幕府は諸藩に不穏な状態の取締りを命じるが、実効はなかった。大藩の水戸藩でさえ、治安を保つことができない。それほど世間が動揺し、旧秩序を破壊しようとする風潮が、百姓、町人のあいだにまで広がっていた。

「顎が江戸に出府してまもない五月の末に、イギリス公使のおる東禅寺へ、水戸の浪人らあが斬りこんだが、今度は横浜を焼き討ちすると、長州、薩摩の者がいきりたっちゅうがじゃ」

　乙女は龍馬の膝に手を置いた。

「お前んは何事にも激することのない子じゃき、気遣いはいらんと思うが、体を粗末にしちゃいかんぞね。たやすく体を投げだすような危ないまねはせられんぞね」

龍馬は応じた。

「コロリで死ぬるのも、鼠《ねずみ》に嚙《か》まれて死ぬるのも、すべて運じゃき、しかたもないが、俺はめったに死なんぜよ。まっと長生きして、えい目に会わにゃ、つまらんきのう。けんど、そがなことといいよって、どこぞで闇討《やみう》ちくらうかも知れん」

彼は手で首を叩き、舌を出した。

「お田鶴はどうするつもりかね」

龍馬は畳に眼《め》をおとす。

「俺は、いつかはあれを嫁にもらいたいと思うちゅうが、土佐におれんなったら難儀ぜよ。あんな小《こ》んまい者を連れて旅するわけにも、いかんきのう」

「そのときは、粛《すすむ》さんによう頼んで、預かってもらいや。お田鶴は金《かね》の草鞋《わらじ》で探してもめったにない、えい子ぞね」

龍馬は仁井田の浜稽古に出かけると、帰りがけにかならず田鶴に会った。

二人は陽《ひ》あたりのいい砂浜の凹《くぼ》みに腰をおろし、藍《あい》色の深みを増した海のうえに、羽根を光らせて飛ぶ赤とんぼを眺める。龍馬は黒木綿の袴《はかま》のうえに、田鶴を坐らせ、抱きしめた。

龍馬は田鶴に頰《ほお》ずりをしながらいった。

「おんちゃんは部屋住みじゃき、高知におってもうだつがあがらん。それで他国へ出ることになるかも知れんがじゃ。お田鶴はまだ小んまいき、仁井田で待ちよってや」

面《おも》ざしがどこかお琴に似ている田鶴は、かぶりをふる。

「私は、おんちゃんのいくところなら、どこでもついていくぞね。置いていかれん」

龍馬は唄うようにいう。

「旅をすりゃ、足にまめができるぜよ。宿屋じゃ汚れた仕舞い湯にはいらにゃいかんこともある。のみやらしらみやらに嚙まれ、食いものにあたって腹下しをすることもあるきに」

「そがなこと、苦にはせんぞね。おんちゃんの顔を見られんさぶしさのほうが、なんぼ辛《つら》いか分からん」

龍馬は低い笑い声をたてる。

「国の外へ出りゃ、鬼も蛇《じゃ》も出るぜよ。気楽にはおれん」

龍馬の脳裡《のうり》に、白刃を打ちあう音がよみがえる。血のなかに身を横たえ、首胴を異《こと》にしているわが姿が想像できる。

田鶴は椿油《つばきあぶら》のにおいのする髪を龍馬の胸にこすりつけ、首を振った。

「なんでもえいき。おんちゃんといっしょに死ぬるなら、本望ちや」

田鶴は顔をあおむけ、すばやい動作で龍馬にくちづけをする。

龍馬は彼女を抱く腕に力をこめ、蛤《はまぐり》の身のようになめらかな唇を吸う。

彼は乙女の声に、夢想から醒《さ》めた。

「お田鶴を見捨てるような、むごいことはせられんぞね」

龍馬は苦笑いをしてうなずく。

「俺のいっち弱い急所は、情にもろいところじゃ。女子《おなご》に好かれたら悩乱して、どうにもならんきのう」

龍馬は半平太が帰国してのち、新町田淵の道場へ毎日出向き、夜が更けてから帰った。

勤王党に加盟する同志の数は、しだいにふえてゆく。酒好きな間崎哲馬は、大勢の壮士で混雑する道場で、盃《さかずき》を口にはこびつつ、うれしげにいった。

「薩摩と長州の殿さんは、身分の軽い者らあのいうことも、聞きいれるがじゃ。土佐じゃ、まだそこまでいっちゃあせんが、間なしに追いつくろう。なんせ同志はこの数じゃき、本気になりゃ郭中の奴《やつ》らを押さえることもできるぜよ」

半平太が帰国して、ひと月近いあいだ、藩庁の反応はなかったが、十月二十三日になって、ようやく監察役場に呼び出された。

吉田元吉は、下士、庄屋の有志が勤王党を結成し、同志を募っている事情を知ったのちも、無視していた。

「武市らあが書生を集めて、なにするつもりじゃ。江戸で尊攘の論議を聞きかじってきよって、わけも知らず法螺《ほら》ばあ吹いちょるがじゃろ。聞かいでもえいろう。放っちょけ」

だが上士の尊王論者谷守部《たにもりべ》（干城《たてき》）が、半平太に遅れて江戸から戻り、今度の薩長の企ては天下の一大事であると藩庁に申し出た。

「武市を是非とも監察役場へ呼び出され、充分お聞きとり召されよ。さもなくば薩長に立ち遅れるやも知れませぬ」

また、高知城下で謹慎していた、元側用人小南五郎右衛門が、半平太の預かってきた薩摩藩誠忠組の樺山三円からの書状を、開封せず、藩庁に提出した。

樺山は小南の江戸在勤中に交流があった。吉田元吉は書状の内容を読み、明春島津久光が率兵上洛することを知り、ようやく半平太から事情を聞くことにしたのである。

半平太は大監察大崎健蔵、福岡藤次に会い、江戸の状況を詳しく説明したが、きわめて冷淡な応対をうけた。

大崎は腕組みをしたまま、聞き置くだけであるといわんばかりの、退屈そうな顔つきであった。

福岡は半平太より六歳年下であるが、身分の差を歴然とあらわす傲岸《ごうがん》な態度で応対する。彼は薩長の有志が協力して、和宮御下向の際に事をおこそうと、必死の様子であったと聞かされても、まったく動じない。

薩長の動向を説明した半平太が、声を高めていう。

「両藩にては、御国（土佐）を同志と見定めおりますれば、第一に容堂さまご起居のご様子、さらには江戸にて昵懇なりし小南殿のその後の成りゆきなど、詳しくあい尋ねししだいにござりまする。方今の形勢を按《あん》ずるに、ご当家にても薩長とあいはかり、ともに手をたずさえ、宮闕《きゅうけつ》ご守護にはたらいて然《しか》るべしと存じまする」

福岡藤次は、半平太の陳述を聞きおえると、侮蔑《ぶべつ》の表情をあらわし告げた。

「いま申せし段々は、ややもすれば過激の書生どもがいいひろめたる浮説にて、容易に信用いたしがたい」

大崎健蔵は、聞き取りを終えたのち、半平太に念をおした。

「薩長において、たとえさようのことがあったにせよ、藩内に動揺をおこしてはならん。万々一、ご隠居（容堂）さまが御公辺《ごこうへん》のご首尾の悪《あ》しくなるようなことがあれば、どういたす。そのほうも、江戸にて聞きとりしことを軽々といいふらし、人心を煽動《せんどう》いたすようなことのないよう、重々あい心得よ。もっとも藩庁へ申し出る儀は、いかようなりとも苦しからず。また他国の風聞を耳にいたせしときは、その都度申し出よ」

大崎が、容堂の立場を気づかい、幕府を虎《とら》のようにおそれる小心の言動に、半平太は失望した。

幕府は万延元年、井伊大老横死ののち、九月四日に容堂の謹慎を解いたが、土佐への帰国、訪客との対面、文通を許さなかった。

吉田元吉は、山内大学ら連枝に疎まれているため、幕命によって容堂を城下に迎え、わが立場を強固にすることのみを念願していた。彼には土佐藩をあげて、薩長と尊王運動をともにする考えは、まったくなかった。

半平太は新町の道場に戻り、同志らに大監察の応対の様子を知らせ、慨嘆した。

「来年の春に、薩長土三藩主が京都に会同するのは、難事ぜよ。しかし、このままにはしちょれん。なんとしても、元吉殿を説き伏せにゃ、いかんがじゃ」

彼は縁側に立ち、腕を組み空を仰いだ。

「龍馬は、まだ丸亀《まるがめ》におるがじゃろ。あれが早う戻りゃ、上方《かみがた》の形勢が分かるがじゃ」

龍馬はこのとき、高知城下を離れ、讃岐《さぬき》丸亀京極《きょうごく》五万五千石の剣術指南役、矢野市之丞《やのいちのじょう》のもとで、撃剣稽古に日を送っていた。矢野は直清《ちょくせい》流という古流の遣い手で、江戸お玉ヶ池の千葉道場でともに稽古をした仲である。

龍馬は十月初旬に、小栗《おぐり》流和兵法《わへいほう》三ヵ条を、日根野弁治から授けられた。小栗流皆伝免許を得た龍馬は、城下で道場をひらく資格を身につけたが、もはや高知にとどまるつもりはなかった。

彼はすでに、脱藩して広い世間を泳ぎまわる決心をしていた。

十月九日、龍馬は家老福岡宮内を通じ、藩庁に丸亀へ剣術詮議のため、二十九日間の国暇《くにいとま》を願い出て、許され、その日(十一日)のうちに高知城下を離れ、讃岐へむかう旅に出た。

この日、土佐中村の志士樋口真吉は、日記につぎのように記した。

「十月十一日　坂龍飛騰」

飛騰というのは、脱藩の意を含んでいる。龍馬は剣術詮議に出向くのであるが、真吉は彼の真意を知っていた。龍馬は脱藩の足ならしをするための旅に、出かけるのである。

龍馬が半平太の帰国する以前に、脱藩の決心をしていた証拠とされる手紙がある。彼は文久元年九月十三日、幼なじみの平井収二郎の妹加尾《かお》に、つぎの手紙を送った。

「まづまづ御無事とぞんじあげ候《そうろう》。天下の時勢切迫致し候につき、

一、高マチ袴

一、ブッサキ羽織

一、宗十郎頭巾《そうじゅうろうずきん》

ほかに細き大小一腰各々一つ、御用意ありたく存じあげ候。

九月十三日　　坂本龍馬

平井かほ殿　」

加尾は龍馬より三歳年下で、美人として知られていた。

平井家と坂本家は、長く交誼《こうぎ》を交わす間柄である。加尾は小高坂西町で一弦琴の師匠をしていた、郷士門田宇平《かどたうへい》のもとで、乙女と稽古仲間であった。

龍馬は友人の吉村三太（のちの海援隊士丸岡莞爾《まるおかかんじ》）が住む久万《くま》村へ、しばしば遊びに出向いたが、平井家も村内にあるので立ち寄り、収二郎、加尾兄妹と歓談することが多かった。

門田宇平の弟子には勤王党の大石弥太郎ら下士が多く、龍馬の兄権平もそのひ

とりである。

加尾は安政六年十二月、容堂の妹友姫が三条実美《さんじょうさねとみ》の兄公睦《きんむつ》に嫁したとき、お付き女中として京都へ出た。

聡明《そうめい》で気丈な彼女は、土佐の郷士たちが旅先で窮したとき力を貸し、頼られていた。

文久元年の春、京都の三条家の台所へ、乞食のような姿の若者があらわれ、浜口という用人に声をかけた。

「私は池内蔵太という土州藩の者でござります。江戸から高知へ帰るところですが、旅の途中で盗《ぬす》っ人《と》に路銀を取られ、両刀まで売りましたが、もはや口を糊《のり》することもできず、立ち往生をいたしちょります。それで恥を忍んで参りました。どうか加尾殿にお取りつぎ下され。半紙一枚なりとも、ご合力に預かりとうございます」

池内蔵太は、加尾に来訪を取りついでもらえず、三条家用人に追い返されたが、翌朝ふたたびおとずれ、会うことができた。

加尾は襤褸《ぼろ》を身につけ、垢《あか》まみれで目もあてられない姿の内蔵太におどろき、事情を聞くと、ふだん身につけている懐剣と、高知までの路銀を与えた。

当時、京都から陸路をとり高知城下に至るまでの、旅籠賃《はたごちん》など諸費用は、一両以内でまかなえるとされていた。

彼女は土佐藩の下士たちに頼られていた。内蔵太を助けて間もない文久元年の初夏、半平太の同志河野万寿弥、弘瀬健太が、江戸から高知へむかう途中、熱病にかかり歩行もかなわぬ有様となり、京都河原町《かわらまち》の土佐藩邸にようやくたどりついた。

河野ら下士は、藩邸に宿泊できない規則であったが、加尾は邸内の能舞台に夜具を運ばせ、留守居役に気づかれないよう、ひそかに療養させてやった。

このように、機転のきく男まさりの加尾に、龍馬は突然ふしぎな手紙を送ったのである。羽織と袴、顔を包む宗十郎頭巾、細身の大小は、女性が男装するためのものと考えられる。

加尾は、何事にも細かい配慮のゆきとどく龍馬が、そのような品々を必要な理由につき一言も書きそえていないので、からかわれたのであろうかと、いったんは疑った。

だが彼女は龍馬の指示に従い、三条家出入りの呉服屋から羽織と袴の布地を買い求め、細身の大小を高知にいる兄の収二郎に頼み、送らせた。

加尾は収二郎に事情をうちあけないまま、龍馬の頼みをすべてうけいれた。彼女は龍馬が兄につぎのようにいっていたことを聞いていた。

「俺は京都へ出たら、お加尾さんを御所へ入らせ秘事を探ってもらおうと思うちょる」

加尾は友姫付きの女中としての勤めを、怠ることはできないが、龍馬に頼まれることであれば、できるだけ引きうけてやりたいと思った。

龍馬が幼なじみの彼女に調達を頼んだ品々は、田鶴のために使うものであった。脱藩したのち、田鶴を伴ってゆけるなら、そうしたい。

龍馬は讃岐丸亀へ剣術詮議に出向くとき、半平太に長州の久坂義助に会うよう、すすめられた。彼は旅の途中、二十九日間の国暇を延期する願書を藩庁へさし出し、許されたときは翌年の春まで諸国をめぐり歩くつもりでいる。そのあいだに田鶴を連れて脱藩するか否かの判断を、下すのである。

龍馬が丸亀へ出立《しゅったつ》した十月十一日は、晴天であった。彼は権平から旅費として五両を与えられていた。

高知では年初から米をはじめ諸物価が高騰していた。蠟燭《ろうそく》、白砂糖などの贅沢《ぜいたく》品《ひん》は、買おうとしても、手に入りにくくなった。

近在の百姓が城下へ下肥《しもごえ》を汲《く》みにきて、払う礼金が二倍になったのは、米価があがったためであるといわれた。

宿賃は大坂では一泊二食三百二十文前後、京都では三百六十文ぐらいである。

上宿《じょうやど》をとれば、七、八百文を払うことになる。

権平はいった。

「丸亀なら、上宿で四百文までじゃろ。ひと月に宿賃が三両で、雑用《ぞよう》を二両も見ちょりゃ、楽な旅ができるろう」

龍馬は礼をいった。

「おおきに、これだけ呉《く》れりゃありがたい。えい旅をさせてもらうぜよ」

旅費に窮したときは、行商人や物乞いの泊まる、ぐれ宿と呼ばれる木賃宿《きちんやど》に泊まることもできる。その宿賃は一泊五十文であった。

開港以後、江戸と上方で攘夷浪士が横行し、治安を乱すので、高知にも影響が及んでいた。乙女は龍馬の出立の日、見送りにきていった。

「この頃は、お城下でも夜中に斬り殺されて、丸裸のまま放りだされた旅人がおるような、物騒な世のなかじゃき、道中はくれぐれも用心せにゃいかんぞね」

「気遣いない。俺は隙《すき》を見せんき、道中師（ごまのはい）でも近寄らんろう。喧《けん》嘩《か》を売られても、抜きあわせられんような、長剣は差しちゃあせん」

近頃、城下の郷士で下段の剣をよく遣う男が、すれちがった上士と肩が触れあい口論となり、抜きあわせようとしたが、刃渡り二尺八寸の刀を抜く間もなく相手に斬りつけられた。

郷士は数カ所に負傷し、背をひるがえし逃げようとして、背中から胴を刺し貫かれ、無様な最期を遂げた。

乙女は顔をこわばらせ、うなずいた。

「まっこと、なにかといえば刀ばあふりまわす不心得者が、多うなったき、うんと気をつけてよ。まあ、こんどは丸亀までの旅で、危ない目にあうこともすくないとは思うけんど」

彼女は龍馬を見送るとき、無事に帰るまじないをした。

龍馬が門前の小石を踏みつけて出ると、乙女はそれを拾い懐に入れ、枳殻《からたち》をむすんだ杓子《しゃくし》を振って、「龍馬よう」と呼びつつ見送る。小石は龍馬が戻る日まで、毎日水で洗うのである。

風が乾き、肌につめたい風の吹く昼さがり、龍馬はひとりで山田橋へむかう。

荷物はさきに丸亀へ送ったので、身軽であった。

彼は袖《そで》のない坊主合羽《ぼうずがっぱ》の裾《すそ》を風にひるがえし、山田橋にさしかかったが足をとめ、引きかえす。

――急ぐ旅じゃなし、粛のところへ寄っていくか――

彼はひきかえし、農人町《のうにんまち》で舟を雇った。

「仁井田まで、いってや」

彼は仁井田にむかう三里の海上を、舟に揺られつつ沈思していた。

——とにかく、お田鶴に逢《お》うていかにゃならん——

彼はかつてお琴に心を預けたときと同様に、十三歳の田鶴を愛していた。さまざまの悩みごとを抱えつつ、いっときも早く田鶴に逢いたいと気がせく。

龍馬は丸亀に出たのち、長州萩《はぎ》城下へおもむき、久坂義助に会う。半平太は龍馬に久坂の尊攘論を聞かせ、勤王党の幹部としてはたらく熱意をおこさせようと考えていた。

「俺が添え状を書いちゃるき、久坂に会うてきいや。藩の許しが出るよう、はからうぜよ」

二十九日間の剣術詮議のあいだに、萩へ往復する日程は、充分とれる。

龍馬はすすめに応じたが、内心では尊王攘夷の直接行動をとるつもりはない。彼は草莽《そうもう》の志士が糾合《きゅうごう》して義挙をおこなったところで、幕府に潰される結果に終わるばかりであると、思っている。

ただ、薩摩藩の国父久光が兵を率いて上洛し、幕府に改革を迫ることになれば、事情は変わってくる。

——容堂は島津周防《しまづすおう》（久光）のようには、いかんぜよ。顎《あぎ》は勤王党をこしらえたが、容堂は動かん。ほんじゃき、勤王党だけで動きゃあえいけんど、顎は容堂に忠義をつくすつもりでおる。それじゃ、使われるばあじゃ。下の者に頭をあげさせちゃあくれん——

龍馬は河田小龍、今井純正とひそかに今後の方針を相談していた。

小龍はいった。

「お前んは、まず諸国の形勢を見てきいや。それから身のふりかたを考えりゃ、えいぜよ」

純正もおなじ意見であった。

「長州へいくなら、ついでに上方やら長崎の様子もうかがわにゃいかん。そのまま脱藩してもえいがじゃ。江戸の勝麟太郎をたずねてみいや」

勝のもとには幼なじみの長次郎がいた。

小龍、純正は安政五年に世を去った国学の大家鹿持雅澄《かもちまさずみ》が、勤王党の若者たちに、攘夷に挺身《ていしん》せよと説いたのを、批判していた。

「鹿持さんは、皇朝は神明の護持なされる国じゃき、事の勝敗は神祇《じんぎ》にまかせ、無二無三に夷狄《いてき》を打ちはらえば、かならず神風の吹きだすは疑いなし、なんぞといいよった。幾百艘《そう》、幾千艘の巨艦をさしむけてきても、恐るるにたらずなどと、阿呆《あほう》の上塗りをかけるようなことばあいうて、それにひきずられた若衆が多い。まったく論外じゃ。顎は鹿持の論を真《ま》にうけるほどの愚物じゃないろうけんど、攘夷を世直しの口実に使うのもほどほどにせんと、世間が乱れるばあじゃ。乱に乗じて飛びまわる糞蠅《くそばえ》みたいな浪人ばらもふえるがじゃ」

「お前んは乱にまきこまれて、身を誤ってはいかん。いまは国抜けして、わが身を立てるすべを探るときぜよ」

龍馬は安政六年の秋から、藩の砲術師範、徳弘孝蔵《とくひろこうぞう》の子数之助にオランダ語を学んでいた。

数之助は龍馬より二歳年上である。彼は江戸の高島流砲術師範下曾根金三郎《しもそねきんざぶろう》に西洋砲術を学んだのち、大坂の緒方洪庵の適塾でオランダ語を学び、さらに長崎に遊学した英才であった。

徳弘父子を抜擢《ばってき》したのは吉田元吉である。かつて安積艮斎の門下で、海防開国論を学んだ元吉の庇護《ひご》をうけている小龍も、数之助と親しい。

龍馬が交わりを深める相手に、空論をもてあそぶ者はいなかった。彼は身内にそなえている物差しで、つきあう者の器量をはかり、たしかな新知識を与えてくれると見きわめなければ、交際をかさねない。

――これからどう時勢が変わっていくか、どうにもつかめんがじゃ――

龍馬は前途を考えあぐねつつ、海上を渡ってくる夕風が、湿りけを帯びているのを感じて、櫓《ろ》を押す舟子《ふなこ》にいう。

「風がちと温《ぬく》うなったようじゃ。明日は雨かのう」

舟子は空を仰いだ。

「たしかにちくと温いけんど、雲は白いき、まだ明日は保《も》ちますろう」

舟が仁井田の波止《はと》に着いたときは、午後の陽がかげりはじめていた。

龍馬は浜通りの家並みを足早に通り抜け、下田屋の土間に歩み入った。店の間の結界《けっかい》のなかで、帳付けをしていた粛が、おどろいたように顔をむけた。

「兄《あに》やん、ようきた。いま着いたがかね」


龍馬は下田屋に二泊した。

乙女に薙刀《なぎなた》を教わった粛の姉喜久は、城下菜園場町《さえんばちょう》の富商に嫁いでいた。粛は二年まえに母を失ったあと、しばらく坂本家から伊与を招き、帳場を監督してもらったが、十九歳となったいまは、大勢の店の者を使い、家業を取りしきっている。

彼は夜になると、龍馬と酒をくみかわした。十二日の夜には、大廻《おおまわ》し船《ぶね》御船頭の中城《なかじょう》助蔵の長男亀太郎も遊びにきた。

二十一歳の亀太郎は、父のあとを継ぎ、大廻し船に乗っている。彼は龍馬に聞いた。

「龍馬さんは、一時は廻船に乗るがじゃろうと思うちょったが、やっぱり撃剣道場をやるがですか」

龍馬は眼をほそめ、とまどうような笑みをうかべた。

「まだ身を固めちゃあせん。ほうぼうをまいくりまわりゆうぜよ。今度も、しばらく丸亀へ剣術詮議にいくきに、ちと暇乞いに寄ったがじゃ」

「ほう、丸亀へのう。どればあ旅するがかね」

「ひと月ばあじゃが、いった都合で長州へ足を延ばすかも分からん」

「長州へいくなら、この仁井田から三田尻《みたじり》まで石灰を運びゆう廻船が、近いうちに出るき、それに乗っていたらえいろう」

「そうか、丸亀へ寄らざったら海路でいくけんど。今度はそうもいかんぜよ」

龍馬は亀太郎が帰ったあと、粛に事情を打ちあけた。

「俺は勤王党に連判したき、丸亀へいくというて、諸国の形勢を見きわめてくるつもりじゃ。そのうえで、身の振りかたを決めるつもりぜよ。顎といっしょにはたらいたほうがえいか、ひとりで動くほうがえいか、決めにゃならんがじゃ」

粛は黙ってうなずく。潮騒《しおさい》が聞こえるだけの静寂のなかで、龍馬は盃の酒をふくんだ。粛が口をひらいた。

「そがな大事なときに、うちへ足をむけてくれて、うれしいです。俺はあんまり兄やんの役にたつこともできんが、路銀ぐらいは出せるき、ほんの心ばあじゃけんど、うけとってつかあさい」

粛が懐から取りだした財布を、龍馬の膝もとに置いた。

「一分銀が二十入っちょる」

「すまんのう。ほんじゃ遠慮なしに貰うぜよ」

これだけの路銀があれば、幾月か諸国廻遊ができると、龍馬は頬を崩した。

その夜は、更けてから雨になった。

西風に乗って吹きつけてくる雨の音が、高まってはやむことをくりかえしていた夜更け、龍馬の寝ている座敷に、田鶴が足音を盗み忍んできた。

行灯のおぼろな明かりのなかに、田鶴の顔がほのじろく浮き出ると、まだ眠っていなかった龍馬は身を起こそうとした。

田鶴は龍馬の掛け布団を押しのけ、しがみつく。龍馬の胸に押しつけた彼女の前髪から、べっこうの櫛《くし》が落ちた。

龍馬はそれを拾い、さしてやり、しなう体を抱きしめる。

「兄やん、逢いたかった。いつきてくれるかと待ちよったぞね」

田鶴はかすれた声でせわしくつぶやき、なめらかな唇で龍馬の唇をさがした。

龍馬が小声でたしなめる。

「乳母《ばあ》に気《け》どられやせざったか。はしたないまねはせられん」

「だあれも知らんちや。皆よう寝ゆう。私は兄やんが明日旅に出てしまうき、淋《さぶ》しゅうて寝られん。今夜は離れんと、ここにおる」

「ほんなら、一番鶏《いちばんどり》の啼《な》く時分までおりや。誰ぞに見られたらいかんき」

田鶴は龍馬の胸でかぶりをふる。

「かまんちや。私は兄やんの嫁になるがじゃき」

「いうことききかん、はちきん（おてんば）じゃのう」

田鶴が身動きすると、髪油と甘い肌の香がする。

龍馬は田鶴が五、六歳の幼い頃から、抱いて寝かせてやったことがある。いまも彼女に妹のようないつくしみをむけているので、抱きあっていても、欲望のほむらの騒《ざわ》めくことがなかった。

「兄やん、こんどはいつきてくれるが」

「そうじゃのう、ちと先になるかも知れんぜよ」

「いつぞね」

「今年の暮れか、来年の正月」

「そがいに待ちよれんぞね」

田鶴は低い泣き声をあげ、龍馬の胸が涙に濡《ぬ》れる。

「もう夜が更けたぜよ。守《も》り子の歌をうとうちゃるき、寝えや」
龍馬は低い声で子守唄を口ずさんだ。
〽つくつく法師は　なぜ啼くの
親がないか　子がないか
親もごんす　子もごんす
もひとり欲しや　娘の子
龍馬が下田屋の伝馬舟《てんまぶね》で仁井田の浜を離れた十月十三日の朝五つ（午前八時）頃は、夜来の雨があがり、東の山手から海へかけてあざやかな虹《にじ》がかかっていた。
枳殻《からたち》の枝をくくりつけた杓子を持つ田鶴が、粛、中城亀太郎、惇五郎兄弟と並び、波止へ見送りにきた。
「兄やん、早う戻《も》んてきいよ。息災でのう」
「じきに帰るぜよ。みやげ買うてきちゃるきに」
龍馬は笑みを見せる。
舟が揺れながら波止を離れるとき、田鶴が顔を涙に濡らしつつ杓子をさしあげ、振った。
――泣きみそが、よう泣きゆう――

仁井田の浜が見えなくなったあとも、龍馬は幾度もふりかえった。

その夜、龍馬は立川《たじかわ》番所にむかわず、城下の北西、柴巻《しばまき》の田中家に泊まった。坂本家の山林管理を依託されている地組頭田中良助《たなかりようすけ》は、龍馬より十五歳年上の四十二歳であった。

幼時から何事も隠さず、相談してきた良助に、龍馬は今後の方針についてうちあけた。

「俺は長州へいってくる。武市の顎が、尊攘論を萩の久坂義助に聞いてこいいうき、いくがじゃ。しかし、俺は尊王の志を達するために、事をあげるがは、危ない考えじゃと思うちょる。世を変えるためには、戦《いくさ》をおこさにゃいかんがか。俺はまだ死にとうはない」

「そら、そうじゃ。碁の勝負でも死ぬるがは負けじゃ。お前んは、なにをしたいがぜよ」

「長州へいき、ゆっくり諸国も見てまわったうえで、勤王党に足をとどめるか否かを決めようと思うちゅう。俺は気儘者《きままもの》じゃき、勝手に動きたい。国抜けして、江戸か長崎で航海術を習いたい。長次郎が勝麟太郎の弟子じゃき、手蔓《てづる》はある」

「それがえいろう。大勢で動きゃ安気《あんき》かも知れんが、ひとりなら好きな方角へいけるきのう。勝はなんというても新知識じゃ。井戸の底から天を見あげゆうような、せせこましい俺らあとは違う。おのれを磨くには、ええ砥石《といし》を探さんといかん」

良助はいった。

「しばらく旅をするには、先立つものがいるろう。ちと持っていきや。遠慮せんでえい」

「十両持っちょる」

「多いほうがよかろう」

龍馬は良助から二両を借り、借用証を書いた。

丸亀へ着いてまもなく、彼は藩庁へ国暇《くにいとま》期限の延長を願い出て許された。矢野の道場に足をとどめたのは数日で、便船に乗って周防《すおう》三田尻へ渡り、長州萩城下へむかった。

龍馬ははじめて眼にする長州の山野に好奇心をかきたてられた。瀬戸内《せとうち》の海は、高知の外海とちがい、いたるところに大小の島影があり、海面が池のようにおだやかで、大小の廻船、便船が帯のようにつらなって往来していた。

日本のあらゆる物資が、大坂を中心に集散する様子は、舷《ふなばた》を水に沈めるほど、山のような荷を積んだ廻船の、風を帆にはらみ、重たげに動くのを見れば納得できた。

長州は関ヶ原合戦ののち、表高百三十万石の身代を三十六万九千石に減封されたが、毛利輝元《もうりてるもと》以後の歴代藩主が治政にはげみ、いまでは長州の三白と呼ばれる紙、塩、蠟の生産に成功した。裏高を含めた実収は百万石をはるかに超えているといわれている。

龍馬は健脚であった。草鞋をはいて一日に十五里歩くのも、苦にならない。長州についてのちは、高下駄《たかげた》をはいているが、辺りの景色を楽しみつつ、日に十里は歩ける。

彼が三田尻を出て宮市《みやいち》から鯖山《さばやま》峠を越え、六里十八町を歩いて山口に着いたときは、陽はまだ頭上にあった。

先を急ぐ旅ではないので、湯田《ゆだ》の温泉に一泊する。

翌朝、陽が高く昇ってから萩にむかった。六里の街道を二刻（四時間）で歩き、萩城下に着くと、番所で道を聞き、久坂義助の屋敷をたずねた。

高い土塀がつらなる道は、鉤《かぎ》の手に折れているので、見通しがよくない。道の両脇《わき》には溝があり、塀のうちには夏蜜柑《なつみかん》の木が多かった。

久坂家をたずねると、若い女性があらわれた。龍馬が来意を告げ、半平太の添え状をさしだすと、眉《まゆ》をひそめて告げた。

「亭主はあいにく、江戸に出ており不在でございます」

萩の海は、土佐の海にくらべ紫紺の色が淡い。龍馬はつぶやく。

「灰をまぜたような色じゃ。それに、よう荒れよる」

吹きつのる北風に海上は湧《わ》きたち、浜辺は霧がたちこめたように、しぶきがあがっている。

四、五人の船頭の乗る漁舟《いさりぶね》が、浜に砕ける大波に乗りあげ、転覆するかと危ぶむが、巧みにつりあいをとり、波間にあらわれては消えつつ沖へむかってゆく。

「こがな時化《しけ》でも沖へいくがか。達者なもんぜよ」

どんざという、刺子《さしこ》の沖着《おきぎ》をひっかけた舟子たちが、シラスを満載した角籠《かくかご》を積んだ荷車を曳《ひ》いてきた。

浜の小屋では大きなへっついをならべ湯を沸かしている。

竹の平籠に入れたシラスを湯に通し、日向《ひなた》の莚《むしろ》で干す作業は、龍馬の見なれた眺めであった。

波打際の藻《も》の密生している浅い海で、向こう鉢巻の漁師が柄の長い叉手網《さであみ》をつかい、何かすくっている。

「なんぞ取れるかね」

龍馬が声をかけると、漁師が笑顔をむけた。

「白髪えびでござります。セイゴ釣りの餌《えさ》にしよります」

海辺の陽溜《ひだ》まりで、子供たちが凧をあげ、跳び馬、片足相撲《ずもう》に興じている。

「どこもあんまり変わらん眺めじゃ」

龍馬は萩の町人宿に一泊すると、翌朝山口から三田尻へ戻ることにした。

三田尻から大坂へむかう廻船に乗るつもりである。

久坂義助の妻は、主人が遅くとも年末までには帰ってくるといった。

――年の末までには、まだふた月もある。その間に上方の形勢を見てくるか。

まず住吉陣屋へ寄って、望月清平《もちづきせいへい》に会うことじゃ――

望月清平は、高知西小高坂に住んでいた下士で、龍馬とおなじ年頃の幼なじみである。彼は平井収二郎、加尾と従兄妹《いとこ》であった。

龍馬は清平に会い、大坂、京都の状況を詳しく聞いたうえで、市中の様子を探るつもりである。

龍馬は長州から大坂まで陸路をとらず、瀬戸内の島々を連絡する渡海船に乗って丸亀に戻り、そこから金毘羅船《こんぴらぶね》で大坂にむかった。

金毘羅船は五百石積みの貨客船で、総屋形造りとなっている。

屋根の下の広い桟敷《さじき》には、海風が吹きかよい、乗客は物売りから買った寿司《すし》、うどんを食い、酒を飲みながら世間話に興じている。

大坂の薬商人だという中年の男が、一杯機嫌でしゃべっていた。

「芸州《げいしゅう》で千石取りのお侍の若さまやが、年が十八で疱瘡《ほうそう》にならはった。医者がいろいろと薬をあわせたが、まったく効きめがあらへん。全身吹き出ものの膿《うみ》が出てかさぶたになり、手足も動かんようになった。顔なんぞは乾いたうえにまた膿がかさなって、しまいには、叩くとカンカンと音がするくらいになった。熱がひいたので若さまがかさぶたを取ろうとしやはる。それを女中らが見張ってて取らすまいとする。かさぶたが自然に落ちるまでは、取ったらみにくい痕《あと》が残る。お粥《かゆ》を食べるにも、耳のわきから流しこむ。面《つら》の皮とかさぶたのあいだを、生温かいものが流れこみ、それをすると、粥やと分かる。そのうちに顔やら手足が痒《かゆ》うなってしかたがない。取ろうとすると、とめられる。若さまは一計を案じなはって、しばらく寝たふりをした。女中らがおらんようになったので、まず耳の穴に指をつっこみ、かさぶたをとる。それまでほとんど聞こえなんだ物音が、いっぺんに聞こえてくる。若さまは思いきって顔のかさぶたを引きはいだ。血が噴き出たが、若さまはあまりの気持ちよさに、動かなんだ手足のかさぶたも引きはいで、風呂じゃ、風呂じゃと喚《おが》ったそうな」

乗合い客たちは、能弁な薬売りの話に聞き惚《ほ》れている。

龍馬は団扇《うちわ》をつかいながら、広い桟敷に寝転んでいた。

横手で丸亀の塩商人たちが話しあっていた。

「いま、京の糸屋は全盛じゃいうとんぞ」

「横浜へ持っていきゃ、仕入れ値の五層倍で売れるそうじゃ」

「機屋は糸が高うなりよるんで、仕事はあがったりで、粥腹かかえて、ひだるがっとると聞いたけんどのう」

「それに、この頃うちの在所へ小判を一分銀と取りかえに銭屋がきよるんじゃ。一両を一分の割増しつけて、五分で買うていっきょんじゃ」

「二割五分の割増しか」

龍馬は耳を澄ませた。

十一月六日、木津川《きづがわ》の土佐藩住吉陣屋の長屋にいた望月清平のもとへ、大坂からきた飛脚が一通の封書を届けた。

ひらいてみると、坂本龍馬が長州へ出向いたが、久坂義助という半平太の盟友に会えなかったので、京坂の情勢探索のためにいま大坂新町の旅宿に泊まっているということである。

今日は阿倍野《あべの》へ出向き、南朝の忠臣北畠顕家《きたばたけあきいえ》の墓に詣《もう》でるが、しばらく滞在しているので、会いにきてほしいと記していた。

清平はさっそく陣屋にいる郷士安岡覚之助に手紙を見せた。

「あざ（龍馬）が大坂にきちゅう。つぎの下番《かばん》の日は十一日じゃき、会いにいこうぜ」

「そうじゃのう、旅籠におれば雑用がかかるき、長屋へ連れてきたらえい」

覚之助は半平太と親しい間柄であった。彼は勤王党に加盟し、生死をともにすることになる。

陣屋には、郷士以下の広大な兵舎がある。七十二間二階建ての長屋に、二百数十人が寝泊まりしているが、文武館での講義、武芸稽古、調練のほかはすることもない。

布団を敷き放しの部屋では、碁将棋を戦わす者、人情本、浄瑠璃《じょうるり》本《ぼん》を貸本屋から借りて読む者、拳《けん》を打ち、腕相撲に興じる者もいる。下番の日に外出して遊興する費用を稼ぐ内職は、藁草履《わらぞうり》づくりである。

清平は飛脚に返書を持たせてやった。

十一日の昼過ぎ、粉雪のちらつくなか、清平と覚之助は新町の宿をたずねた。

龍馬は泊茶屋《とまりぢゃや》が軒をつらね、芸妓《げいぎ》がゆきかう町筋の上宿にいた。

「これは、上宿じゃのう」

奥手の座敷に通された清平と覚之助は、火鉢を前にした龍馬とむかいあい、腰をおろす。

「宿賃は高いろう」

「四百文じゃ。この辺りは、ぼんやばっかりで、眼の毒ぜよ」

「ぼんやとはなんじゃ」

「貸し座敷じゃが」

龍馬は、清平たちの知らない言葉を口にした。

ぼんやは、表口の行灯に家名を大書し、その脇に、貸し座敷とちいさく書いている。席料は二百文。一泊であれば四百文である。酒食を注文すれば、他所《よそ》から取り寄せる。

「戸口から入れば、目の前が梯子段《はしごだん》じゃ。二階へあがったら、布団が敷いちょって枕《まくら》も二つある。客があがれば、履物は奥へいれて、呼ばざったら誰も二階にあがらん」

清平たちは首をひねった。

「まっこと隅に置けん男じゃのう。こがな淫風《いんぷう》さかんなところにおったらいかん。陣屋へきいや。文武館の松下殿のお許しをもろうちゃるき。ここにおりゃあ、金がかかるろうがよ」

「お蔵屋敷に才谷屋《さいたにや》の番頭がおる。借銀をするつもりじゃ。ちとおちついて酒でも飲んじょって。それからお供をするぜよ」

龍馬は酒肴《しゅこう》をとり寄せた。清平が聞く。

「萩へ出向いたがは、顎の用向きあってのことか」

「いや、添え状を貰うただけじゃ。顎は俺を久坂に会わせ、天皇好きにしたいがじゃ。久坂は留守じゃったき、お前んらあに会おうと思うて、上方へ向いてきたがじゃ」

覚之助がするどい眼差しをむける。

「長州じゃ、薩摩に劣らず勤王の気勢があがりゆうかよ」

龍馬は首を振った。

「そりゃ、義助さんに会わにゃ分からん。来年の三月にゃ、島津周防が兵を千か二千連れて入京するというが、そうなると長州も動かねばなるまいがのう」

「土州は、やりゆうか」

「それが分からんがよ。元吉っつぁんが首を縦に振らざったら、どうにもならん」

「そうなりゃ、騒《うど》まにゃならんか」

「藩のうちで血を流せば、水戸の二の舞いになるぜよ」

龍馬は山内容堂を推したて、一藩勤王を果たそうとする半平太の考えに、同調できない違和を感じていた。

　土佐藩が薩長とともに尊王攘夷の大方針を推しすすめ、幕府を支えて国政の檜《ひのき》舞台《ぶたい》に立ったとき、土佐勤王党の同志たちが、藩の重職に就く見込みがあるか。たぶん見込みはないと、龍馬は考えていた。

　容堂の威勢が高まれば、上士と下士の階級が消失するだろうか。上下の区別はなおきびしくなるのではないか。半平太は上士に抜擢されるかも知れないが、身のほど知らずのふるまいをした酬《むく》いはかならずある。

　――万次郎さんのいうた、アメリカのような国にせざったら、四方の壁にこちあたるような、いままで通りの暮らしむきは変わりゃあせん。俺は他人と斬りあわにゃならんような道は、歩きとうない。ひとりで勝手に歩きたいがじゃ――

　龍馬は清平たちにたずねる。

「大坂では、物の値があがって、日傭取《ひようと》りらあは難儀しよるそうじゃのう」

　清平は顔をゆがめた。

「宿なし野伏《のぶせ》り、乞食物もらいが大坂にどれればあおるか、知れん。町奉行所の下《した》宿《やど》（休憩所）じゃ、毎朝窮民に粥を施しゆうが、何百人とも知れん行列じゃ。異国との交易がはじまって、小判から一分銀、銭に至るまで不足したがために、豊作であろうとなかろうと、物の値はあがるばっかりじゃ」

龍馬はうなずく。

「長州、芸州、備前《びぜん》、備後《びんご》、伊予、讃岐。どこでも米、麦、大豆、種油、塩、蠟などの、日にちに使う物が高値を追ういうぜよ。これは幕府の失政じゃ。これからの世は、尋常なことをやりよっては、生血を搾《しぼ》られるぞ。俺はあるところで聞いたが、西南のさる藩では贋金《にせがね》をつくりゆうがじゃと。百文の天保銭《てんぽうせん》が三十七文でつくれるき、濡れ手で粟《あわ》の儲けじゃ。それで軍船やら大砲を外国から買うそうじゃ」

「そがいなことをしゆうかよ。梅田雲浜《うめだうんぴん》も金蔓づくりが巧者であったというが、贋金づくりにくらべりゃ細いもんぜよ」

安政の大獄で牢死した元若狭小浜《わかさおばま》藩士梅田雲浜が、諸藩の物産交易を仲介することで、莫大《ばくだい》な政治資金を稼ぎだした噂は、世上に聞こえていた。

龍馬は清平にたずねた。

「お前《ま》さん、雲浜がやりよったことを知っちゅうか」

「あらましは、大和《やまと》五条の儒者森田節斎《もりたせっさい》殿から聞いたがのう」

清平は、梅田雲浜の商才にたけた一面を、詳しく知っていた。

雲浜は京都で尊攘運動をおこなううち、十津川《とつがわ》郷士を朝廷の親兵に採用しようと考え、しばしば吉野川沿いに十津川へ通った。同地の郷士には、元弘、建武の頃、南朝に忠節をつくした伝統がある。

雲浜は十津川へ往復の途中、大和五条に立ち寄り、同地の森田節斎を通じ、地元の豪商として京都、大坂にまで聞こえた木綿問屋、下辻又七《しもつじまたしち》と知りあった。

雲浜はその以前から、備中浅口郡連島《びっちゅうあさくちつれしま》の廻船問屋で、児島高徳《こじまたかのり》の後裔と称する尊王家、三宅高幸《みやけたかゆき》と兄弟の契りを結んでいた。三宅も森田の弟子である。

雲浜は尊攘派の知人が多い長州と上方のあいだに、物産交易をおこなわせようと思いつき、三宅と下辻を説いた。

「長州侯は天朝を尊崇なさるお方ゆえ、交易によってお家を富ませ、在京の貧士どもをお助けいただき、誠忠をつくすようご合力いただこうではないか」

雲浜は三宅から旅費を貰い、安政三年冬、長州萩城下へおもむき、御用商人と交易の下相談をした。長州で産出する物資を、大坂問屋の手を経ることなく、直接京都へ持ちこみ、売却するのである。

雲浜は安政四年一月、博多《はかた》におもむき、北条右門という薩人に会った。右門は薩摩藩士であったが、嘉永三年お由羅《ゆら》騒動と呼ばれる内紛に際し、筑前福岡藩に亡命していた。

雲浜は薩藩京都留守居役、山田市右衛門の添え状を持ち右門に会い、博多の豪商高橋屋平右衛門、帯屋治平《おびやじへい》らと連絡をとった。

また福岡藩脱藩の志士平野国臣《ひらのくにおみ》と知りあい、肥後《ひご》熊本に出向き、薬種交易の段取りをつける。

雲浜の構想は、はやばやと実現した。

清平はいう。

「長州の京都留守居宍戸《しど》九郎兵衛（左馬之介《さまのすけ》）、連島の三宅が仕入方になって、荷を京都へ上らせる。京都じゃ松坂屋をはじめ、大和五条の下辻又七ら大商人《おおあきんど》が品をさばく。雲浜の門人と十津川郷士らあが、なかに入ってはたらく。肥後勤王党の松田重助《まつだじゅうすけ》も、薬種買付けをやりよったらしい。長州京都屋敷の都合人（庶務係）をしよった宍戸九郎兵衛が、物産取組内用掛となって、商いをはじめよった。そのうち長州藩の坪井九右衛門《つぼいくえもん》が産物方御用掛となり、長州から米、塩、蠟、干し魚、半紙を売りこみ、上方から呉服物、小間物、薬種、材木を買うようになったがじゃ」

うなずきつつ聞いていた龍馬がたずねる。

「それで、雲浜の目論見《もくろみ》は、図にあたったがか」

「まあ、こじゃんと（たくさん）儲けたぜよ。けんど坪井が上洛のとき、雲浜のはたらきをねたんで、産物世話掛を退けといいよったきのう。雲浜は長州の家老に、ひきつづき出入りを許されたいと、嘆願しよったがじゃ」

事業は雲浜が計画し、門人、親戚、知己を動かしたものであるため、彼が手を引けば交易事業はたちまち頓挫《とんざ》する。長州藩側も、願いを聞きいれないわけにはゆかなかった。

雲浜は長州産物の交易のほか、下辻又七らを動かし、奥州《おうしゅう》、蝦夷《えぞ》から琉球《りゅうきゅう》に至るあいだの、遠隔地交易を構想していた。

「妻は病床に臥《ふ》し、児は飢《うえ》に叫《な》く」

という有名な詩を吟じた雲浜は、経済に明るい意外な一面をそなえていた。

覚之助がいった。

「長州の吉田寅次郎《よしだとらじろう》（松陰《しょういん》）は、梅田源次郎（雲浜）には奸骨《かんこつ》、奸相ありというて、えらく嫌うちょったそうじゃ。源次郎も、寅次郎を青書生というて子供扱いをして、あれは禅学をやりゃえいというたこともある。吉田はまったく俗気がのうて、源次郎は権略ばあふりまわすきに、気があわざったがじゃろ」

龍馬は含み笑いをしつつ、江戸佐久間塾で幾度か黙礼を交わした吉田寅次郎の風貌《ふうぼう》が、禅僧のようであったのを思いだす。

「お前んらあは、住吉へきてから見聞が広うなっちゅうのう」

「諸藩の有志らあが、よう顔を見せるきのう。これは江戸から土佐へ去《い》ぬる足軽《あしがる》に聞いた話じゃが、今年の四月頃、長州の砂村下屋敷で、長州と水戸の尊攘派が会合したがじゃ。その席で長州の宍戸九郎兵衛が交易の話を持ちだした」

長州藩では米麦を増産しているが、大豆は年々不足して馬糧にもこと欠く。水戸藩では大豆が余っているが塩が不足している。

おたがいに不足の品を交換交易すれば、双方の利便になる。ただ、両藩の交易を幕府に探知されると無益の嫌疑をこうむるので、売買交渉は商人の手を通さず、直接にしなければならない。

宍戸は、長州藩の丙辰丸《へいしんまる》という軍艦が、下関《しものせき》と江戸のあいだを常に往復しているので、艦長の松島剛蔵《まつしまごうぞう》に連絡役をつとめさせようと意見を述べた。

「その企ては、順調に運びゆうか」

「すこぶる老練の策じゃと、よろこびおうちょる」

丙辰丸の名は、龍馬も聞いていた。

全長十三、四間ほどの貧弱な洋式帆船である。

それでも、龍馬の眼はかがやきを帯びた。

彼はつぶやくようにいう。

「これからは、船を動かさにゃ何事もできん。俺は操船の術を身につけるぜよ。生まれつき海が好きじゃ。えい天気で、まっさおにひらけた海へ、蒸気船で乗りだしたい。胸のつかえが下りるぜよ」

龍馬は、土佐の鳴り騒ぐ海原を思いうかべる。

「これからは、天下に騒動がおこる。そうなりゃ金銀不融通、諸式高値になるがは、古今の通例じゃ。俺はそのとき海軍を興し、存分にはたらくぜよ」

龍馬が高知を離れているあいだに、藩内に於《お》ける勤王党の活動は停滞していた。

半平太は藩庁に出頭して、早急に今後の対策を決すべきであると進言をくりかえした。

「上国の形勢はまことに容易ならず、明春にはいよいよ薩長両藩主、あい前後して上洛入朝いたすべしとの確聞あり。本藩もまた天下形勢の変動に応ずるため、藩政改革を急ぎ、上士下士の別なく、破格の人材登用を仰せつけられたし」

大監察らは、進言を体《てい》よくうけ流した。

「その儀はまことにもっともなれば、藩庁においてもご評議いたしおる。いましばらく待て」

なすこともなく日を過ごすばかりで、焦慮する半平太は、ついに帯屋町《おびやまち》の吉田元吉屋敷を訪れ、成否を一気に決しようとした。

彼は元吉に会うと、薩長の勤王志士とむすんだ約束の内容を詳述したのち、声をはげましていった。

「天下の大勢は、すでにかくの如《ごと》くあいなれば、先生は両藩の機先を制し、土佐一藩をこぞって勤王の大業に駒《こま》を進められて、然るべしと存じまする」

元吉は大笑していった。

「そのほうは、浪士らあに弄《てが》われたがじゃ。白粉《おしろい》とおはぐろで婦女子のように化粧ばあしよった、堂上公家《くげ》衆を相手に、なにができるぜよ。当山内家ご開祖とご公儀の間柄が、島津、毛利とは大いにことなるところがあるがは、そのほうも知っちゅうろうが、軽々しく両藩の者らあと事をともにするは、不注意のきわみというべきじゃ。

いわんや薩長両藩が来春京師《けいし》入朝に決したというがごときは、流言のたぐいにひとしく、すこぶる信を置きがたいところじゃ。山内家は島津家と親戚の間柄じゃき、かほどの大事を思いたたれしときは、かならず使者を立てて参られるはずじゃ。その儀がなしと申すは、これも不審のひとつじゃないかよ」

半平太は顔色を変え、懸命にいい募った。

「余の儀はともかくとして、明春薩長両藩主が京師入朝のことは、藩論もすでに定まり、もはや疑いを入るべき情勢ではありませぬ」

元吉は、いくらか顔色をやわらげた。

「薩長の儀は、そのほうが申す通り相違なしといたしても、鍋島、黒田《くろだ》、細川《ほそかわ》らの大藩はどういたす。九州の形勢を探索するため、そのほうを出張させてもえいが」

半平太は首を振った。

半平太は、吉田元吉がしきりに九州探索に出向くようすすめるのを、辞退した。

「九州筋は、去年の秋に門弟らあを連れて、充分にまわっちょります。いまさら、あえて眼中に置くほどの藩はございませぬ。いまもし、九州辺りへ出かければ、時日をついやすばかりで、中原《ちゅうげん》に旗を立てる好機を逃します。本藩が決起して、薩長とともに京師入朝を果たせば、ほかの諸藩はそのいきおいになびいて、従うはあきらかと存じます。いわゆる力を用いることすくなくして、功を納むるの大なるもの、すなわち先んずれば人を制するの機は、いまに迫っておるがです」

元吉はおだやかな口調で、半平太をなだめすかそうとした。

「お前んらあは、公家の空長持《からながもち》ということを知らんろう。日光例幣使《にっこうれいへいし》をはじめとして、公家衆の旅道中は、宿屋から人足まで、すべて代金を払わいでもえい。それであれらあは、旅へ出るのに長持を二十棹《さお》も三十棹も持っていくがじゃ。みな空長持よ」

長持を担ぐ人足は、五貫匁に一人ときまっている。空の長持は五貫もないので、人足が二人で楽に担げる。

公家はその長持に、五人持ち、十人持ちなどと札をつける。

「あれらあは、空長持を二人に担がせ、浮いた人足賃を、みな懐へ納めるがよ。宿場、旅籠、茶屋に着けば無理難題を吹きかける。飯にごみが入っておったなどというては謝らせ、うるさいかぎりじゃが、銭さえやりゃ、事はすぐに納まるがじゃ」

宿場役人も、公家の駆けひきをこころえていて、十人持ちと札をつけた長持を見ると、辞を低くして頼みこむ。

「これは、十人持ちにしたら、あんまり軽うござる。五人にまけて下されという と、公家はいうがよ。そうはまけられん。八人出せ。それが精一杯じゃとな」

宿場役人は、いきなり高飛車に出る。問屋場に人足が余っているから、空長持を申し出の通り十人で持たせよという。公家はそうされると袖《そで》の下《した》が取れないから、いくらか人数をまけることになる。

「例幣使が江戸へ下れば、家を建てて住まわせんといかん。御用が済んで京へお帰りのときは、その家財一切、漬物石まで長持に入れて持ち帰るがじゃ。お前んは、そがな根性の公家衆相手に、大業をやる気かよ」

半平太は吉田元吉の意中をたしかめ、彼を説得しうる見込みがないことを知った。

その前後、藩儒森横谷《もりおうこく》（四郎）が、家老山内下総をたずね、進言した。

「武市らあは、ぐずついておれば薩長に置き去りにされると、申しちょります。ご家中より探索人を京、大坂、江戸へつかわし、時勢を詮議させんといかんでしょう」

下総は低い声で答えた。

「そがなことは、吉田が不承知じゃろう。何事も、吉田がむつかしかろう。武市半平太らあが、それほどに思いこんじゅうなら、いっそ吉田を殺《や》ればえい」

森は尊攘派ではない。藩の前途を気づかうあまりに進言したが、思いがけない返答におどろいた。

「それはご本意ですろうか。ご自分がたの、そがなご不見識には、気落ちするばあでござりますろう」

彼は下総の言葉を友人の平井善之丞に伝え、ともに嘆いた。

「こりゃ、ただじゃ済まんぜよ。大学さまらあは元吉が邪魔で、半平太をそそのかして斬奸《ざんかん》させるつもりじゃ」

吉田元吉の施政を批判する声は、多かった。

十月十九日、城下真如寺橋に、元吉の悪事をあげた、つぎのような大意の書付けが貼《は》りだされた。

「おそれながら土佐の大君に申しあげます。元吉は大坂で莫大な金銀を借りうけ、四十余人の徒党を集め、幕府へ賄賂《まいない》攻勢をして、容堂侯をふたたび太守におし立てようとはかっています。

古来の忠臣であろうとも、随従しない者はしりぞけ、藩政を乱す危機は迫っています。私は元吉に近づき内情をうかがい、山内下総殿へ事情を訴えたが、なんのご沙汰《さた》もないので、ここに記すものであります」

龍馬は住吉陣屋の長屋で、日を過ごしていた。彼が文武館道場へ撃剣稽古に出ると、顔見知りの郷士たちが稽古相手に立ちたがった。

「龍馬さん、俺と一本やってくれ」

「つぎは俺が所望ぜよ」

龍馬は半日を道場で過ごし、風呂を浴びたあと、部屋でくつろぐ。

間崎哲馬の従兄《いとこ》、間崎哲一郎は酒が好きで、一升徳利を提げ、龍馬の部屋にきた。

「龍やん、長州の久坂に会いにいくまで、ここにおりゃあえい。京都や大坂をまいくり廻って、過激の浮浪らあのいうことを聞いても、ためにならんぜよ」

哲一郎は、龍馬の剣技を褒《ほ》めた。

「郭中の者らあは、お前んとは稽古をせんろうが。指南役もお前んが道場に出るときは、おりゃあせん。立ち会うて負けりゃあ、面目ないきのう」

龍馬は笑った。

「俺は江戸で試合巧者と稽古を重ねたきに、多少はひねちょるが、たいしたこたあない。清河八郎らあは、相手の癖をじきに読みとって、裏をかくのが上手ながじゃ」

哲一郎は、傍《そば》にいる望月清平と顔を見あわせる。

「清河という浮浪は、近頃京都で公家の中山忠愛《なかやまただなる》の諸大夫《しょだいぶ》、田中河内介《たなかかわちのすけ》のもとへ出入りして、王政復古を唱えゆう者じゃ。幕府が主上にご譲位をすすめ奉る支度をしゆうと、吹聴《ふいちょう》しよるがじゃ」

「そりゃ、流言じゃないがか」

「分からんが、ほうぼうに聞こえちゅう。去年の冬、プロシアとの条約についての紛議で切腹した外国奉行、堀織部正《ほりおりべのかみ》（利煕《としひろ》）の遺書じゃというて、幕府が天子を廃する議を、ひそかに画しゆうと書いたものが、世上に撒《ま》かれるほどじゃ」

「そがな風説をたてりゃ、攘夷党らあはなにをやりだすか分からんのう。いつでも命ばあ捨てる者らじゃきのう」

清河らは、尊攘派のいきおいにかげりがあらわれると、火に油をそそぐような効果のある風説をひろめ、幕府に対する敵愾心《てきがいしん》を煽《あお》りたてるのであろう。

島津久光が率兵上京するというが、和宮親子《ちかこ》内親王が、将軍家茂御台所《みだいどころ》として降嫁のため、江戸へ発輿《はっよ》して間もない京都では、公武合体をよろこぶ声が多い。

長州藩では、桂小五郎、久坂義助らが、薩摩藩と行動をともにするため、藩論を統一しようと懸命の努力をつづけているが、藩主毛利慶親《もうりよしちか》（のちに敬親《たかちか》）の寵《ちょう》臣長井雅楽《しんながいうた》が、前途を阻んでいた。雅楽は藩内で、和謀第一といわれた英才である。

彼は小姓役、奥番頭格《おくばんがしらかく》、世子定広《さだひろ》（のちに元徳《もとのり》）の傅役《もりやく》を歴任し、安政五年以来、直目付《じきめつけ》として藩政の要路にいた。

文久元年春、幕府がプロシアとの開国条約締結によって天皇の怒りをうけ、全国に攘夷論がたかまった。

このとき、長井雅楽が藩主に、公武一和、航海遠略を建前とする開国論を建言した。

長井雅楽の開国論は、ひろく諸藩に聞こえていた。その要旨はつぎのようなものであった。

「現在国家の急務は、上は天朝をはじめ奉り、下は庶民に至るまで一体となり、国難にあたる策を求めねばならない。

だが開国、鎖国のいずれにするか、国の方針は一定せず、公武の間は疎遠となり、人心和合しないままに、むなしく時日を空費している。

幕府はまず叡慮《えいりよ》を伺い奉り、諸侯の意見を徴したのちに条約を結ぶべきであったが、それをまたなかったので、天朝のご逆鱗《げきりん》はごもっともである。

しかし朝廷が幕府にしきりに破約攘夷の実行を督促されるのも、一考すべきである。破約攘夷は、ただ慷慨《こうがい》血気《けつき》の者の暴論にすぎず、事理をわきまえた者は到底賛成することができない。

外国と戦うとすれば、まず利害曲直を考えねばならない。利害を見れば、敵は航海の術に長じ、多数の軍艦を有している。我は軍艦に乏しく、武士は太平安逸に狎《な》れて、士気あがらず、利は敵にあることがあきらかである。また条約無断調印は幕府の不行届きであるが、国内問題で、外国に対し破約の口実にはできない。

朝廷が国政を幕府にご委任されて年久しく、外国は当然、幕府を皇国の政府と考えているためである」

長井はさらに攘夷を、過去の史実に照らしても、根拠のない偏見とした。

「鎖国はキリシタン禁制に端を発したもので、古くからの皇国の掟《おきて》ではない。皇祖の御誓宣には、天《あま》つ日《ひ》の照臨するところは皇化をしき及ぼし給うべしとある。神功《じんぐう》皇后の三韓遠征も、皇祖のお志にそい給いしもので、鎖国は断じて神慮にかなわずと拝察する。

ゆえに方今の急務は開国進取の方策をとり、わが国威を五大州に伸長することである。

朝廷はすみやかに鎖国の朝議を変え、海軍を振興し、海外との交易をさかんにして外国の恫喝《どうかつ》をおさえ、彼らが恐れるにたりないことを士民に知らせるよう、幕府に命ぜらるべきである。

こうして公武合体、海内《かいだい》一和すれば、皇国の威勢は五大州を圧倒するに至るであろう。

天下の諸侯が、皇国興廃危急のときに至って、一言の建白に及ぶものなく、傍観しているのは、不可解である。

長州藩は先んじて、航海遠略の策をもって、公武の間に周旋すべきである」

長州藩主毛利慶親は、長井雅楽の建言を藩庁に審議させた。藩首脳部は検討のうえ、これを藩の方針として決定した。

文久元年三月二十八日のことで、慶親は雅楽に上京ののち江戸に出府して、公武間の周旋にあたるよう命じた。

龍馬がいう。

「長州の久坂らあは、長井雅楽にくわえて振りまわされちゅうと聞いたが、長井はいまどこにおるがか」

哲一郎が答えた。

「あれは、江戸におる。幕府じゃ、公武一和を説く長井を離すまい。五月に京都へきたときは、めざましいはたらきをしよったもんじゃ」

長井雅楽は京都に着くと、伝手《つて》をもとめ正親町三条《おおぎまちさんじょう》実愛《さねなる》卿に内謁し、意見書をさしだした。

実愛は長井に書面の内容につき詳しく説明をうけ、感動した。

「これまで朝廷に献策をいえば、攘夷慷慨論だけであった。そのほうも承知の通り、堂上は世事にうとき井蛙《せいあ》ゆえ、失策も多きことにはあいなりし。旧年、越前家より、鎖国は下策なりと申す説がおこったが、なにゆえ下策なりやとの訳を一切建言せなんだ。それゆえ主上には、今もって成敗は天に任せ、是非にも鎖国とご決意遊ばされておられる。そのほうがような大議論は、絶えてなかったゆえじゃ」

意見書は天皇に捧《ささ》げられ、天皇はそれを嘉納《かのう》された。

三条実愛は、長井に伝えた。

「長州家へ綸旨《りんじ》をも下されたしとの叡慮であったが、ただいまにおいては、それもなりがたく、叡慮の趣《おもむき》をとくとあい通じるようはからえとの仰せじゃ。ただ口上にて申し聞かすばかりでは、ご意味も通じがたきことゆえ、綸旨を三十一文字《みそひともじ》にととのえ書き渡そう。この歌をまったくの綸旨とこころえ、その段主人に申し達せよ」

実愛が長井に与えた歌は、つぎの通りであった。

国の風吹起しても天津日《あまつひ》を
もとのひかりにかへすをぞまつ

長井の献言によって、天皇は公武一和、航海遠略の方針を嘉納されたのである。

長井はただちに幕府に遊説のため、江戸へ出立した。

その事情を知った尊攘派が、あらたな波瀾《はらん》をおこす策動をはじめたのである。

龍馬は文久二年正月元旦を、大坂で迎えた。朝から雨が降っていたので、たずねてきた溝淵広之丞とともに、酒盃《しゅはい》をあげ、時を過ごした。

　二日は快晴となったので、昼過ぎから今宮戎《いまみやえびす》神社と、木津大黒天《きづだいこくてん》へ参詣《さんけい》した。晴着をつけた老若が、戎橋から住吉までの街道を埋め、造花を飾った駕籠《かご》に、南地《なんち》の芸妓が揺られてゆく。

　寒気はきびしいが、頭上から陽が照りわたり、前日の雨に湿った街道に砂埃も立たず、空の高みで鳶《とび》が啼いていた。

「十日戎《とおかえびす》の人出は十万というが、今日もなかなか、それに劣らんにぎわいじゃ」

　広之丞と肩をならべて歩む龍馬は、眼をほそめた。

「俺は大坂が好きじゃ。素町人《すちょうにん》の町じゃき、体裁をつくろわんところが気にいっちゅう。芝居、博打《ばくち》、芸妓の遊びにも、手っ取り早う楽しむ。天下の貨、七分は浪速《なにわ》にありというが、世のなかは金がなけりゃ動かんという理屈を、こじゃんと（みごとに）わきまえちょるがじゃ」

　広之丞が応じる。

「まっこと、その通りぜよ。大坂は諸国の産物を集めて売りさばく、産物まわしの商いばあやる町じゃ。天下の台所というがは、堂島《どうじま》、中之島《なかのしま》に百ほどの蔵屋敷があるのを、見たら分かる」

　土佐藩蔵屋敷で、国許から送られてくる物産の出納《すいとう》、会計は、すべて御用商人がおこない、留守居役は形ばかりの監督であった。

広之丞は、世情にくわしい。

「しかし開港からこのかたは、諸式高値になって、商いもやりにくうなってきた。横浜にきた異人らあは、白米や茶なんぞを、これまでの三層倍、四層倍で買いよる。大坂は、開港景気についていけず、西国から送る物産も、下関、尾道《おのみち》やら兵庫に水揚げするようになった。この節には、西国から江戸へじかに荷を送る者もふえてきた。それで景気が下火になり、窮民の数が増すばっかりじゃ」

龍馬たちは木津からの帰途、道頓堀《どうとんぼり》の大与《だいよ》という料理屋に立ち寄り、寿司、茶《ちゃ》碗蒸《わんむ》しで酒をくみかわす。

銚子《ちょうし》を幾本かあけたあと、龍馬がいった。

「俺は昨夜お前《ま》さんと相談した通り、勤王党についていくがはやめ、国抜けして勝手に泳いでみることにきめたぜよ。ちと心淋《こころさぶ》しいが、それしか道はない」

前日、突然龍馬をたずねた広之丞は、江戸からきたが、しばらく京、大坂にとどまるというだけで、わが用向きについてはいつもの通り語らなかった。

「お前んがここにおると、住吉陣屋の者に聞いてきた。はやふた月ほどもおるそうじゃが、上方の形勢はちくと分かったかよ」

「分からんのう。ほうぼう名所見物にいったち、百姓町人は常と変わらん。諸式高で、商人《あきんど》は思案投首《なげくび》じゃというが、晩になったら、新町遊廓《ゆうかく》に繰りこむ客が、銭に窮しちゅうようには見えん。乞食と盗っ人は多いが、攘夷をいいゆう者はおらん。いうのはひとつまみの士分だけよ」

広之丞は笑顔になった。

「お前んは、いつでもおもっしょいことをいうのう。ほんじゃ、攘夷をやる気はないがか」

「いんしん、長州の吉田寅次郎さんがいうた理屈は分かるが、実をもっていうてみりゃ、できぬ相談じゃ」

龍馬は佐久間塾で俊秀の名を知られ、いったんはアメリカへ密航をくわだてたこともある寅次郎が、開港条約反対、攘夷を説き、刑死に至るまで志を変えなかった理由を理解していた。

アメリカの威迫をうけ、義をもって立つことなく、違勅をあえてして利害を打算し、条約に調印すれば、日本はしだいに衰え、ついには亡《ほろ》びるに至る。

朝野の気節が衰えれば、国論を立てることもできない。

いったんの安らぎを得るよりも、断然アメリカの要求を拒絶し、そのうえで国力を養う。軍備をととのえたのち、海軍をもってアメリカを訪れ、前年の要請にこたえて和親の条約をむすんでこそ、国家の威権は発揚するというのである。

龍馬は吉田のいうところは正論であるが、それを実行することは不可能だと思っていた。

広之丞がいった。

「お前んのいう通りぜよ。去年の五月の末に、水戸浪士が東禅寺のイギリス公使館へ斬りこんだが、そのあとでイギリス公使は横浜に船がかりしちょった軍艦から、兵隊二十人を呼び寄せて警固にあたらせた。それから四月ほどたって、人数をふやしよったがじゃ。さすがに幕府も黙っちゃあせん。公使に兵隊を引き揚げさせよと掛けおうたが、相手にされざった。公使は人数が入用と思えば、何百人でもふやすとほざいたがじゃ」

イギリス軍が公使館護衛のため、江戸市中に駐屯することを、幕府は黙認せざるをえなかった。

広之丞は、龍馬がわずかに風聞を耳にしただけの、ロシア軍艦対馬占領事件の詳細を知っていた。

「東禅寺の騒動がおこる前、二月頃にロシアの軍艦が対馬にきて、対州《たいしゅう》藩に土地を貸せと申し出よったがじゃ。こっちはことわったが、ロシア人らあは陣所を建て、井戸を掘る。そのうち番所に押しかけて柵《さく》をやぶったり、百姓家の物を盗みよる。島の者は郷士と合力して、村に入りこんでくるロシア人を押し返そうとしたけんど、四月になって一人が鉄砲で撃ち殺され、二人が陣所へ連れていかれた」

「幕府はなにもせざったがかよ」

「五月になって、外国奉行と目付が出向いたが、埒《らち》があかざった」

対馬は朝鮮海峡を扼《やく》する要地である。不凍港を持たないロシアの垂涎《すいぜん》の的であり、イギリスも海軍根拠地として領有したいと、ひそかに目をつけていた。

対馬に派遣された外国奉行、小栗豊後守忠順《おぐりぶんごのかみただまさ》は、遣米使節としてアメリカにおもむき、アフリカ、インド洋、マラッカ海峡、清国を経由して帰国したので、ヨーロッパ人がそれらの国々で、どのようなふるまいをしているかを見ている。

ただちに引き揚げるよう求めたが、艦長は小栗を相手にしなかった。司令官の命令がなければ引き揚げないという。

小栗は江戸に戻り、幕府が協力しなければ、対馬藩は到底露艦を追い払えないと通告した。

「幕府の老中らあは、なんにもできざった。ただ聞き置くばあじゃ。対馬は江戸から離れちゅうき、見殺しにするつもりじゃった。ロシアの軍艦は、八月になって対馬から去《い》によった。イギリス軍艦二隻が出向いて、脅したためじゃ。ロシアが対馬に尻をすえたら、イギリスは都合がわるかった。幕府は、攘夷をやれるような力を持っちゃあせん。諸藩はなおさらじゃ」

小栗忠順は明敏の資質をそなえているといわれたが、外交交渉について無策であった。

外国奉行が外国人に面談するとき、目付を立ち会わせ、通弁、調役《しらべやく》、書物方定役《じょうやく》、御徒目付《おかちめつけ》、御小人《おこびと》目付、御勘定方などを同道する。

面談の内容は、すべて外国掛下役が前例と照合して記述したものを、読むだけである。終始自らの意見を語ることがないのを、不都合と思う者はいなかった。

陽《ひ》は蒼《あお》く

龍馬は夜更けにめざめた。

雨戸を誰《だれ》かが叩《たた》いているような音がする。猫が百匹ほども啼《な》いているような騒《ざわ》めきが遠方でおこり、それがしだいに近づき、家の戸を烈《はげ》しく揺りうごかし、甲高い裏声の咆哮《ほうこう》を残し、頭上を通りすぎてゆく。

また遠方で、猫の啼き声がわいてくる。表でしきりに物の転がる音がする。

——大風が吹いちょる。ここはどこじゃ——

龍馬は濃い闇《やみ》のなかを見つめ、しばらく考えて、気づく。

——うちの離れじゃ。俺《おれ》はうちに帰っちゅう——

龍馬はふかい溜息《ためいき》をついた。長旅の疲れが出て、体が熱い。

一番鶏《いちばんどり》がしわがれた声で啼きはじめるには、まだ早い刻限のようであった。文久二年二月二十九日の夜更けである。

その日の夕方、龍馬は四ヵ月半の旅行を終え、高知に戻った。

彼は正月五日に、大坂中之島筑前橋《ちくぜんばし》から金毘羅船《こんぴらぶね》に乗り、八日朝丸亀に着き、三田尻行きの便船に乗りかえた。長州萩城下に着き、久坂義助と会ったのは、十四日の午後であった。

城下の南、橋本川《はしもとがわ》にかかる玉江橋《たまえばし》に近い、折れ曲がった小路《こうじ》に入り、久坂家をおとずれると、義助は在宅であった。

義助は、頭が鴨居《かもい》につかえるような大男で、二十五石どりの藩医と聞いていたが、坊主頭ではなかった。ゆたかな髪をうしろで束ね、色白で、衣服のうえから発達した筋骨のかたちが、うかがえるような体格である。

龍馬は夏蜜柑《なつみかん》の枝葉が、窓際まで迫ったほの暗い部屋で、義助とむかいあう。義助は龍馬の来意を聞き、半平太の添え状を見ると、居ずまいをあらためて詫《わ》びた。

「僕は去年の九月七日に江戸を発足して、途中で京都に立ち寄り、霜月《しもつき》十一日に帰家しました。君がおたずね下さったときはちょうど旅中で、二度のご足労、まことにあいすまぬことです」

龍馬は笑っていう。

「いや、私は京坂の見物に出向いちょりました。知らぬ土地を見てまわったおかげで、見聞がひろうなったようです」

「おそれいります。では、さっそく旅籠《はたご》へご案内いたしましょう。晩がたにはくつろいでご談合つかまつろうではありませんか」

龍馬は商家が軒をつらねる町人町《まち》の宿へ、案内された。

その夜、龍馬は義助と長いあいだ話しあった。義助は弁舌に長じており、重要な要件を手際よくえらび、無駄口をきかない。

これまで数年のあいだにおこった事柄の背景につき、はじめて耳にする龍馬がよく理解できるよう、的確な説明をする。

――これはなかなか弁が立つのう。俺らあと違って、天下の形勢をよう知っちゅう。俺が曇った鏡なら、この人は冴《さ》えた鏡じゃ――

龍馬は義助の博識に感心した。論議をする相手がよく話してくれると、聞くほうは気分がくつろぐ。

龍馬は、口数がすくなく、意地のつよい男がきらいである。轆轤《ろくろ》をまわすように、我意をじりじりと押しつけてきて、一歩も後退しない相手とは話をする気がしない。

金銀で松竹梅の模様を描いた漆塗《うるしぬ》りの鉢台というもののうえに、鯛《たい》、ひらめ、鰤《ぶり》などの刺身を盛りつけた大皿を載せ、運ばれてきたのを見た龍馬は、郷里をなつかしく思いだした。

義助は龍馬と酒をくみかわしつつ、語りはじめた。

「まえに武市さんにとめられたが、僕はそののち、なんとしても和宮御降嫁をさまたげたいと、日夜案を練りました。しかしどうにも人数が足りないので、到底望みを達することができないとあきらめ、九月に江戸を発《た》って京都へ入りました。太守慶親《よしちか》さまが参観《さんきん》なされる途中を待ちうけ、和宮降嫁の不可である訳を言上《ごんじょう》してみようと考えたのです。

ところが太守は旅中に病《やまい》をわずらわれ、なかなか京都へこられぬ。僕は伏見《ふしみ》の宿におりましたが、帰国の沙汰《さた》が出たので、なすところもなく帰藩したしだいでござった」

「水戸の有志らあは、どうしゆうがですか。気勢はあがりよりますか」

「なお意気さかんです。東禅寺斬り込《こ》みで七人を失いましたが、その志を継ぐ者が、いま安藤対馬守《あんどうつしまのかみ》（信正）を狙《ねら》っておるところです」

「安藤というのは、外人応接の老中のうちじゃ、抜群の切れ者と聞いちょりましたが」

義助は両眼を見ひらき、烈しい口調になった。

「あれこそは奸物《かんぶつ》中の最たる者です。斬奸《ざんかん》せねば、尊王の気運はおさえられるばかりじゃ」

龍馬は溝渕広之丞から、安藤の評判を聞いていた。

「対馬守は、ヨーロッパの事に通じちゅうわけでもなく、洋学をこころえちゅうわけでもないが、臨機応変に機敏の才があって、外国公使と堂々と談判しゆうがじゃ。平伏ばあしよった下役らあも、近頃《ちかごろ》は頭をあげて外人と応対しゆうそうじゃ」

龍馬は義助にたずねた。

「尊藩の藩是《はんぜ》は、航海遠略の策であると聞いちょります。私は江戸の佐久間塾で、砲術を習い、吉田寅次郎さんにお目にかかったこともあるがです。象山先生は、攘夷《じょうい》をいう者は世界の形勢に暗い鈍物ばあじゃと、いうちょられました。君はなんで、攘夷をやるがですか」

龍馬は胸中にわだかまる疑問を、ためらわず口にした。

攘夷をとなえるのは、長州藩が国政の中枢に乗りだしてゆくための、口実にすぎないのではないか。諸大名が、朽ちた大樹のような幕府を支える手段として、公武一和の策を用いて、なぜいけないのであろうか。

龍馬は義助の憤怒《ふんぬ》を予期していたが、意外に静かな返答をうけた。

「航海遠略策は、松陰《しょういん》先生のかねて説かれるところでした。しかし方今の遠略策は、幕府をたすけ、天朝をないがしろにし奉るものです。アメリカにはずかしめられ、条約を押しつけられながら、その罪を糺《ただ》さず遠略策で国威を進展させることはできません。松陰先生はわれらにいましめて下されました。いまの日本は、古今に前例を見ない頽廃《たいはい》のきわみにあると。

それはアメリカが幕府をおさえ、幕府は天朝と諸侯をおさえ、諸侯は国じゅうの有志をおさえているためです。そのため、われらは皆手足を縮め、犬のごとく狐《きつね》のごとくにいて、心ならずも天朝に不忠の罪を犯しているのです」

龍馬は、義助の説が理路整然としていると思った。幕府は外国との交易による物価の高騰を防ぐことができず、世上には不穏の気配が満ちている。

義助は言葉をつづけた。

「アメリカ大統領は将軍よりも智《ち》にすぐれていました。いま日本にいる外国公使たちは、老中よりも才においてすぐれておりますけえ、押さえられた頭をあげられませんのう」

彼の語調はしだいに烈しくなり、国訛《くになまり》が出た。

「弊藩にても、君侯がいかにご賢明でも、重役のうちに非凡の人がおりませんなあ。藩庁の役人どもは俗物ばっかりで、蝿《はえ》のようなもんでござります。薩藩が率兵上京というのですが、いつ出てくるか、さっぱり分からんのです。天朝は公家《くげ》衆が俗論に動かされて正論は立ちません。ほんじゃけえ、このままじゃ日本は亡国になります。亡国にならんためには、日本を乱世にせにゃいけんのです」

義助はいった。

「松陰先生はいい残されました。公家の陋習《ろうしゅう》は幕府よりはなはだしく、夷狄《いてき》を近づけては神を穢《けが》すというばかりです。諸侯は幕府のあとに従い、ともに異国に降参するのみです。このままでは日本に自由はなく、逼塞《ひっそく》するでしょう。しかしいったん乱世にすりゃ、ナポレオンのような者が出て、道がひらけると先生は申されました。幕府、諸侯はたのむに足りません。われらのような草莽《そうもう》が、こぞって蹶起《けっき》するほかに道はないのです」

龍馬は義助が帰ったあと、寝床に入って考えた。

――久坂さんらあは、幕府も殿さんもいらんと考えちょるがじゃ。いまの世間をひっくりかえし、洗い直したいがじゃろ。それはつまり、アメリカのような自由な国にすることじゃ。主上を推したて、その下で才ある者が相応のはたらきをあらわせるような世になりゃ、俺もいうことはない。顎《あぎ》は殿さんの下で忠義することばあ考えゆうようじゃが、義助さんはちっくと違う。もっと危ない道を歩くつもりながじゃ――

義助は、松陰の残した遺訓ともいうべき言葉を、いろいろと教えてくれた。

松陰は、安政の大獄がおこったときにいったという。

「好機というものは、時を待ってもこない。今日《こんにち》の変事は、幕府を批難する声が高まったためにおこった。批難する者がおらねば、千年待っとも何の変事もおこらなかったにちがいない。天朝への忠義とは、鬼のいぬ間に茶をいれて飲むような、悠長なことではない。こちらが攻めなければ、敵は立ちむかってこない。攻めかければ、かならず反撃してくる。動乱をおこして一気に世直しをするには、同志を募り、戦いをおこさねばならない」

龍馬は吉田寅次郎の考えるところを、あらまし知っていたが、義助の説明を聞き、その本質を、あらためて認識した。

日本の現状を切りひらくためには、寅次郎のような激烈な方策を用いねばならないことを理解したが、義助に同調する熱情は湧《わ》いてこない。

——俺は殺生するのが嫌いじゃ。できることなら、事変をおこさず、世直しをしたいものぜよ——

翌日、龍馬は城下江向《えむかい》の藩校明倫館《めいりんかん》の文武修行道場へ案内された。

明倫館は、広大な敷地のなかに剣槍稽古場《けんそうけいこば》、弓場、馬場、文庫が棟をつらね、中央に講堂、御殿がある。

龍馬は、東門を入って左手の剣術稽古場へ案内された。

「これは立派な道場じゃ。江戸でもこれだけの構えは、そうはないですろう」

龍馬は板敷を踏んでみる。中央がわずかに高く、壁際をやや低くした床板は、力をこめて踏むと、はずみがついてはねかえる感触がする。

龍馬は送り足で踏みこむ動作を二、三度やってみて、久坂義助に笑いかけた。

「ようできちょりますのう。こがな床板のうえで飛んだり跳ねたりしたら、手がよう伸びますろう」

義助の同志佐世《させ》八十郎《はちじゅうろう》（のちの前原一誠《まえばらいっせい》）、中谷正亮《なかたにしょうすけ》、寺島忠三郎《てらじまちゅうざぶろう》、岡部富太郎《おかべとみたろう》、松浦松洞《まつうらしょうどう》らが集まり、義助が彼らを龍馬にひきあわせた。

佐世は頼んだ。

「君は撃剣家と、かねて聞いております。僕らのごときいなか者に、江戸仕込みの手練のほどを、ご披露下されぬか」

龍馬は笑って応じなかった。

「撃剣の上手というがは、武市のような遣い手のことです。私のような者は、江戸では掃いて捨てるほどおりますきに。まあ形を覚えちゅうばあじゃき、見ていただくのも恥ずかしいですのう」

稽古場にいた数人の若い藩士が、歩み寄ってきて挨拶《あいさつ》をする。

義助がいった。

「ちょうどこの者らが、巻藁《まきわら》をこしらえております。試斬《しざん》してやって下さい」

龍馬はためらうふりをするが、心が動いた。

「巻藁は、ちくと斬ったことがあります」

「ではどうぞお試し下さい」

架台が運ばれてきて、そのうえの金具に径五寸、長さ二尺五寸ほどの藁束を突き刺す。藁束は五ヵ所を麻糸で縛っていた。

藁束の中心には、およそ一寸ほどの青竹を入れている。

一昼夜水に浸《つ》け、半日乾かした巻藁は、人体と似通った斬り味であるとされた。

義助がいった。

「ちょうど胴ひとつにこしらえています。お試しなされよ」

龍馬は一礼して巻藁にむかう。足腰の動作に隙《すき》がなく、滑るような摺《す》り足《あし》であった。

龍馬は巻藁を斬るのが得意であるが、日根野道場ではあまり高い評価をうけていなかった。藁束を右袈裟《けさ》、右袈裟、左逆袈裟、右袈裟、横一文字と五度に斬るような、高度な技をやらないためである。

二尺五寸の巻藁は、下部を金具に突き刺しているので、架台から上五寸までは斬ると刀をいためる。斬る部分の長さは二尺である。

胴ひとつに相当する二尺の巻藁を、五度斬るため、はじめの一撃をなるべく薄く斬ろうと加減すると、刀身が藁のうえをかすめる。深く斬りこめば、あとがむずかしくなる。

気、剣、体が一致していれば、できるというが、龍馬は打ちこみの角度、刃の返しぐあいを、からくり仕掛けのように一定にすることができても、実戦の役にはあまり立たないと思っていた。

彼は撃剣稽古のとき、引きがつよいので稽古相手を悩ませたが、巻藁試斬をするとき引きが役立つ。

龍馬が五、六本の巻藁を立てておき、連続斬りをするとき、見ている者は嘆声をあげるのが常であった。

――大層に感心してくれるが、こがな物を斬るがは、なんちゅうこたあない――

龍馬は腹のうちで笑う。彼は胴ひとつの巻藁を、何の手応《てごた》えもなく両断し、一度に百本を斬っても疲れない。余人はその姿を見て、思わず身を引くような凄愴《せいそう》の思いを禁じ得ないのである。

龍馬は義助たちの見守るなか、巻藁の前にわずかな右半身《はんみ》の姿勢で立ち、刀を抜き、左手をそえるなり二度右袈裟に斬りおとし、刃を返して左上に斬りあげ、また右袈裟に斬って横一文字に払った。

静かな道場に、藁を断つ音がジャーン、ジャーンと鳴りひびき、龍馬は気分がいい。

義助が声をかけた。

「さすがのお手のうちです。もう一本お試し下さい」

こんどは巻藁三本を横にならべて縛ったものを、右袈裟に斬る、三つ重ね斬りである。

――これは気いつけにゃ、怪我《けが》をする――

三つ重ね斬りは、力をこめねばならないので、刀身の止めかたを誤れば、わが膝《ひざ》を斬ることがある。

龍馬は刀をゆっくりと右上段にふりかぶり、気合とともにななめに振った。三本の巻藁はそのまま立っている。おやっ、と思ったときすべるように床に落ちた。

佐世八十郎がいった。

「冴えたものです。若い者どもに一本稽古をつけてやって下さい」

道場にはいつのまにか稽古着姿の若侍たちが、大勢集まっていた。龍馬は辺りを眺めまわす。

――三十人ばあはおるか――

彼は一応辞退した。

「私はこがな立派な道場で稽古させてもらえりゃ、うれしいです。しかし、見栄えのせん腕前じゃき、ご遠慮いたします。得手な技のひとつも持たず、きまりきった打ちこみばあやっても、お目のけがれですろう」

佐世八十郎がすすめる。

「いや、いまの試斬の手のうちを見れば、すべてよく分かります。どうか若い者に一手教えてやって下され」

龍馬はしいて拒まず、客用の稽古着、防具をつけ、竹刀箱《しないばこ》から百五十匁ほどの重たげな竹刀を取りだした。

――試合で勝っても詮《せん》ないことじゃ。負けちゃろかのう――

一度立ちあって勝てば、腕に自信のある者が、入れかわり立ちあいを望むにちがいない。

ひとり旅をしている龍馬は、他人から遺恨を買いたくはなかった。武者修行に出かけ、試合に勝っての帰途、闇討ちをくらい命を落とした者の例は、千葉道場に出入りする門人たちから幾度も聞かされた。

長州藩校明倫館での試合に、遺恨のつきまとうおそれはなかろうが、龍馬は用心深い。

最初に竹刀を交えたのは、二十五、六の年頃の、俊敏な進退を見せる男であった。

――これは神道無念流《しんとうむねん》か。目録ぐらいは遣うがじゃろう――

龍馬は三本勝負の一本めに、面を打たれ、二本めには出小手《でこて》を打たれて負けた。

つぎに出たのは、前髪をとっていない少年である。

――俺も軽く踏まれたかのう――

龍馬は面のうちで苦笑いをする。義助たちは、龍馬が本気で立ちあっていないと見て、わざと少年に挑ませたのであろう。

龍馬は小手、突きの二本をとられ、負けた。

「尊藩のお人らあは強いですのう。とてもつけ入る隙はありません」

佐世が気の毒そうにたずねる。

「先生の日頃のお手並みを拝見できず、残念です。病気なされておられるのですか」

龍馬は大笑した。

「体は達者です。弱いきに負けたがです」

義助たちは顔を見あわせあう。彼らは、龍馬がただものではないと感づいたようであった。

龍馬はその夜から、明倫館内の文武修行館に泊まることになった。そこには他国から訪れた剣術修行者の宿泊する長屋がある。

龍馬は久坂ら長州藩尊攘派が、意気あがらず鬱屈《うつくつ》しているのを知った。藩論は長井雅楽《ながいうた》の航海遠略策に定まり、公武一和を推進するなかで、尊攘を実行するには、脱藩するよりほかに道はない。

——土佐も長州も、おんなじような形勢じゃのう——

龍馬は自分が大坂へ出向いているあいだに、高知から勤王党の大石団蔵《おおいしだんぞう》と山本喜三之進《やまもときさのしん》が萩にきて、久坂義助に会ったことを知った。半平太は吉田元吉に尊攘論を拒まれ、焦慮のあげく、大石らに書状を托《たく》し、長州の状況を知ろうとしたのである。

——四、五日泊めてもろうて、土佐へ去《い》ぬるか。それからいよいよひとりで脱藩するしかない。こがな物騒な世のなかに、お田鶴を連れて旅するがは無理じゃ——

前途は濃い霧に包まれたように、見通しがつかないが、龍馬は向日性の植物が陽射《ひざ》しを求めるように、世間が大変動をおこしはじめている場所へ、ゆきたい。昔からの格式や取りきめが通用しなくなる時代の裂け目が、口をひらきかけているのを、わが眼《め》でたしかめたい。

誰にも相手にされず、野垂れ死にをする不運が待っていても、龍馬は自分の欲望に忠実でありたかった。

——死ねばそれまでじゃ。山より大けな猪《しし》は出よらんぜよ——

彼は土佐藩郷士、坂本権平の弟の身分に縛られることなく、自由に動きまわりたかった。毎日何の変化もない年月を重ねて生きることには、飽き果てている。気儘《きまま》な旅を重ねるうちに、龍馬の身内に餓狼《がろう》のような不敵な勇気が、いつのまにか宿っていた。

翌朝、佐世八十郎、大楽源太郎《だいらくげんたろう》ら、久坂義助の同志が龍馬を呼びにきた。

「昨夜、薩藩樺山三円《かばやまさんえん》殿の使いが参られた。いよいよ三月には、島津久光公が千余の軍卒を引き連れ、京地に上られると決まりました。諸藩が合従《がっしょう》して、勤王義挙に出るときがきたのです」

龍馬は久坂の屋敷へ出向いた。

義助は座敷に入りきれないほど集まった同志たちに囲まれ、鷹《たか》のような眼の男と並んで坐《すわ》っていた。

眼光するどい薩摩藩士田上藤七は、重大な通報をもたらした。

三月になれば島津久光が、供の人数千余人を連れ、鹿児島を出立《しゅったつ》して上洛《じょうらく》すると決まった。人数は二手に分け、まず久光が五百余人の兵とともに、藩船天祐《てんゆう》丸《まる》で大坂にむかう。

つづいて後発の五百四十人が、下関、小倉《こくら》附近に進出する。蒸気船の天祐丸は、久光一行を大坂か兵庫に上陸させたのち、下関、小倉に引き返し、待機していたすべての兵員と糧米を積み、大坂へ送る。

移動に要する日数は五日間であった。

率兵上京の趣旨については、去年十二月、薩藩小納戸役《こなんどやく》で誠忠組の代表者である大久保正助《おおくぼしょうすけ》（利通《としみち》）が、京都へ出向き、島津家の姻戚《いんせき》である権大納言近衛忠房《ごんのだいなごんこのえただふさ》に申しいれたという。

龍馬は久坂家の座敷を埋めた男たちの熱気のなかで、義助と薩摩藩士が語りあう言葉を聞きもらすまいと耳をそばだてた。

――やっぱり薩藩はやるがか。幕府にこじゃんと楯《たて》つくとは、胆《きも》がふといのう。この先、何事がおこるか、分からん――

傍《そば》にいる男のわきがに閉口していた龍馬は、においも苦にならなくなった。

大久保が近衛忠房に取り次いだ、島津久光・忠義《ただよし》父子の意見の大要は、つぎのようなものであった。

「幕府は桜田門外の変ののち、行政能力を失ったまま、表面では虚勢を張り、内部では深淵《しんえん》にのぞみ薄氷を踏む思いを抱き、国家の前途を憂うこともなく、内外の難問題を一日延ばしにしています。

和宮様御降嫁によって、政事を改革し勅意に従い奉る意思はありません。幕府はたのむに足らず、朝廷が実力によって天下の事を解決するためには、兵を動かす必要があります。天皇のご安危にもかかわる重大事でありますが、皇国復古の大業あらせられたく、誠願いたします」

安政の大獄の記憶があたらしく、幕府をはばかる公卿《くぎょう》をおどろかせるに充分な意見であった。

久光は千余の軍勢で京都を守護したうえで、非常の聖断を仰ぎ、幕府へ勅使を派遣され、幕政改革を命ぜられたいと願い出た。

改革は、一橋慶喜を将軍後見役、越前老公松平慶永《まつだいらよしなが》を大老に任じ、関白九条尚忠《くじょうひさただ》を辞任させ、前左大臣近衛忠熙《このえただひろ》を関白に復帰させる。

さらに青蓮院宮《しょうれんいんのみや》の幽囚を解き、万機を親裁される天皇の顧問とする。安政の大獄における幕府の措置のすべてを、くつがえそうというのである。

島津久光が軍兵を率い京都に入り、御所を守護することを、幕府が許すわけがない。

久光は勅諚《ちょくじょう》を受けて、京都の要地を預かりたいと申し出た。だが朝廷は幕府の反撥《はんぱつ》を怖れ、勅諚を下せば無益の混乱を招くとして、願いをことわった。

近衛忠房は、父忠熙が幕府から謹慎出家を命ぜられている現状では、久光の要請を支持する勇気がない。

久光は勅諚を受けないまま、上洛を強行することに決した。

龍馬は義助たちがこの機に藩論を転換させるため、諸国の尊攘浪士とともに蜂《ほう》起《き》し、京都守護職のいる二条城を襲う計画を相談しあうのを、黙然と聞く。

彼らは青蓮院宮の幽閉を解き、官軍を募って、一気に討幕の機運を引きおこそうと考えていた。

田上藤七がいう。

「豊後岡《ぶんごおか》の加藤条右衛門さあ、久留米《くるめ》の真木和泉《まきいずみ》さあ、福岡の平野次郎（国臣《くにおみ》）さあが、人数を集め押しのぼる手筈《てはず》に、なっちょい申す」

平野次郎は、久光の先手となり、大坂城、二条城、彦根城を奪い、聖駕《せいが》を進め、箱根山《はこねやま》に行在所《あんざいしょ》を置いたうえで、幕府の罪を責める方針をたてているという。

幕府が前非を悔い、罪を謝すときは官職を剝奪《はくだつ》して諸侯の列に加える。もし反抗するときは兵を進め、すみやかに討伐するのを、第一の上策とする。

――そがなたくらみが、調子よう運んでくれりゃえいが。島津が浪士雑輩の口車に乗るろうか。島津は、まさか本気で幕府と戦《いくさ》をするつもりじゃなかろう。千人ばあで、戦はできん――

いずれにしても、天下の形勢は急変の機を迎えたと、龍馬は胸を波立たせた。

──追風《おいて》じゃ、追風じゃ。船に帆をあげるときじゃ──

龍馬は前途の動乱のなかに、身を投げいれようと思った。

義助が龍馬に声をかけた。

「坂本さん、千載一遇の好機にめぐりあったのです。君は土佐の同志を募り、われらとともにはたらいて下さい」

龍馬は高声に答えた。

「土佐は一藩尊王ですき、総がかりでやりますらあ」

同座の男たちが、歓声をあげたが、義助は笑みを見せなかった。

龍馬の醒《さ》めた胸中を、鋭敏に察したのである。

龍馬は一月二十三日に、萩を出立した。久坂義助から、半平太あての書状を托されていた。


龍馬は帰国した翌日の三月一日朝、新町の武市家へ出向いた。

眩《まぶ》しい陽射しのあふれる晴天で、城下の桜は三分咲きである。

──春先の南風《まぜ》は、気分がえいのう──

龍馬は湿りを帯びたやわらかい風のなか、ゆっくりと足を運ぶ。

半平太の屋敷には、大勢の同志が出入りしていた。座敷へ入りきれない者は、縁先に坐りこんでいる。家内には議論しあう男たちの声が入りまじり、騒然としていた。

「朝から気合がかかっちゅうのう」

龍馬は腰から抜いた太刀《たち》を右手に提げ、半平太の傍へ坐った。

あさぐろい顔を紅潮させ、半平太に語りかけているのは、高岡郡檮原《ゆすはら》村番人大庄屋の吉村虎太郎である。虎太郎は龍馬より二歳年下で、間崎哲馬の塾に学んでいた。

彼は声をふりしぼって半平太にいう。

「先生、俺がこればあお頼みしゆうことが、分からんがですか。平野次郎が、長州をはじめ諸藩の同志らあとおこす義挙に加盟するのが、なんでいかんがですか。島津久光が、三月に国許《くにもと》を発ち、四月に京都に入れば、京都の尊攘浪士は皆義挙に加勢するぜよ。土佐の勤王党だけが、出遅れても、えいがですか」

半平太は拒んだ。

「平野は名の知れた仁《じん》じゃけんど、そがな匹夫《ひっぷ》の行いをしゆうがか。俺は藩論がまとまらんと、動かん」

「いまは時が迫っちゅう。早うせにゃいかん。勤王党がこぞって亡命するばあですか」

半平太は虎太郎を叱《しか》りつけた。

「先祖代々、ながらく山内家の恩をこうむってきた俺が、いま亡命して一身の功名をむさぼれるか。一藩の君臣こぞって勤王させるがが、俺の務めじゃ」

「分かった。もうお前《ま》さんには頼まんちや」

虎太郎は席を蹴《け》って立ち去っていった。

龍馬がいった。

「あれは国抜けするがよ」

「放っちょけ。我がで納得したことじゃ。強うはとめられん」

腕を組み、瞑目《めいもく》していた間崎哲馬が、顔をあげてつぶやく。

吉村虎太郎は、龍馬が一月二十三日に萩を出立してのち京坂にむかい、帰国が遅れたので、長州との連絡を急ぐ半平太の使者となった。

彼は二月十六日に萩に到着して久坂と会い、二十七日に高知へ戻った。

吉村虎太郎は、龍馬がもたらした久光上洛の情報を、二日先んじて半平太に知らせていた。

龍馬は帰国すると、半平太になじられた。

「こがなせわしい時に、どこをまいくり廻《まわ》りよったぞ」

「京坂の形勢を探索しよったがよ」

龍馬は笑みを含んでいう。

「島津の殿さんが京都へ上るというが、それをお前さんが先に知ったら、なんぞやるがかよ。なんにもしやせん。吉田元吉っつぁんに頭を押さえられるばあじゃ。ほんじゃき、俺は上方《かみがた》の様子を見てきたがよ。町奉行も所司代も、大勢の手先を動かして、浮浪人を見張りゆうが、島津が出てくれば、ひとたまりもなかろう。浪人、京都の尊攘党は、国事掛の公卿を頼って白蟻《しろあり》みたいに寄り集まってきゆう。浪人、百姓、町人、儒者、神主、坊主といろいろあるが、皆、変事のおこるがを待ちゆうがじゃ。正月十五日に、老中の安藤が坂下門外《さかしたもんがい》で、水戸浪士らあに斬りつけられてからは、幕府の威光も一段と落ちたぜよ」

老中安藤対馬守は、磐城平《いわきたいら》五万石の藩主で、外交を担当し、才能を発揮した。彼は欧米の事情に通じているわけでもなく、洋学を修めたこともなかったが、物事を情理に照らし判断する。

その応答が当意即妙で、外国公使にも信頼されたが、水戸浪士ら六人に襲撃された。彼らの斬姦《ざんかん》趣意書には、対馬守が和宮降嫁、開国条約につき悪謀をくわだて、将軍家を不義に引き入れる姦人であると記していた。

対馬守は護衛の家来たちの健闘により、背に浅手を負っただけであったが、幕威はおおいに傷つけられた。

半平太が聞いた。

「京坂の形勢は、去年から見よったがじゃろ。ほかにはどこへいった」

「住吉陣屋で望月清平に添え状を書いてもろうて、大和五条の森田節斎に会《お》うた」

「節斎は吉田寅次郎、頼三樹三郎《らいみきさぶろう》らあの師匠で、勤王学者じゃねや」

「いん、節斎さんに五条の木綿問屋の下辻又七を引きあわせてもろうてのう。それから又七の添え状をもろうて、伊勢《いせ》の竹川竹斎《たけがわちくさい》に会いにいったぜよ」

竹斎は一万巻の書物を納める文庫を建てた町人学者で、江戸、大坂に店を構える、日本屈指の両替商である。彼は、勝麟太郎に学資を惜しみなく与えていた。

半平太は、腹立たしげに龍馬に聞く。

「なんで商人《あきんど》らあに、会いにいくがな」

「お前さんは知らんろうけんど、大商人は天下の形勢を、よう調べちゅう。なんせ金を儲《もう》けにゃいかんき、世情を呑《の》みこまざったら、一日もやっていけん。俺は竹斎のところへ遊びにきちょった、おもしろい男に会うたぜよ」

半平太は、薩長の同志に置き去りにされかねない情勢のなか、煮えかえるような焦りを身内に抱いているが、龍馬が思いがけない話をはじめるので、つい興味をひかれる。

「江戸は芝《しば》の相政《あいまさ》という、人入れ元締《もとじめ》じゃ」

相政は四十過ぎの、脅しのきく悪相の男であった。

古渡唐桟《こわたりとうざん》の着物で、長煙管《ながぎせる》を手にする相政は、京都へ上る途中、竹斎のもとへ立ち寄ったのである。

彼は尾州《びしゅう》藩、紀州藩、芸州藩、熊本藩など大藩に出入りして、扶持《ふち》を受けている。大大名は参覲交代で帰国のとき、江戸から国許まで人足を雇いきりで連れてゆく。

道中の宿場人足を使わないこの方式を「足つき」といった。

相政は求めに応じ、何百人という人足を集める。その賃銭は莫大《ばくだい》であった。

江戸を出立する前、運搬する荷物の目方を計り、運賃を決める。このとき、芯《しん》に鉛をつぎこんだ棒で担ぐので、五十貫の長持が百貫ほどの目方になる。

検分をする役人は賄賂《まいない》をもらっているので、相政のこんな不正を見逃す。

「九匁の鉄砲玉が三千で、長持一つと決まっちゅう。目方は二十七貫と子供でも分かるが、これを百貫に計るがじゃ。道中へ出りゃ、人足の賃銭の割増しをとる。暗いうちに歩く夜増し、朝増し。山へ登るときは山増し、川を渡るときは、川増しじゃ。阿呆《あほ》な大名からなにかとわけをこしらえ、銭を巻きあげるが人入れ元締じゃ」

半平太は才谷屋の親戚で、商いに詳しい龍馬が、独自の才覚をはたらかせ、世情を探っているのを知った。

厳格な尊王家で、人の好悪《こうお》のきびしい間崎哲馬は、龍馬とふしぎに気があった。

龍馬の放談をほほえみ聞いている哲馬は、江戸の情勢探索のため、三月五日に高知を出立する。江ノ口の私塾を閉じるとき、門人たちが師の前途を危ぶみ、中止をすすめたという。

行灯《あんどん》に火をいれるには早いたそがれどき、間崎哲馬が旅支度をするため座を立ったのを機に、座敷にいた同志たちが潮の引くように帰っていった。龍馬は半平太とふたりきりになると久坂義助からの書状を見せた。

その内容は熱情のあふれる文面であった。

「ついに諸侯恃《たの》むに足らず、公卿恃むに足らず、草莽の志士を糾合《きゅうごう》、義挙のほかにはとても策これなきことと、私ども同志中、申しあわせおり候《そうろう》ことにござ候。失敬ながら、尊藩も弊藩も滅亡しても、大義なれば苦しからず。両藩共存し候とも、恐れ多くも皇統綿々万乗の君の御叡慮《ごえいりょ》あい貫き申さずては、神州に衣食する甲斐《かい》はこれなきかと、友人ども申しおり候ことにござ候」

龍馬は、義助が尊王攘夷をつらぬく真意を理解していた。彼がわが精神のよりどころとして傾倒する天皇は、禁裏におわします、現実の天皇ではない。

仁慈をもって万民のうえにしろしめす、絶対唯一の存在、国際環境に対応しうる能力をそなえた全能の支配者である。

義助は、日本が海外列強に伍《ご》して発展してゆくためには、幕府を倒し、天皇を中心とした新国家を築きあげねばならないと考え、その目的に身を捧《ささ》げ、捨て石になろうとしていた。

義助が前途に幻のようにえがくのは、身分制度をはじめとする、あらゆる旧来の陋習を打ちやぶり、人民のすべてが持つ能力を縦横に発展できる、潑溂《はつらつ》とした国家であった。

義助が幕府と諸外国の締結した通商条約を破棄して、あらためて対等の立場で交渉すると主張するのは、日本にとってきわめて不利、不平等な条約内容を改正しなければならないためである。

龍馬は新時代を招き寄せるためには、義助のような烈しい行動に挺身《ていしん》する志士の努力が必要であろうと思ったが、自分が捨て石になろうという気はない。

「お前さんの本音はどうぜよ。薩摩の殿さんの京入りには、とても足並みは揃《そろ》えられんろう。無理はせられん。まさか民部さんにそそのかされて、元吉っつぁんをやるつもりじゃあないろうのう」

ほの暗い座敷に、半平太の色白の顔が浮かんでいる。龍馬は近眼の瞳《ひとみ》をすえ、半平太の切れ長の眼をのぞきこむが、答えはなかった。龍馬が呻《うめ》くようにいった。

「お前さんは正直じゃき、嘘《うそ》はいえん。黙っちゅうが、いっちたしかな返答じゃ」

半平太は憂悶《ゆうもん》を押しだすような低い声音でいう。

「太守の参覲発駕《はつが》は、この月八日のはずじゃったが、ご病気とのことで四月十二日に延引になった。元吉が京都で騒動に巻きこまれちゃあいかんと、押さえたがじゃ」

龍馬は腕を組み、口をつぐんだ。彼を見つめている半平太の顔には、道場稽古で面金《めんがね》を通して見るような、すさまじい気魄《きはく》が宿っていた。

「俺は、人を殺すがは嫌いじゃ」

龍馬がつぶやいたとき、玄関に気配がして、人影があらわれた。

「先生、ちくと話がある」

間崎門下で半平太に剣術を学んでいる下横目の曾和伝左衛門《そわでんざえもん》が、座敷に入るなりいった。走ってきたのであろう、息をきらせている。

「何事じゃ。龍馬じゃき遠慮はいらん。いうてみや」

伝左衛門は声を震わせていった。

「さっき虎太郎がおらん家へきて、いっしょに国《く》抜けしようと誘いよった。宜蔵《ぎぞう》もついてきて、二人ともその気ながよ。俺はまだ返事はせざったが、先生の意見を聞きたいがじゃ」

半平太はしばらく沈思したのち、答えた。

「虎太郎は功名心で頭が熱しちゅう。あれらあが義挙に参陣してもえい。一人や二人が勤王党を出ても形勢は変わらんぜよ」

「分かった。虎太郎に、そういうちゃるき」

伝左衛門は刀をつかみ、座敷から出ていった。

三月二日は、風もない晴天で、桜が遠近《おちこち》の山野にはなびらを飾った。

龍馬は早朝から城下東端の、松《まつ》ケ鼻《はな》と呼ばれる、堀川沿いの松並木のなかで、半平太とともにたたずんでいた。

二人は、並木のはずれにある、回翠楼《かいすいろう》という料理屋の辺りをうかがっている。

回翠楼には、吉村虎太郎、宮地《みやじ》宜蔵、曾和伝左衛門が前夜から泊まっている。

彼らが脱藩をきめた事情は、龍馬が伝左衛門のあとをつけ、探った。伝左衛門は、虎太郎と宜蔵の脱藩を、あえてとめなかった半平太の態度を見て、自分も行動をともにしようと決心したのである。

半平太は伝左衛門をひきとめねばならない。監察役場の内情に通じ、藩庁の情報を探る役割をつとめる彼を手離せなかった。堀川を行き来する船の動きが多くなってきた六つ半（午前七時）頃、虎太郎たちが回翠楼からあらわれた。

彼らは小舟を雇い、乗りこむ。舟子《ふなこ》が櫓《ろ》に手をかけたとき、半平太が土手に駆けあがり、叫んだ。

「その舟待て。ここへ着けよ」

舟が岸辺に近寄ると、半平太は告げた。

「伝左衛門ははたらいてもらわにゃいかんき、あとに残れ。虎太郎と宜蔵はいってもかまん」

「しかたない。これをお前《ま》んにやる」

伝左衛門は舟から下りるとき、懐から関所手形を取りだし、虎太郎に渡した。

虎太郎は浦戸湾の長浜まで舟でゆき、妻お明の実家である東諸木《ひがしもろぎ》村の庄屋、弘田家をたずねる。宜蔵も同行してゆく。

脱藩して義挙に加われば、命を失う覚悟をしておかねばならない。虎太郎は万一のときには、お明に弘田家を頼らせるつもりであった。

青畳を敷きつめたような海の遠方が、霞《かす》んでいた。

「ほんじゃあ、いってくるぜよ」

虎太郎と宜蔵が、手をあげる。半平太が高声にいった。

「武運の長久を祈るぜよ」

龍馬も声をかける。

「達者でのう。またどこぞで会えるろう」

小舟は、澄んだ水のうえを揺れながら離れてゆく。

――あれらあの姿を、また見れるろうか。名残り惜しいのう――

龍馬たちは未知の前途にむかう二人の姿が、霞《かすみ》の奥ににじんでゆくまで見送った。

龍馬は三月四日の上巳《じょうし》の節句に、母屋で権平夫婦、伊与、春猪、番頭、女中たちと、祝いの膳《ぜん》を囲んだあと、離れ座敷であぐらを組み、西側の赤い砂壁を眺めた。

壁のなかほどに竹が渡してあり、そのうえに色紙、短冊が立てつらねてある。

先祖、親戚の人々が描いた絵、詠じた歌、俳句のなかには、龍馬をかわいがってくれた祖母久《ひさ》、父八平《はちへい》、生母幸《さち》のものもある。

龍馬は独り居のとき、それらの筆跡を眺めて飽きなかった。部屋住みの彼は、すでに二十八歳である。おなじ年頃で、三人、四人の子を持つ者はめずらしくない。

彼は色紙、短冊に胸のうちで語りかける。

「お祖母《ばあ》やん、お父《と》やん、お母《か》やん。俺がいままで身を固めず、待ちよった時が、とうとうきたがじゃ。すんぐに高知を離れるぜよ。お祖母やんは俺に、男は大場《だいば》へ出んといかんと、いつもいうてくれた。俺は遅まきじゃが、大場へ出るぜよ。一遍出たら、この離れへまた戻れるか分からん。身の軽い者が、はたらき場所をつかまえるには、ちくと危ない目にもあわんといかんちや」

龍馬の身内に、坂本山の渓水のようにつめたい、さびしさがひろがってゆく。脱藩してのち、どこにおちつくか前途のめどもつかない彼が、十四歳の田鶴を連れて旅に出られるはずもなかった。

かわいそうだが、田鶴に旅立ちを告げないでおこうと、龍馬は心にきめていた。運がよければ、彼女を迎えにくることもできよう。

——先になれば、お田鶴を嫁にできる見通しもつくろうが、一寸先のことも分からん国抜けじゃき、危のうて連れていけん——

勤王党の動向は、切迫していた。

半平太は仕置役吉田元吉暗殺をためらいつつも、藩論転換のためにいずれは強行手段をとらねばならない。

龍馬は昼過ぎに、河田小龍、今井純正に会うため、浦戸町の墨雲洞《ぼくうんどう》をおとずれるつもりだが、祝い酒の酔いがまわり搔巻《かいま》き布団をかぶって、しばらくうたた寝をした。

いびきをかき、寝込んだ彼はたちまち揺りおこされた。

「どういた、おこすなや」

龍馬が眼をこすりながら起きあがると、前に河野万寿弥が坐っていた。

彼はせきこんだ口調で告げた。

「今朝の早いうちに、惣之丞《そうのじょう》が亡命しよりました」

睡気《ねむけ》のさめた龍馬が、問い返す。

「惣之丞が国抜けしよったと。そりゃ、まことか」

「いん、まことながです」

「なんちゃあ、あいつは昨日半平太の道場にきちょったに、なんちゃあいわざった。水臭い奴《やつ》ぜよ」

龍馬が舌打ちをして、万寿弥を睨《にら》みすえる。

「おんしは知っちょったがか」

万寿弥はうなだれた。

「すまんことをしました。惣之丞に口どめされちょったがです」

惣之丞は、城下潮江村小石木《こいしぎ》の地下《じげ》浪人、沢村禎次《さわむらていじ》の子である。

天保十四年生まれの二十歳。間崎塾では、吉村虎太郎、中岡慎太郎《なかおかしんたろう》の後輩であった。龍馬は八歳年下の惣之丞を、弟のようにいつくしんだ。亡父八平の実家山本家と沢村家は近所で、惣之丞は幼童の頃から龍馬になつき、うしろについて歩いた。

「あの阿呆《あほ》が、虎太郎らあについていったか。若い命を落とすぜよ。なんで俺に打ちあけざったがぜ」

龍馬は溜息をもらした。

「おんしは、国抜けすなよ。京都で義挙をやるがは、まだ早い。しばらく様子を見んと犬死にじゃ」

万寿弥は、惣之丞より一歳年下であるが、文久元年秋、江戸安井息軒塾に学んでいるとき、勤王党に加盟した。

万寿弥が帰ったあと、龍馬はじっとしていられなくなり、両刀を腰に外へ出た。墨雲洞に着くと、昼前であったが、小龍と純正が、縁先に坐り咲きかけの桜を眺めていた。純正が龍馬に気づいて、声をかける。

「龍やん、お前んが去年の十月からおらんなったき、あのまま亡命したかと気にしちょったが、よう戻《も》んたねや」

龍馬が白い歯なみを見せる。

「もう戻《もど》らいでもえいと思うたが、顎《あぎ》らあの様子を見に帰ったがよ」

「国許も、大分騒々しいろうが」

「いん、俺もおちついちょれん」

「まあ、ちくとやらんかよ」

三人は雛飾《ひなかざ》りの前の毛氈《もうせん》のうえにあぐらをくみ、酒をくみかわす。

うるおいを帯びた南風が流れこみ、庭先でつむじを巻き、去ってゆく。

小龍が眼をほそめた。

「お前んらあと、この時候に一杯やるがは、生きたまま涅槃《ねはん》におるような気分ぜよ」

地虫の声が耳につく、風のない宵であった。龍馬は小龍、純正と襖《ふすま》をしめきった座敷で、他聞をはばかる密談をつづけていた。

小龍、純正は、半平太が吉田元吉を暗殺すれば、家中に内乱がおこりかねないと見ていた。小龍はいった。

「吉田東洋さんを斬ったら、江戸のご隠居（容堂）がどう出るか分からん。一時は半平太のたくらみが、思う壺《つぼ》にはまったとしても、なんというても上士には憎まれる。いずれは勤王党が罪にはまるにきまっちゅう。容堂さんの逆鱗《げきりん》に触れたら、身の破滅ぜよ。お前んが半平太と別れて、ひとりで国抜けするがは、賢い了簡《りょうけん》じゃ」

小龍は弘化《こうか》三年（一八四六）以来、元吉の庇護《ひご》を得て京坂、長崎、江戸に遊学した。龍馬と純正も、元吉に親しみを抱いている。

元吉は御船奉行を二度勤めたことがあり、仁井田の役宅にいて、御船倉《おふなぐら》御用商人の川島猪三郎と交流があった。

純正も、龍馬に脱藩をすすめた。

「お前んは、元吉っつぁんと意見が合うちゅうがじゃろ。通商航海をやりたいなら、国抜けして、長崎、上海《サンハイ》へいったらえい。江戸へ出て、長次郎の師匠の勝麟太郎について航海術を習うがも、えいろう。俺は江戸から薩摩、長崎へ廻り歩いたが、食うに窮しても飢えて死ぬることはなかった。諸国を廻って、賢い人に出会うたら弟子になって、智恵を分けてもらいや。お前んは、そうでもせんと、気がすむまいがよ」

龍馬は膝を打った。

「純やん、その通りぜよ。俺は納得できるまで諸国を、まいくり廻ってくるつもりじゃ。大勢で組んで動くがは、性《しょう》に合わん。ひとりで気儘にやるきのう」

「龍やん、気合がはいっちゅうねや」

純正が龍馬の逞《たくま》しい肩に腕をまわす。

「お前んは旅に出たら、用心せにゃならんものがある」

「何ぜよ」

「女子《おなご》じゃ。ちとよみあざ（そばかす）はあるが、身仕舞いをきっちりして、優しいき、女子が寄ってくるがじゃ」

「そがなことはない」

龍馬は頰《ほお》を崩した。

いつもひげをきれいに剃《そ》り、身だしなみのいい龍馬は、城下の女たちのあいだに人気があった。

沢村惣之丞が、上巳の節句の昼間に脱藩する姿を見た者は多く、城下で噂《うわさ》になった。

惣之丞は父に事情をうちあけ、訣別《けつべつ》の盃《さかずき》を交わして家を出た。江戸勤番の藩士が旅立ちするときのように、一文字形の菅笠《すげがさ》をかぶり、振りわけの荷を肩にして、よさこい節をうたいながら山田橋を渡っていった。

橋際で藩の下横目が立っていたが、酔って顔を朱に染めている惣之丞を見逃した。臨時御用の藩命を受け、上方か江戸にむかうものと思ったためである。

吉村虎太郎は三月五日に檮原村の家に帰り、その夜親戚知人を招き酒宴をひらき、あざむいていった。

「不肖虎太郎は、かたじけなくも太守公より、九州筋探索御用を仰せつけられ、薩州への使者の役目をいたすことにはあいなった。今宵は首途《かどで》の祝いをいたすため、お前さんがたを招いたがじゃ」

客は虎太郎の手をとってよろこび、たがいに痛飲して放歌乱舞に時を過ごし、夜更けに至った。

翌朝、虎太郎は馬に乗り、数十人の村人に送られ、宮野々《みやのの》の関所で曾和伝左衛門からもらった通行手形を見せ、訊問《じんもん》をうけることもなく脱藩した。その噂もまた、たちまち高知に聞こえた。

勤王党の壮士たちの、武市道場への出入りがあわただしくなってくると、城下の町人町でも、不安のささやきが流れるようになった。半平太に心を寄せる下士、庄屋の数はおびただしく、彼らがいっせいに行動をおこせば、藩庁もたやすくおさえられない。

三月十八日の夜、桜を散らす大雨が降った。龍馬は武市屋敷で半平太たちと談議に夜をあかした。

越後《えちご》の尊攘浪士本間精一郎《ほんませいいちろう》が、吉村虎太郎の書状を持ち、土佐有志の義挙参加をすすめるため、檮原村の吉村家へおとずれたのである。半平太は同志の河野万寿弥と上田楠次《うえだくすじ》を檮原村へ出向かせ、地元の郷士那須信吾《なすしんご》とともに本間に応対させた。

本間は九州遊説の帰途、下関の清末《きよすえ》藩御用商人白石正一郎《しらいししょういちろう》の家に立ち寄り、虎太郎と出会い、半平太の説得を頼まれた。

だが半平太は本間に会う気はなかった。彼が高知城下にきて雄弁をふるえば、虎太郎のあとを追う脱藩者がふえると見て、檮原から追い返そうとした。

本間はなすこともなく立ち去ったが、彼は三月十六日、島津久光が率兵上京に決したという、聞きのがせない情報を残していった。

龍馬は夜を徹して半平太たちと論議をかさねた。吉村虎太郎が本間精一郎に托した書状は、同志のあいだで回読された。

「時勢が切迫しているが、諸藩は日和見《ひよりみ》をして動きをあらわさない。いまはわれわれが率先して身を挺し、臣子の本分をつくすときだ。平野次郎らの義挙のときは迫っている。同志は決起して京坂の地にきたり会せよ」

半平太の色白の顔が、行灯の明かりのなかで疲労の隈《くま》どりを際立たせていた。「墨龍《ぼくりゅう》」と渾名《あだな》されたように、精悍《せいかん》な男ぶりであるが、めったに笑うことのないきまじめな態度が、上士に疎まれている。

座敷に押しあうように坐っている男たちのあいだで、熱した話しあいがくりかえされていた。論議はいっこうに進展しない。

「先生、どうする。俺らあが国抜けしたらいかんがか」

「薩長に置いていかれても、黙っておらにゃいかんがですか」

半平太の重い声音が戻ってくる。

「いかんぜよ。一藩勤王じゃき。他藩の者と組んで一挙に命を投げだせば、犬死にするばあじゃ。太守を推したてて京都へ押し出さにゃ、いかん」

「ほんなら、元吉っつぁんをやるがですか」

半平太は沈思する。

烈しくいい募る者がいた。

「俺らあは、命を捨ててかかるぜよ。犬死にでもかまんちや。先生、ぐずついちょっても事は成らん。あがな爺《じい》やんの首取るに、なんでこがいに日にちかけて考えんといかんがぜよ」

黙っていた龍馬が、口をひらいた。

「元吉っつぁんをやっても、事はたやすく成らんぜよ。連枝《れんし》、家老らあは、上士のうちでも平士《ひらし》は名前を呼びすてにしゆう。まして俺らあを、おんなじ人間《にんげ》とは思ちゃあせん。いままでと変わることは、なんちゃあないがじゃ」

半平太がいい返した。

「そがなことはない。江戸のご隠居も、太守も、きっと俺らあのいうことを聞き届けて下さるようになる」

龍馬は口をとざした。

十九日の朝陽がさしそめた刻限、龍馬は坂本家の裏木戸をあけ、離れに入ろうとした。うしろから権平の声がした。

「昨夜は顎《あぎ》のところで夜明かししか」

「いんゝちとこみいった話があったきのう」

権平は険しい口調になった。

「龍馬、お前にちくと話がある」

権平は離れにあがり、龍馬とむかいあって坐ると、睨むような眼差《まなざ》しをむけた。

二十一歳年上の兄は、ふだんおだやかであるが、砲術、馬術に堪能《たんのう》で、危険な技を試みることをいとわない、烈しい気性であるのを龍馬は知っている。

権平は妻千野《ちの》が安政五年七月に病没したので、大石文慶の娘直《なお》を後妻に迎えたが、彼女も嫁いで一年余りを経た万延元年八月、三十七歳で没した。

三度めの妻として、新町の徒士《しゃがん》福富倉丞《ふくとみくらのじょう》の次女仲《なか》が、嫁いできた。身辺に不幸がつづいた権平は、面長の赭顔にふかい皺《しわ》を刻んでいた。

彼はいきなり聞いた。

「おんしは国抜けするつもりながか」

「誰がそがなことをいうたぜよ。まだ決めちゃあせん」

龍馬が答えると、権平は顔を近づけてきた。

「決めちょらいでも、吉村らあのあとを追うていきたいがじゃろう。俺はなあ、坂本の当主として、おんしの国抜けは許さんぞ。おんしはえい年して道場も持たず、あちこちまいくり廻りゆう。このうえ一家に咎《とが》めのかかるような、勝手なふるまいは許さん。おんしの刀は、しばらく俺が預かるぜよ」

権平は手をのばし、いきなり龍馬の愛刀左行秀《さのゆきひで》を取りあげた。

「兄《にい》やん、そりゃいかん。許いとうせ。俺を丸腰で歩かす気かよ」

「短刀ばあ差しちょりゃえいが。太守公が参覲においでになり、家中の形勢が無事に収まる見込みがついたうえで、返しちゃる」

龍馬は顔に朱をそそぎ、叫んだ。

「なんぼお前さんが家長じゃゆうたち、そりゃ無体《むたい》に過ぎらあよ」

「なにが無体ぜよ。一家に累を及ぼしても、国抜けすると、おんしの顔に書いちゅう。そがなことはさせん。親戚一統にも触れまわして、おんしに路銀を貸さんようにいうちゃあるき、借りにまわっても、くたびれ儲けぞ。勤王党もえいが、わが身の立つ方便もちっくと考えよ。いつまで部屋住みでおるつもりながか」

権平は、足音も荒く去っていった。

龍馬は太刀の差し添えに、刃渡り一尺ほどの合口《あいくち》拵《こしらえ》の短刀を用いていたので、脇差《わきざし》も持っていない。

母屋の土蔵には、古今の銘刀が数多く納められているが、蔵の鍵《かぎ》は権平が持っている。

——兄貴が知らん顔をしちゅうき、気を許しちょったが、先手をとられたか

——

龍馬は唇を嚙《か》んだ。

翌朝、五つ（午前八時）過ぎ、離れに寝ていた龍馬のもとへ、河野万寿弥がおとずれた。

龍馬が雨戸をあけると、眩しい光が座敷のうちに溢《あふ》れる。庭の青葉を背にした万寿弥がいった。

「まだ寝よったがですか」

「いん、差料《さしりょう》を兄貴に取られたきに。仕方ないぜよ」

龍馬は九歳年下の万寿弥に、くわしい事情を話す気にもならない。

「田淵で大事の相談があるがです。お供しますき、出向いてつかあさい」

龍馬は起きあがった。

「なんちゃあ、丸腰でいったち、かまうか」

彼は袴《はかま》をつけ、力帯に短刀を差して庭に下りた。

機嫌のわるい龍馬は、万寿弥に声もかけず大股《おおまた》に歩く。

――こがなせつくろしい（窮屈な）高知にゃ飽いたぜよ。お姉やんに頼んで差料を手にいれたら、国抜けじゃ。ぐずついちょったら、ろくなこたあない――

龍馬が万寿弥とともに、武市家に着くと、陽当たりのよくない北向きの座敷に、半平太と弘瀬健太、島村衛吉、川原塚茂太郎がいた。

弘瀬、島村は、勤王党で屈指の遣い手である。川原塚は龍馬の兄権平の亡妻、千野の弟であった。龍馬は半平太の前にあぐらを組む。

「おだやかならん顔触れじゃのう。何事の相談ぜよ」

半平太は憂鬱そうな顔つきであった。

「もう四、五人くるまで、待ちよってくれ」

茂太郎がたずねた。

「龍馬、刀はどこへ置いた」

「今日は家に置いてきたぜよ」

龍馬が眉根《まゆね》を険しく寄せると、茂太郎は黙った。

小半刻《こはんとき》（三十分）ほどのあいだ、ふだんは陽気な笑い声をひびかせる龍馬が、同志と雑談をかわすこともなく、懐紙でこよりを撚《よ》りはじめた。

その様子をしばらく見ていた半平太が、話しかけた。

「今日は、元吉っつぁんをやる相談じゃ。皆揃うまでに、お前んの意見を聞いちょくか」

龍馬は胸を張って答えた。

「俺は、殺しとうはないちや」

弘瀬、島村が声をおさえて詰《なじ》った。

「おんしは血盟を忘れたがか。元吉をやらざったら、太守は四月に参覲で江戸へ上府して、薩長との京都会同はできん」

「いままで元吉を穏便に御役御免にさせようと、ご隠居（景翁）さまから太守に説いてもろうたいきさつは、おんしも知っちゅうろうが。元吉は江戸のご隠居（容堂）の威光をかさに着て動かんき、やらんといかんがじゃ」

「それはよう分かっちゅうがのう。俺は家中の揉《も》めごとに、深入りする気はない。俺らあがなんぼあがいたち、お歴々の衆に使わるればあじゃ。俺は、それより国抜けして、諸国を見てまわりたい」

島村衛吉が、こめかみに青筋をたてていう。

「おんしは、一藩勤王をやらんがか。おたがいに、江戸で撃剣稽古をした仲じゃろ。ひとりで国抜けしたところで、浮浪らあとつきおうて、なにができるぜよ。

いっしょにはたらこうじゃいか」

龍馬は笑みを含み、島村に答えた。

「俺も実のところは、お前んらあと離れとうはない。親友《ちんぐ》といっしょにいたら、心丈夫じゃきのう。しかし俺は、時勢の移り変わりを、一刻も早うこの眼で見たいがじゃ。ほんじゃき、藩を離れたい。国抜けしても、勤王党には加勢するぜよ」

半平太は黙って聞いていた。茂太郎が腹立たしげにいう。

「おんしは、いったいなにをしたいがぜよ」

「いっちはじめにしたいがは、蒸気船を動かすことじゃ」

「そがなことが、たやすくできるか。法螺《ほら》ばあ吹くのも、ええかげんにしいや」

「法螺を吹いちゃあせん。俺は薩摩でちくと知る辺《しるべ》に会いたい。京、大坂でも会うてみたい人がおる。江戸じゃ万次郎さんと勝麟太郎さんに会わにゃいかん」

「刀さえ持っちょらんおんしが、大口たたくかよ」

半平太が、茂太郎をとめた。

「龍馬は土佐にあだたぬ（収まりきらない）男じゃき、とめてもとまらん。この先合力《ごうりょく》してもらいたいが、仕方なかろう。このうえ、何もいうな」

龍馬は座を立った。

「ほんじゃ、今日の相談からは抜けるぜよ。国抜けの金策にいかにゃならんきのう」

彼が大股に玄関へむかうのを、誰もとめなかった。

武市屋敷を出た龍馬は、乙女をたずねることにした。権平が親戚じゅうに触れをまわしているので、乙女は龍馬が窮地に陥っているのを、知っているはずである。

龍馬が頼れるのは、乙女と川島粛だけであった。彼は仁井田の川島家へ足をむけたい衝動を、懸命におさえていた。

粛と田鶴に暇乞《いとまご》いをしたいが、脱藩したあとで迷惑がかかってはいけない。

龍馬は本丁筋二丁目の、岡上新甫の調薬所の前で足をとめ、辺りの様子をうかがう。母屋には、新甫の治療をうける患者がつめかけているが、裏木戸の辺りには人の行き来もない。

木戸をあけると、満開のつつじの老木の下で、五歳の赦太郎が土いじりをしていたが、龍馬と眼があうと立ちあがり、飛びついてきた。

「おんちゃんじゃ、おんちゃんじゃ」

龍馬は赦太郎を抱きあげる。

「お母やんは、おるかよ」

「いん、お母やーん」

赦太郎が一声呼ぶと、乙女が縁先に出てきた。

「これ、大きな声出しちゃいかん」

赦太郎を叱《しか》った乙女は、龍馬をうながす。

「早うあがりや。こっちの四畳半なら、誰ものぞかん」

龍馬は赦太郎を膝にのせ、乙女とむかいあって坐った。

乙女は両手を膝に置き、肘《ひじ》を張った。

「龍馬よ、ようきた。いつくるかと待ちよった」

「兄やんから、なんぞいうてきたかよ」

「昨日、ここへきたぞね。お前んはいよいよ国抜けするがかね」

龍馬は無言でうなずく。

乙女は龍馬を撫《な》でさするような、深い眼差しをむけた。

「いよいよ国抜けするがか。雲龍奔馬が走り出てゆく時がきたぞね。お千鶴《ちず》姉やんも亡くなって、お前んが国抜けしたら、さぶしいけど仕方ない。兄やんに刀とられて、旅にもいけんろうが。私がなんとかしちゃる。任しちょき」

乙女は立ちあがり、簞笥《たんす》のなかからとりだした革袋を、龍馬に渡した。

「どういた、これは重いが」

「小判で十五両入っちゅう。これを路銀にしいや。私が嫁にくるとき持ってきたお金じゃ」

「おおきに」

龍馬の両眼が熱くなった。

翌日は午後から雨が降りだし、夜中に盆をくつがえしたような豪雨となった。

龍馬は終日離れにいて、旅に出るための支度をととのえた。国抜けをするなら、この月のうちであると考えている。

勤王党の有志が吉田元吉を暗殺すれば、家中は大騒動になり、関所の見張りがきびしくおこなわれるだろう。

路銀は乙女がくれたもので、なんとかやりくりしていかねばならない。

刀は乙女が権平の留守を見はからい、坂本家の土蔵から取りだしてくれるといったが、あてにはできない。

「私は蔵の鍵を隠しちゅうところを知っちょる。奥の座敷の鴨居が、ひとところ引出しになっちゅうがね。誰もおらんときに鍵を出して、蔵からいっちえい刀を出してきちゃる」

「そがなことして、兄やんに見つかったら、まっことえらいことぞ」

「私は坂本の娘じゃき、お父やんの大事にしちょった刀を持ちだして、なにが悪《わ》りいかよ。乱暴者《やんがん》で知られた私じゃ。そがなことぐらいで、兄やんに文句はいわせんぞね」

乙女は、亡父八平が秘蔵していた、武蔵大掾藤原忠広《むさしだいじょうふじわらのただひろ》の銘刀を、取りだしてきてくれるという。

「そりゃ最上大業物《おおわざもの》といわれゆう逸品じゃいか。そがな刀を持てりゃ、まっこと心丈夫ぜよ」

忠広は刀屋へ売れば、七、八十両の値段がつく。

それほどの銘刀になれば、刀の拵《こしら》えに用いる縁頭《ふちがしら》、鍔《つば》、目貫《めぬき》も逸品がそろっている。

旅の途中、路銀に窮したときは、それらの刀装具を売り払い、安価なものと付け替えれば、かなりの金が手もとに残る。

「お姉やん、忠広は欲しいが無理はせられんぜ」

龍馬は乙女が土蔵から刀を持ち出すのは、不可能であろうと思っていた。もし成功すれば、龍馬はその日のうちに国抜けするつもりでいる。

――虎太郎は宮野々から出た。惣之丞は立川からじゃ。俺はどっちからいくか――

龍馬は考えをめぐらす。

今井純正は、安政五年に脱藩したとき、松山《まつやま》街道と呼ばれる伊予に通じる往還を辿《たど》り、土佐の三大関所のひとつである用居口《もちいぐち》番所を抜けた。

地元の庄屋が純正に教えてくれた。

「この上にゃ番所がある。儂《わし》の家の横の道は脇道《わきみち》じゃが、ここは通られんぜよ」

抜け道をそれとなく教えてくれたのである。

三月二十三日は、終日風もない晴天であった。日暮れまえ、本丁筋三丁目の才谷屋の店先は、買い物をする客でにぎわっていた。

父親の晩酌の酒を買いに徳利を提げてくる子供たちに、土間の四斗樽《だる》から分け売りをしてやっている老女が、蝙蝠《こうもり》の舞う門口を眺めていった。

「風が湿ってきたぞね。明日は雨じゃ」

土間に湿気があがり、ちいさな川蟹《かわがに》が爪《つめ》をあげて歩いている。

門口から龍馬がはいってきた。

「おばやん、八兵衛さんはおるかよ」

老女は口もとをひきしめ、首を振った。

「いまおらんぞね」

「どこへいったろう」

「さあ知らん」

才谷屋の当主市太郎は十歳で、叔父《おじ》の八兵衛が後見役をしている。老女も縁者である。龍馬はいった。

「今日は神田《こうだ》の和霊《にぎたま》さんへ花見にいってきた帰りでのう。刀を貸してもらいとうて、寄ったがじゃ」

和霊さんは、鏡川《かがみがわ》の対岸神田村にある、才谷山中腹の祠《ほこら》で、伊予宇和島の和霊明神を分祀《ぶんし》した、才谷屋の守護神である。

老女は拒んだ。

「刀は貸せれん」

「なんでじゃ」

「蔵へは火を入れられん。女子《おなご》は蔵へ手をつけられん。明日、旦那《だんな》のおるときにきいや」

「えらい固いがじゃねや」

龍馬は笑みをうかべ、背をむけた。

上士の仕送り屋をしている才谷屋の蔵には、おびただしい数の刀がある。ふだんであれば、龍馬が借りにゆけば、こころよく貸してくれるが、権平から事情を聞いているにちがいない。

龍馬は翌朝脱藩すると決めていた。彼は前日の夜更けに、半平太の屋敷で沢村惣之丞に会った。

惣之丞は三月四日に脱藩ののち、下関の白石正一郎のもとに寄宿していた。吉村虎太郎、宮地宜蔵があとを追って脱藩し、いったん萩へおもむき、三月十五日、久坂義助とともに白石家にきた。

虎太郎は、さきに越後浪士本間精一郎に土佐勤王党への遊説を依頼したが、その成果はまだ分からない。彼は九州の志士たちが続々と下関を通過して、義挙に参加のため京都にむかうのを見て、惣之丞に命じた。

「お前ん、すまんがもう一遍高知へ戻《も》んて、一人でも同志を誘ってきてくれんかよ」

惣之丞は十七日の夜明けまえに下関を出て、立川関所をふたたび潜り抜け、二十二日の夜に半平太の門を叩いたのである。

半平太は惣之丞から下関の様子を聞いたが、同志の動揺を避けるため、彼を一室にとじこめた。

「お前んは藩法を犯した身じゃ。ここから出たらいかん。万寿弥に龍馬を呼びにいかせるき、あれを連れていきや。龍馬は国抜けする気になっちゅう。うまいこと手引きしちゃり。ほかの者は誘うな」

龍馬は惣之丞と会い、脱藩を決めた。

惣之丞はいった。

「虎太郎さんは、檮原から宮野々の関所を抜けて、伊予長浜へ出る道をすすめよった。檮原から先の道は、那須信吾さんが知っちゅうにかあらん」

龍馬は、檮原から大洲《おおず》藩領に入り、長浜に至る道程の絵図面をひろげ、惣之丞と夜を徹して語り合った。

彼が才谷屋で刀を借りようとしたのは、拒まれるのを承知で試しただけであった。

――古道具屋で、鈍刀《なまくら》を買うていけばえい。犬脅《いぬおど》しぐらいにはなるがじゃろ――

龍馬は花の香のこもる宵闇のなかを、地面を踏みしめて歩く。

――これからは、わが体だけが頼りぜよ――

龍馬は鉄のように力に満ちた五体に、自信を抱いている。どのような災厄がふりかかっても、はねのけて生きていけるという思いこみが、どのように展開するか想像もつかない前途に、明るい楽観の光彩を投げかけている。

本丁筋の通りには、にぎやかに人車がゆきかっていた。行く手から相撲《すもう》取りのような巨大な人影があらわれた。龍馬は声をかけた。

「お姉やん。どこへいくがぜよ」

「龍馬かえ。えい所で会うた。どっちも近眼《ちかめ》じゃき、うかと通り過ぎるところじゃった」

走り寄ってきた乙女が龍馬の袖《そで》をひき、人目のすくない水通町へ連れてゆく。

乙女がいった。

「さっき、兄やんらが歌詠みの会に出かけて留守のときに、蔵の錠を開けて、忠広を持ち出したがぞね」

「えっ、まことかよ。どこに置いちゅうがぜ」

「離れの沓《くつ》ぬぎ石の奥手じゃ。いままで待ちよったが兄やんに見つけられたら疑われると思うて、この辺りまで出てきたがじゃ。ほかにも渡す物がある。粛が餞《せん》別《べつ》に五両届けてきたぞね」

龍馬は鼻のつけねが、急に熱くなった。


龍馬は脱藩の前夜を、ひとりで過ごした。

――この座敷で寝るがは、二度とないかもしれん――

行灯の微光のなかで、赤い砂壁をみつめながら、龍馬は亡き両親と祖母、お琴の俤《おもかげ》に語りかけた。

「俺は明日の朝には出ていくぜよ。気儘者じゃき、高知にはおれん。どこぞで野垂れ死にするかもしれんが、そのときはお前さんらあに会えるろう」

龍馬は仁井田の川島家で、いま頃は夢路を辿っているであろう田鶴に詫《わ》びる。

「お田鶴、こらえてくれ。俺はお前んがとてもついてこれん旅に、出んといかんがよ。遠国《おき》から帰ったら、また逢《あ》える」

二十四日の朝は曇って、雨催《あめもよ》いの風が吹いていた。

龍馬は母屋で朝餉《あさげ》をとったあと、草履《ぞうり》をはいて外に出た。腰に短刀を差しただけで、右肩をあげ、本丁筋を西へむかう。

龍馬の荷物と忠広の銘刀は、河野万寿弥が先に預かり、宇佐《うさ》に通じる荒倉《あらくら》峠の登り口で待ちあわせることになっている。

沢村惣之丞は仁淀川《によどがわ》西岸の新居《にい》村に住む、龍馬の朋友中島作太郎《ほうゆうなかじまさくたろう》の家へ、前夜のうちに出向いていた。

道沿いの北奉公人町《きたほうこうにんまち》に、藤戸という瓦屋《かわらや》がある。息子の龍太は、日根野道場で龍馬と相弟子であった。彼は龍馬から脱藩を知らされていて、妻のお麻と店先で待っていた。

「龍やん、これからいくがか」

龍太が声をかけると、足をとめた龍馬は、いつものように庇《ひさし》の瓦に手をかけた。

「これは俺の志じゃき、取っちょきや」

龍太が紙包みを龍馬の懐に押しこむ。

「すまんのう。こがな気を遣うてもらわいでもかまんに」

前垂れをかけた近所の女たちが寄ってくる。

「龍馬さん、どこへいくがかね」

龍馬は眼を細めて笑った。

「ちくと西のほうじゃ」

女のひとりが、笑いを含んだ高い声でいう。

「恋人《といち》の所へ通うがかね」

「まっこと、お前んはなんで知っちゅうがな」

女たちがどよめき笑った。

龍太夫婦は黙っていた。

「ほんじゃ、いくぜよ」

背の高い龍馬がやや右に体を傾け立ち去ってゆく。

女たちがにぎやかに見送った。

「早う帰ってきいや」

龍馬と沢村惣之丞が、中島作太郎に見送られ、宇佐の湊《みなと》から漁船に乗ったのは、昼過ぎであった。

東風が吹いていたので、宇佐から横浪三里《よこなみさんり》と呼ばれる、湖のように静かな奥ゆき二里半の浦《うら》ノ内《うち》湾を船でゆけば、陸行するよりも早く須崎《すさき》に着けると、作太郎がすすめたためである。

船が福浜から浦ノ内の湾内に入ると、帆を張った。船足が速くなり、船子《ふなこ》は艫《とも》に腰を下ろし、舵《かじ》をとる。

龍馬たちは一升徳利を取りだし、シラスを肴《さかな》に酒を飲んだ。船子がいるので、二人は聞かれてはならない話をしない。

「こんどは、家へ寄らざったか」

龍馬がたずねると惣之丞はさびしげな笑みを見せた。

「どこへもいっちょらん」

「しかし、お前んはまっこと足が達者じゃねや。腹庖丁《はらぼうちょう》を越えてきたら、くたびれたろうが」

「いや、足腰はとても龍馬さんにゃ勝てん」

惣之丞は歯を見せ、明るい笑い声をひびかせる。

腹庖丁とは、丸亀のほうから立川関所に着くまでの、一刻半《いっときはん》（三時間）ほどの行程の険路である。切腹するほどの苦痛をこらえねばならないので、その異名がついた。侍は両刀を後腰《うしろごし》に差しなおさねば、急坂を登れない。

「ほんじゃ、明日は歩き競《くら》べてみるか。俺はもう年じゃき、ほっこりせん（うまくいかない）わい」

「まいくり龍馬といわれちゅうに、そがなことはないろう」

惣之丞は俊敏な青年であった。龍馬と半平太は、彼を少年の頃から知っている。

半平太は彼を自宅に二晩かくまううちに、吉村虎太郎とともに義挙に加わるのを思いとどまらせた。

義挙はまだ時期尚早で、成功の見込みは薄く、自滅行為であると説得すると、惣之丞はよく理解し、思い直した。

龍馬は下関の白石正一郎宅に着くまでのあいだに、今後の方針を惣之丞とうちあわせておかねばならない。

とりとめもない雑談をまじえるうち、船は湾奥の菅《すげ》という在所の浜についた。そこから須崎まで一里半の行程である。

山道を辿るうちに雨が降ってきた。龍馬たちは坊主合羽《ぼうずがっぱ》をつけ、懐から桐油紙《とうゆがみ》をとりだし、忠広をていねいに包み、紐《ひも》でからげて背負った。

渦中

文久二年六月二十八日、土佐安芸郡井ノ口村の地下《じげ》浪人岩崎弥太郎は、藩主豊《とよ》範《のり》の江戸参覲《さんきん》に従い出立《しゅったつ》した。

彼は安政六年十二月から翌万延元年四月まで、藩物産交易の下調べのため、長崎へおもむいたことがある。

仕置役吉田元吉から受けた命令は、英、仏、露、米の風土、形勢、制度を仔細《しさい》に詮議《せんぎ》することであった。郷廻《ごうまわ》りという郡奉行《こおりぶぎょう》配下の最下級役人である彼が、教授館操練調役下許武兵衛の従者として、長崎出張を命ぜられたのは、元吉の少林塾門下生であったためである。

だが、弥太郎の長崎出張は失敗した。山内容堂の隠密役をつとめてきた下許と、漢学書生の岩崎が出向いた長崎には、貿易の専門家である地役人だけでも千人以上いた。

市中には貿易の斡旋《あっせん》をおこなうという、武士とも町人とも正体の知れない男たちが、横行している。

外国語をまったく解さない弥太郎たちが、長崎貿易の実情を捉《とら》えるのは無理であった。

「異人は湊《みなと》におびただしく出入りしているが、その蟹文字《かにもじ》は読めず、言語は解せない。通詞《つうじ》をする者は、いいかげんな仕事をして、きわめて尊大である。

この土地にくる者は商売人ばかりで、利を得て財をかすめとるため、あらゆる手段で人をあざむき、金銭のにおいが芬々《ふんぷん》と身にせまる」

目的を達成できない弥太郎は、焦慮をまぎらすため、武兵衛とともに花街に入りびたって放蕩《ほうとう》をした。

弥太郎の飲酒放蕩癖は異常につよい。荒淫《こういん》の淵《ふち》に落ちこんだ彼は、日記にしるす。

「先ごろ以来夢に狂うが如《ごと》し。莫大《ばくだい》の金子《きんす》をついやし、実に不安と且《か》つ悔い且つ恨む。然《しか》れどもまた、恋々の意を無くすることあたわず」

弥太郎はついに自ら元吉に免職を乞《こ》い、土佐に帰った。

一時は藩命にそむき、公金を濫費《らんぴ》した罪に問われるところであったが、元吉の庇護《ひご》により、ことなきを得た。費消した公金の弁済は、安芸浦《あきのうら》の豪家から百両を借りておこなった。

そののち、郷廻りとして、村内の道普請の差配などをして日を過ごしてきた。

ひさびさの藩命をうけた弥太郎は、こんどの江戸行きでは酒色に溺《おぼ》れず、藩庁に存在を認められるよう努力しなければならないと思った。

参観の供廻りは四百余人である。馬廻《うままわり》、小姓組以上の上士は三百人、白札《しらふだ》以下郷士は百余人であった。

武市半平太は、白札郷士小頭《こがしら》を命ぜられ、先発した。豊範に随行する下士は、弥太郎と足軽井上《いのうえ》佐市郎《さいちろう》の二人をのぞき、すべて勤王党に属する者ばかりであった。

龍馬が脱藩して三カ月が経《た》つあいだに、藩情は一変していた。

藩政を掌握していた仕置役吉田元吉が、四月八日の夜、暗殺されたのである。

その日、藩主豊範は、参観の日程が近づいていたので、かねて元吉から進講をうけていた「日本外史」の終会を催すことにした。

元吉は城内二の丸御殿で、家老、奉行以下の役人たちが居流れるなか、最終章の「本能寺《ほんのうじ》凶変」の段を進講した。

講義のあと、祝いの酒肴《しゅこう》が出て、半刻《はんとき》（一時間）ほどのあいだ、広間は歓談の声でにぎわった。

元吉はその年、二月十四日に文武館の上棟式をおこない、三月二十三日には文学、武術の芸家世襲制廃止、さらに同月二十七日に諸士の身分制をあらため、革新政策をすすめていた。

四月一日には新築していた帯屋町の自邸の落成披露宴をおこなった。そのとき、京都から招いた能役者に、実盛《さねもり》の乱舞を所望し、招客は「首掻《か》き切って」という謡《うたい》を不吉とした。

元吉は、かねて大監察大崎健蔵に、身辺の警護を厳重にするようすすめられていたが、意に介さなかった。

酒宴が終わり、城を出て追手門を出るとき、元吉は大崎健蔵、仕置役朝比奈泰平と同道していた。それぞれ従者を連れている。ほかに由比猪内《ゆいいない》、後藤象二郎、福岡藤次が従った。雨が降っていて、連れだって歩いていた人々が途中で別れたあと、若党と草履取《ぞうりと》りをつれた元吉は、自邸の傍《そば》まで戻ってきたとき、突然くらがりから斬《き》りつけられた。

うしろから斬られたが、傘をさしていたので、肩口に浅手を負っただけである。元吉は左行秀二尺七寸の剛刀を抜き、懸命に斬りむすぶ。

元吉の若党は屋敷へ急を知らせに走り、草履取りは道場の溝に隠れる。刺客はさらに二人あらわれ、元吉はうしろから袈裟《けさ》がけに斬られ、首をとられた。

吉田元吉に初太刀《しょだち》をつけたのは、龍馬が宮野々から国抜けしたとき宿を借りた、檮原村《ゆすはら》の郷士で、身の丈六尺、膂力絶倫《りょりょくぜつりん》といわれた那須信吾であった。

勤王党の安岡嘉助、大石団蔵が加勢して三方から斬りかかり、ようやく倒したのは、元吉がかなりの腕前であったのを示す事実といえる。

この夜、総指揮をとったのは半平太の妻富子の叔父《おじ》、島村寿之助で、元吉を待ち伏せていた人数は七、八人に及んだ。

信吾は元吉の首を取ろうとしたが、骨が固くてどうしても切れない。闇中《やみなか》で、斬りくちが首から顎《あご》にかかっているのが見分けられず、刀を鉈《なた》のようにつかい幾度も拝み打ちに打ちこみ、ようやく取った。

信吾は首を褌《ふんどし》に包み、二人の同志とともに、城下の西端長縄手観音堂へ走った。途中で血のにおいを嗅《か》ぎつけた野犬の群れが吠《ほ》えかかり、あやうく首を喰《く》いとられるところであった。

信吾ら三人は、観音堂で待っていた同志たちから旅の荷物を受けとり、用居口から伊予へ脱藩した。

元吉の首級は雁切《がんきり》河原の札場にさらされ、傍に立てられた捨て札に、罰文が記されていた。その内容は、元吉は天下不安の時節、藩庫も窮迫している折柄、ひとり奢侈《しゃし》をきわめ、賄賂《まいない》をむさぼり、このままでは士民の心がいよいよ離れるばかりであるため、斬姦《ざんかん》したというものである。尊王攘夷《そんのうじょうい》については、まったく触れていない。

事件のあと、帯屋町の暗殺現場には、見物の老若が連日黒山のように集まり、つぎのような狂句が市中に貼《は》りだされた。

「料理した血を見にゆくや初鰹《はつがつお》」

元吉の死後、藩庁は現状のまま吉田派が占めて異動はなく、まもなく武市半平太以下の勤王党が、暗殺をたくらんだものと見て、一斉捕縛を断行するという噂《うわさ》が流れた。

勤王党の同志は、武市道場に集まり、今後の方針についての議論を烈《はげ》しく交わし、沸きかえるようであった。

「このまま牢屋《ろうや》に入れられるより、皆で国抜けして、京都で長州の久坂らあと義挙をやろうじゃいか」

「それより元吉の一味を皆殺しにして、腹を切るがえい」

道場には五、六十人の同志が集合し、庭先にボンベン（破裂弾）砲を据えた。

「これを一発鳴らすがを合図に、死生をともにして討手と斬りあいじゃ」

いったんは内乱もおこりかねない、切迫した情勢であったが、四月十一日に吉田派の仕置役以下、藩重役が藩主豊範によって、すべて免職となった。

吉田派が藩庁から総退陣した政変は、山内容堂の実弟民部の力がはたらいて実現したものであった。

　民部は勤王の志があつく、半平太とひそかに連絡をとりあっていた。だがあらたに任命された重役たちは、いずれも改革を望まない藩内守旧派ばかりで、勤王党を推す者は、大監察平井善之丞と小南五郎右衛門の二人のみであった。

　四月になって、京都の情勢はめまぐるしく変転した。島津久光は千余の大兵を率い、下関から藩の蒸気軍艦で四月七日に兵庫に着き、大坂を経て同月十六日入京して権大納言近衛忠房《このえただふさ》に面会した。

　久光は議奏中山権大納言忠能《なかやまごんのだいなごんただやす》、正親町三条実愛《おおぎまちさんじょうさねなる》が列座のうえで、改革意見を述べた。その大要はつぎの通りである。

「幕府はかねてより勅諚《ちょくじょう》にしたがうことなく、外国に通商を許し、反対する親王公卿《くぎょう》、有志の大名を逼塞《ひっそく》せしめ、庶人は死罪、流罪に処した。

　そのため諸国浪士が激昂《げっこう》して、大老を暗殺し、夷人《いじん》を殺傷するなど、行動はしだいに目に余るほどになっている。

　私は島津家督の者ではないが、亡兄薩摩守（斉彬）より遺志を継ぎ、天朝幕府のために尽力せよとの遺託をうけている。

　今日の天下の形勢を傍観すれば、不忠不孝の罪免れがたしと考え、このたび藩主の意向をうけ、関東に出府し意見を言上《ごんじょう》すべく、出国した。

播州姫路《ひめじ》には当月七日に到着したが、諸国浪人が多数大坂に滞在し、不穏の動きをあらわす形勢であったため、これを説得させ、ようやく今日参殿つかまつり、叡慮《えいりよ》を伺い奉るため、建白書をさしだすつもりである」

近衛忠房らは、京都に充満している尊攘浪士らが、いつ内乱をおこすかと恐れていたので、久光を頼る気が動いた。

久光が幕府に要求する改革の内容は、安政の大獄によって罰をこうむった青蓮院宮《しようれんいんのみや》、前左大臣近衛忠熙《このえただひろ》、鷹司政通《たかつかさまさみち》、輔熙《すけひろ》父子、一橋慶喜《ひとつばしよしのぶ》、尾張徳川慶恕《とくがわよしくみ》、越前松平慶永《まつだいらよしなが》の処分を解く。さらに近衛忠熙を関白、松平慶永を幕府大老に任命するというものであった。

これらの要請を朝廷から勅諚によって、幕府へ命ぜられたいと久光は申し出た。

「かようの儀を幕府にご下命するについて、朝廷のご威光を立てねば、老中どもは承知いたしませぬ。このため、もし幕府が違勅するときは、大名二、三家へご内勅を下され、すみやかに問責いたさねばなりません」

薩藩ほか数藩の武力によって、幕府を威嚇《いかく》するというのである。

島津久光の建言のうちに、つぎの二条があった。

一、この已後《いご》は、叡慮の趣《おもむき》、浪人等へあい洩《も》れざるよう、御取締り厳重ござありたく存じ奉り候《そうろう》。

一、浪人どもの説、みだりに御信用あらせられず候よう、存じ奉り候事。

非職、薄禄《はくろく》の公家《くげ》が、浪人たちに担ぎあげられ、不穏の世情を醸しだす一因となっている。叡慮を草莽《そうもう》に洩らしてはならないと、久光は釘《くぎ》をさした。

彼は幕藩体制を崩壊させ、身分制度に逆行して底辺から這《は》いあがろうとする、浪人庶士を抹殺したいと思っている。

何の実力もない彼らを相手にせず、有力諸侯とともに、京都を中心の国政を牛耳《ぎゅうじ》るのが、久光の野望であった。

近衛忠房と中山、三条両議奏は、久光の建言を受け、返答に窮した。建言を認め、勅諚として幕府に要求すれば、安政の大獄の前例もあり、どのような波瀾《はらん》が生じるか想像もつかない。

「面倒なことをいわしゃるのう」

「しかし、頭からことわるわけにもいかへんし」

両議奏は、建言を奏上するため、ただちに参内し、夕方近衛邸に戻り、久光に下された勅諚を取りついだ。

「浪人ども蜂起《ほうき》おだやかならざる企てこれあり候ところ、島津和泉《しまづいずみ》（久光）取りおさえ候旨、まずもって叡感おぼしめし候。

別してお膝《ひざ》もとにて容易ならざる儀、発起においては、実に宸襟《しんきん》を悩まされ候

「ことに候あいだ、和泉当地滞在、鎮静これあり候ようおぼしめし候こと」

久光の建言につき、是非の沙汰《さた》はなく、京都で事変をひきおこそうとしている浪人の取締りのみを命じた内容である。

日頃《ひごろ》、公家たちが煽動《せんどう》し、手足に利用していた浪人たちの、いまにも乱をひきおこしかねない形勢をおそれて、久光に頼った。

久光は、ともかく勅旨によって京都に滞在することを許された。もはや幕府所司代、町奉行に届け出る必要はない。所司代は久光が面会しようとしてもその威をおそれ、病気と称し、ひきこもったままであった。

大兵を率い、京都錦小路《にしきこうじ》の薩摩藩邸に入った久光は、浪人取締りにあたることになった。薩藩では随行の家来たちの住居にあてるため、藩邸附近の町家を買い取る。買値は市価の二倍半を、気前よく支払った。

このとき京都と大坂に集まっていた尊攘志士の数は、おびただしかった。

大坂の薩摩藩邸の表門は江戸堀《えどぼり》、裏門は土佐堀《とさぼり》にのぞみ、船を使って出入りができる。

京都では諸藩の志士数百人の行動を警戒する幕吏が偵察をはじめたので、薩藩堀次郎らが斡旋して、大坂藩邸二十八番長屋に、多数をかくまった。

田中河内介父子、清河八郎、アメリカ公使館通弁官ヒュースケンを斬った伊牟《いむ》田尚平《たしょうへい》、安積五郎《あさかごろう》、藤本鉄石《ふじもとてつせき》、平野次郎、本間精一郎などが、引きとられた。

豊後岡藩の重役小河《おごう》弥右衛門（一敏《かずとし》）は、十二人の藩士とともに大坂に到着していた。岡藩は勤王運動に挺身《ていしん》することになり、先発隊を送ってきたのである。

薩摩藩士で、江戸詰めとなっていた柴山愛次郎《しばやまあいじろう》、橋口壮助《はしぐちそうすけ》ら十余人、久光に随行できなかったため、脱藩してきた森山新五左衛門《もりやましんござえもん》たちも、大坂市中に滞在している。

京都木屋町《きやまち》の長州藩邸には、久坂義助、寺島忠三郎、佐世八十郎、入江九一《いりえくいち》、品川弥二郎《しながわやじろう》、山県小助《やまがたこすけ》（のちの有朋《ありとも》）ら二十数人が待機していた。

土佐脱藩者の吉村虎太郎、宮地宜蔵、吉松縁太郎は、長州藩邸にいた。

長州藩では、薩藩が討幕の行動をおこすときは、迅速に協力する態勢をととのえている。

長州大坂藩邸にも、二十人が待機している。国許《くにもと》からは変報が届きしだい、重役浦靫負《うらゆきえ》が百余人を率い、海路をとって上洛《じょうらく》する予定であった。

長州藩では、長井雅楽《ながいうた》の航海遠略策が急速に力を失い、桂、久坂らの尊攘派が擡頭《たいとう》していた。島津久光が上洛するだけで、腐朽した幕府の屋台骨を支えようとする長井の策は、たちまち光彩を失った。

薩藩大坂藩邸にかくまわれていた志士たちは、久光の先鋒《せんぽう》として二条城を焼き、所司代を追い払って、討幕の兵をおこすつもりであったが、薩藩が彼らの行動を抑えようとするのにようやく気づいた。

清河八郎、本間精一郎、藤本鉄石、安積五郎らが、二十八番長屋を去ったのは、四月十五日頃であった。

「こや、いけん。和泉さあはどうするつもいじゃ」

薩藩誠忠組激派の有馬新七《ありましんしち》、田中謙助《たなかけんすけ》らは、浪士との交流を厳禁すると通達してきた、久光の態度を疑う。

有馬らは同志だけで、所司代と幕府派の関白九条尚忠《くじょうひさただ》を倒す兵をあげる計画をたてた。

京都、大坂に集結している尊攘浪士は、島津久光が討幕を断行すると思いこんでいた。

久光は、朝廷の命によって幕府に政治改革をおこなわせるというが、開国、攘夷のいずれをとるか、態度をあきらかにしない。

千余人の精兵を率いてきた真意が、討幕にあると察したのは、浪士だけではなく、長州藩内の激派も同様であった。

公武合体策は、島津斉彬在任中の安政五年頃までは時宜に適していたが、すでに時代遅れとなった。

いまは討幕によって朝廷が政権を回復し、挙国一致の体制をとらねば、西欧の圧力に抗し得ない状況に立ち至っている。

長州藩家老浦靱負は、四月十七日に百余人の兵を連れ、伏見藩邸に入り、二十一日に京都藩邸に移った。同藩大坂藩邸留守居役の宍戸九郎兵衛も京都にきて、薩摩藩が行動をおこしたときは、遅滞なく京都所司代屋敷を攻め、御所を守護するつもりで役割まで決めていた。

土佐を脱藩した吉村虎太郎は、宮地宜蔵とともに下関の白石正一郎のもとに寄《き》寓《ぐう》していたが、四月六日海路をとって西宮《にしのみや》に到着し、大坂に入った。

彼は市中で本間精一郎と会い、八日に彼とともに土佐藩住吉陣屋へおもむき、小目付の福富健次に会った。

ふだん口数のすくない虎太郎が、懸命に弁舌をふるった。

「このたび島津久光公が江戸に下るというが、実は内勅を奉じて京都に入り、所司代酒井若狭守《さかいわかさのかみ》を二条城から追い落とし、勤王の大儀を天下に唱えるためながです。諸国の志士はこれを聞きつけ、決起して集まる者が五、六百人おりますろう。俺《おれ》は脱藩の身ながら、お前《ま》さんらあに大事を知らせにゃいかんと、きたがです」

本間精一郎は、紫縮緬《むらさきちりめん》の羽織に白の太紐《ふとひも》をつけ、人目につくほどの大たぶさに髷《まげ》をゆい、朱鞘《しゅざや》の太刀をたずさえていた。

陣屋の藩士たちは、彼の派手ないでたちをめずらしがり、障子のかげからのぞき見をした。精一郎は雄弁をふるい、福富健次らが応じないでいると、詰《なじ》った。

「もし義旗が京師《けいし》の空にひるがえったとき、当陣屋の諸君は、いかがなされるか」

上士の松下与膳が答えた。

「陣屋は摂海《せっかい》（大坂湾）防禦《ぼうぎょ》のために置かれちょりますきのう。藩命に従うまで、私の所存で進退はできんがです」

吉村虎太郎が立ち去ってのち、住吉陣屋の藩士たちは、脱藩の罪を犯した彼を捕えるべきであったと気づいたので、翌朝下横目が捕縛にむかったが、すでに長州藩邸に入ったあとであった。彼らは虎太郎のさかんな気魄《きはく》に圧倒されたのである。

薩藩誠忠組激派の有馬新七らと諸国浪士は、久光が討幕の挙に出ないと見て、長州藩の協力を得て、行動をおこすことにした。生死をかえりみず、捨て石として動乱をひきおこし、久光を討幕に引きこむのである。

薩藩大坂屋敷二十八番長屋と、市中の船宿に逗留《とうりゅう》していた真木和泉、田中河内介ら浪士は、四月二十日の朝から二十三日の朝にかけて、淀川《よどがわ》を便船で遡《さかのぼ》り、伏見の船宿寺田屋《てらだや》に集結した。

　寺田屋は薩摩藩の定宿《じょうやど》である。誠忠組激派の有馬新七、橋口壮助、是枝万助《これえだばんすけ》、吉田清右衛門《よしだせいえもん》、篠原冬一郎《しのはらとういちろう》（国幹《くにもと》）、田中謙助、橋口伝蔵《はしぐちでんぞう》、柴山龍五郎《しばやまりゅうごろう》、柴山愛次郎ら多数の藩士が、四艘《そう》の川船に分乗して伏見へむかったのは、二十三日の早朝である。

　彼らはその夜のうちに伏見奉行所を襲い、所司代酒井忠義《さかいただあき》、関白九条尚忠を斬るつもりである。だがその行動はたちまち露顕し、薩藩大坂藩邸から急使藤井《ふじい》良節《りょうせつ》と高崎《たかさき》左太郎（正風《まさかぜ》）が、早駕籠《はやかご》で京都の久光のもとへ注進に走った。有馬新七らが、伏見蓬莱橋際《ほうらいばしぎわ》の寺田屋に到着したのは、申《さる》の七つ半（午後五時）頃であった。

　京都藩邸にいた久光が急報をうけたのは申の七つ（午後四時）頃である。久光は近臣の堀次郎から事情を聞くと、ただちに命じた。

「そん首魁《しゅかい》となる者どもを、ここへ連れて参れ。説き聞かせ、思いとどまらせよう」

　堀がたずねた。

「もし、主命を奉じて参上いたさぬときは、どげんいたしもんそ」

　久光は沈思していたが、やがて口をひらいた。

「そん時は仕様《しよ》んなか。臨機の手配りをせい」

反抗するときは、上意討ちをせよという命令であった。

上意を伝える使者は、奈良原喜八郎《ならはらきはちろう》（繁《しげる》）ら九人である。いずれも有馬らとは誠忠組の同志で、斬り手と呼ばれる武芸達者の若者たちであった。

寺田屋では、壮士たちが夜戦の身支度を急いでいた。

奈良原喜八郎たち久光の使者が、寺田屋に到着したのは、亥《い》の四つ（午後十時）頃であった。

奈良原は寺田屋の主人伊助《いすけ》を呼び有馬新七に会いたいと告げた。二階では、薩摩藩士、浪士たちが籠手《こて》、腹巻、臑当《すねあ》てをつけ、血縛り道具、腰兵糧《こしびょうろう》、ガンドウ提灯《ぢょうちん》などを帯にくりつけている。刀の寝刃《ねたば》をあわせている者もいた。

有馬新七は、奈良原に呼ばれると階下に下りた。柴山愛次郎、田中謙助、橋口壮助があとにつづいた。

奈良原は告げた。

「和泉（久光）さあは、おはん方に、錦小路のお屋敷へ参上し、御前に出よとの御諚《ごじょう》にごわす。和泉さあは、京都鎮護の勅諚をいただかれた次第じゃ。おはん方はお指図によって、はたらかれるがよかごわす」

有馬新七が答えた。

「わざわざのお使者にはあいすまんが、俺どもは、さきの青蓮院宮のお召しをいただいておっ。宮の御用をすませたあとなら、伺おう」

「君命に逆らいなさるか」

「君命より、宮の仰せが重かとよ」

「聞かれんなら、上意討ちをせねばならん」

「そんでんよか」

上使の道島五郎兵衛《みちじまごろべえ》が立ちあがり、田中謙助に斬りつける。田中は額に斬りこまれ、眼球が飛びだし気絶した。

幼なじみの誠忠組の若者たちは、白刃をふるい、虎《とら》が噛《か》みあうような斬りあいのうちに倒れ、傷ついた。

激派のうち即死者は有馬新七ら七人、上使の即死者は道島五郎兵衛一人、深手を負った者が二人であった。

志士の蜂起を未然におさえた薩摩藩は、翌四月二十四日、深手を受けながら生きていた激派の田中謙助、森山新五左衛門に切腹を命じた。

寺田屋にいて、斬りあいにまきこまれなかった激派、柴山龍五郎、大山弥助《おおやまやすけ》(巌《いわお》)、西郷信吾《さいごうしんご》(従道《つぐみち》)、篠原冬一郎、三島《みしま》弥兵衛(通庸《みちつね》)ら二十三人は、国許へ送り返されることになった。

藩外の志士田中河内介、真木和泉ら二十一人は、薩藩邸に移った。彼らはそれぞれの藩に引き渡され、田中河内介、瑳磨介《さまのすけ》父子と藩籍のない浪人二人は、鹿児島へ送られる途中、暗殺された。

この事件のあと、薩長両藩が対立するようになった。長州藩が、薩藩激派に資金援助をして、ともに京都で決起する予定であったことを、久光が知ったためである。

寺田屋の事件のあと、薩摩藩の人気が京都で急に高まり、京都所司代、町奉行の権威は地に堕《お》ちた。

薩摩に対抗する勢力は、長州藩であった。長州藩士のうちには、久光の指示によって蜂起の計画が挫折《ざせつ》したのを、恨む者が多い。

四月二十五日、久光の使者堀次郎が長州藩邸にきて、今度尊攘浪士とともに乱をおこそうとした家中の者を処断してもらいたいと、強硬に申しいれた。

当然、長州側では不当な干渉をうけたと激昂する。

「島津和泉は、こののちいかなる挙に出るやも計りかねる。気を許すことなく、変事に備えよ」

長州藩は、薩摩藩に対抗するため、京坂滞在の人数をふやすことにした。

四月二十七日、長州藩世子毛利定広《もうりさだひろ》が江戸から京都河原町藩邸に入った。同日、長州藩兵庫警衛奉行として、毛利将監《しょうげん》が兵庫に到着した。薩摩藩では、京都市中の町家を強引に買いあげていた。

ある町家の主人が買いあげをことわった。

「私方は、えらい借財の抵当《かた》にとられてまっさかい、とても売り渡すようなことは、でけへんのどす」

薩摩の役人が聞いた。

「借財はいかほどの金高じゃ」

「二千両にございます」

町家の主人は、せいぜい三百両の値打ちしかない自宅に、二千両の担保がついているといった。そういえば、買入れをあきらめると思ったためである。だが、相手は応じた。

「ようごあんそ。二千両で買いもそ」

法外の高値で屋敷を買うのは、人心収攬策《しゅうらんさく》である。

もくろみの通り、薩摩藩の人気は鰻《うなぎ》のぼりである。

幕府探索方が江戸へ送った風説書《ふうせつがき》に、つぎのようなものがあった。

「薩摩藩は何事も他藩へ相談せず、独断で行動するので、長州、土州よりいろいろ申しいれてもまったく相手にしない。まあ当方のすることを御覧下さいというばかりで、両藩ははなはだ不満である」

久光は五月二十二日、幕政改革の勅諭を奉じた勅使、大原重徳《おおはらしげとみ》に従い、京都を出発して江戸へむかった。

議奏中山忠能から三条実美《さんじょうさねとみ》を通じ、土佐藩主参覲のときに京都へ立ち寄り、対立している薩長両藩の調停にあたるよう、内々の叡慮があると伝えられたのは、六月十一日であった。

土佐藩では慎重な相談をかさねたあげく、六月二十日に三条実美へ返事を送った。太守豊範名義の書状には、依頼を辞退する旨が記されていた。土佐は幕府との間柄が薩長とはちがうので、両藩と同様の行動はとれない。まず江戸へ参覲して養父容堂の意見を聞き、そのうえで方針をきめたい。

だが、御所の守衛のため、召し連れてゆく人数のなかばを、京都に残しておくようにするという内容である。

吉田元吉亡きあとの土佐藩庁は、佐幕路線をあきらかにとっていた。江戸の容堂は四月二十五日に、幕府から他人面会、書信往復の禁を解かれ、完全に自由の身となった。

容堂は国許から吉田暗殺の報が届いたとき、激怒した。彼は武市ら下士が党派を結び、藩政にくちばしをさしはさむのを、ゆるす気はなかった。時期を見て、家中の勤王論者を一掃するつもりでいる。

家老山内大学（豊栄《とよよし》）、山内下総、柴田備後、五藤内蔵助《ごとうくらのすけ》らは、すべて容堂とおなじ守旧派である。

容堂の弟民部豊誉《とよなり》と、彼を支持する大目付小南五郎右衛門、平井善之丞が、勤王党の味方であった。

半平太が数十人の同志とともに、藩主参覲に従うのを許されたことは、藩庁が時勢の変動を認めたための、やむをえない措置である。

半平太らは、参覲に随行する下士のうちに、井上佐市郎、岩崎弥太郎が加わっているのを警戒していた。彼らが京都で、吉田元吉を暗殺した那須信吾、安岡嘉助、大石団蔵の行方を探索すると思ったためである。

三人は京都長州藩邸にかくまわれていた。寺田屋騒動のあと薩藩から土佐藩に引き渡された吉村虎太郎が、住吉陣屋に移送されたとき、那須らは彼に書状を届けようとして、京都に遊学した郷士に托《たく》したため、居所をつきとめられた。

藩庁はその知らせをうけると、ただちに小目付下許武兵衛に下横目、足軽を従わせ、三人の召捕りかけあいにむかわせた。

長州藩邸では、久坂義助が下許に応対した。

「ご尊藩にてご探索の三人なる者どもは、当屋敷にはおりませぬ。無用のご穿鑿《せんさく》は迷惑千万です」

久坂はこのうえ那須たちを藩邸にかくまっては、土佐藩とのあいだに紛議をおこしかねないと見て、薩摩藩の有村俊斎《ありむらしゅんさい》（海江田信義《かえだのぶよし》）に頼み、三人を京都薩摩藩邸へ移した。

このような経緯は、下許武兵衛が探知している。

井上佐市郎と岩崎弥太郎は、参覲の供を命ぜられたときから、勤王党に命を狙《ねら》われていた。

二人はともに少林塾に学び、元吉の恩顧をうけてきた。とりわけ勤王党にとって、元吉の生前に下横目をつとめていた井上が、危険である。

息もつまるような暑熱のなか、高知城下を離れる参覲の行列のなかに、宿酔《ふつかよい》にあおざめた弥太郎がいた。

彼が江戸行きの供を命ぜられたのは、六月二十五日であった。

「なんつうたち、えらい急な話じゃねや。なんでもっと早ういうてくれんがかよ」

彼は旅支度に多忙をきわめながら、昼夜をとわず祝いの酒を飲む。

夜になれば、隣人、村役人らが送別のためおとずれ、酒盃《しゅはい》をかたむけ、精神恍《こう》惚《こつ》となるまで飲む。朝になると宿酔で頭を抱え、妻に揺り起こされ、ようやく床をはなれた。

行列は城下を離れると形を崩し、長くのびた。弥太郎は知りあいの郷士たちとともに、酒に酔った足取りもさだかでないまま、四つ半（午後十一時）頃まで歩きつづけ、亀岩《かめいわ》という在所の宿屋へ着き、熟睡した。

翌朝は夜明けまえに宿を出た。立川番所へむかう険しい山道には藩士、人足、荷物を負わされた駄馬が、あえぎながら長蛇の列をつくっている。

途中から雨が激しくなり、暑気は去ったが、多数の人馬が通過した道は粘土をこねたようになり、歩きづらい。

ようやく番所に着いたときは、陽《ひ》は暮れはてていた。弥太郎は豪雨のなか、割りあてられた長屋に泊まったが、混雑ははなはだしく、人夫の運んできた具足櫃《ぐそくびつ》にもたれ、蚊にくわれながら、ようやく仮眠をとる。

弥太郎は、同行する郷士たちが、彼にひややかな口をきくのに気づいていたが、その理由を察しようともしない。

彼は武市半平太の腹心である平井収二郎が、大坂にでたのちに自分と井上佐市郎を殺そうとたくらんでいるとは、思ってもいなかった。

弥太郎は吉田元吉の恩義をうけ、長崎出張を命ぜられた。遊蕩の味を覚え、役目を果たせず失敗したが、元吉の庇護のおかげでいまも郷廻りとして、生計《たつき》をたて、妻を迎えることもできた。

だが、元吉が暗殺されたあと、下手人を追及し、捕えて故人の恩にむくいる気はなかった。元吉の遺徳を偲《しの》ぶこともない。この世から消滅した人に、ながく愛着を持てない性格であった。

弥太郎は参覲の旅に出て、京坂、江戸の形勢を実見するのを楽しみにしていた。彼は政事に興味を持っていない。吉田元吉が横死して、恩師の推挽《すいばん》を得られなくなったが、胸中には鬱勃《うつぼつ》たる野心がある。

彼には、元吉も認めた鋭敏な経済感覚がそなわっていた。

――男たるもの、射利《しゃり》に心を砕き、ひと山当てて懐中に黄金を唸《うな》らせんと、生きちょる甲斐《かい》がない――

彼は元吉が藩内の紙、木材、海産物、楮《こうぞ》などの商品作物を保護し、財政回復をはかった実績を見てきた。

元吉の亡きあとは、徒手空拳《としゅくうけん》で商いの道を志したいと野望を抱いている。そのためには、大坂、江戸の商業取引の実情を見聞しなければならない。

彼は勤王党の郷士たちが、隔意のあるふるまいを見せても、意に介しなかった。

旅中、丸亀、岡山、姫路の城下を通過するとき、焼けるような暑熱のなか、整然と行列を組まねばならないが、あとは自由に動ける。

七月七日、姫路城下に着く頃から、供衆のあいだに麻疹《はしか》を病む者がふえてきた。

元気のいい若侍が病《やまい》を発し、よろめき歩くが、弥太郎は元気である。

彼は旅をかさねるうち、勤王党の池内蔵太らと親しくなった。炎暑のなかを歩きつづけ宿に着くと、酒をつつしもうと誓っていたことも忘れ、同宿の者に酒をふるまう。弥太郎は生来交際を派手におこなうのが好きであった。

郷廻りの職にあっても、収入が乏しいにもかかわらず、毎日同僚をわが家に連れ帰り、酒をくみかわし歓談する。

弥太郎は日頃、母にいっていた。

「お母《か》ん、およそ事をなすには、人に物をやらにゃいかんがじゃ。やらざったら得を取れんぜよ」

七月十日、弥太郎は昼前に兵庫に着いたが、本陣が混雑して宿の割りあてがきまらないので、二人の下士と連れだって清盛塚《きよもりづか》を見物にでかけ、途中の料理屋で酒を飲んだ。

そのとき、突然岡田以蔵があらわれた。

「お前《ま》さんらあ、えい店で飲んじゅうのう。俺にもちくと飲まいとうせ」

鴨居《かもい》に頭がとどく長身瘦軀《そうく》の以蔵は、反歯《そっぱ》の口もとをほころばせ、あぐらを組んだ。

弥太郎は屈託のない笑い声をたてた。

「こりゃ以蔵さんか。眼《め》がぎとぎと光っちゅう。ちくとやって、くつろぎや」

以蔵が肩をいからせると、全身の筋骨に弓弦を張るように力のみなぎるのが、衣服のうえからうかがえる。

「おんしは俺を、てがいゆうか」

「お前んをなぶってどうすらあよ。撃剣達者の以蔵さんに、なんで俺が喧嘩《けんか》するぜよ。まあ、腰すえて飲みや」

弥太郎は相撲《すもう》が得意であった。

以蔵があばれだせば、毬《まり》のように投げ飛ばす自信があるので、余裕を失わない。その気勢が伝わって、以蔵は黙って酒を飲みはじめた。

弥太郎が連れの郷士たちとにぎやかに話しあっていると、以蔵が急に問いかける。

「大坂へ着いたら、元吉っつぁん殺しをやった者らあの行方を、探りまわすがじゃろ」

弥太郎はおどろいた。

「なんで俺が、そがなことをせにゃならんぜよ。下横目でもない俺が、知らんことじゃ」

「それでも、弟子じゃろうがよ。師匠を殺されても、腹立たんがか」

弥太郎は神楽獅子《かぐらじし》のような、大きな顔を朱に染めて叫んだ。

「あがなことをやられて、腹の立たん弟子があるか」

「そんなら、仇討《あだう》ちがしたいがじゃろ」

弥太郎は首をふった。

「いや、俺は先生の首を取った者のあとを追うつもりはない」

「なんでじゃ」

弥太郎は、うるさそうに答えた。

「そがなことをしても、一文の得にもならん。それより先生の志を継いで、物産交易の利をはかるためにはたらくがが、俺の務めぜよ。仇《あだ》を討つの、討たんのと、せつくろしいことをいうちょる時勢ではないぞ。まあ一杯いきや」

弥太郎は、近頃武市半平太の身辺を離れない、獰猛《どうもう》な以蔵に酒を浴びるように飲ませる。料理屋を出るとき、八百文の酒代を払わされた弥太郎は、顔をしかめ悔やんだ。

「えらい散財をしてしもうた。この先は倹約《しまつ》せにゃいかん」

兵庫湊の本陣へ戻ると、宿割りがきまっていた。

弥太郎の宿には、武市半平太がいた。座敷の隅に坐《すわ》った彼は、弥太郎が朋輩《ほうばい》と声高に話しあうのを、黙って聞いていた。

その夜、当番の徒目付《かちめつけ》から藩士に触れ書が出された。

「兵庫より大坂までは、陸《おか》をゆこうと船に乗ろうと勝手しだいにせい。もっとも今夜のうちに、道中方役人へ、その儀を届け出ておけ」

弥太郎は従者に届け書をさしださせようと思いつつ、朋輩の郷士と雑談するうち忘れてしまった。

入交《いりまじり》という郷士が聞きこんできた話に、興味をひかれたためである。入交はいった。

「坂本龍馬が、京都におるそうじゃ」

「ほう、誰から聞いたぜよ」

「明平《あきへい》じゃ」

明平は下横目である。

「どこへいったかと案じちょったが、達者か」

「いん、ちくと丸《まる》には窮しちゅうにかあらんがのう。姫路で大目付さんが、江戸から高知へ帰る途中の大石弥太郎と行き会《お》うて、聞いたにかあらん」

入交は、座敷の隅で徒士頭《かちがしら》の矢野川《やのがわ》龍右衛門《りゅうえもん》と、静かに盃《さかずき》をかわしている半平太を横目で見る。

江戸に遊学していた勤王党の大石弥太郎が、大目付小南五郎右衛門に会ったのであれば、半平太にも会っているにちがいない。入交は声を低めかけたが、弥太郎は歓声をあげた。

「四月のうちに江戸留守居から、行方知れずになったと公儀に届け出た人数のなかに、龍馬がはいっちょったと聞いたが、無事でおったか。なによりじゃ。俺はあれが好きじゃきに。あれは派手《ぱっぱ》なことが得手で、俺とは気があうがよ」

入交は、大石弥太郎が京都三条小橋に近い旅館に泊まり、たずねてきた龍馬と会った様子を、下横目から聞いていた。

「龍馬は差料《さしりよう》の柄《つか》に手拭《てぬぐ》いを巻いちょったそうじゃ。大石がなんでこがなことをしゆうと聞いたら、縁頭《ふちがしら》の小道具を売って路銀の足しにしたと、笑いよったと」

「そうか、坂本の秘蔵子《ほんこ》も丸の苦労をしゆうがか。おもっしょいのう」

弥太郎は腹をゆすって笑い、茶碗《ちやわん》の酒を一気に飲みほす。

半平太は、弥太郎たちの話に注意を傾けていた。

――明平は俺と弥太と小南殿の内緒話を、どこで聞きつけたじゃろう。はじめに同座しちょった書役《かきやく》が、しゃべったか――

肝心な話は、人払いをしたあとではじめたので、誰にも聞かれていないはずである。

龍馬は沢村惣之丞とともに、大石弥太郎をたずねたという。

惣之丞は脱藩したあと龍馬と別れ、京都に出て、右近衛権少将《うこんえごんのしょうしょう》河鰭公述《かわばたきんあきら》の青侍として仕え、大河原《おおがわら》刑部《ぎょうぶ》と変名していた。

河鰭は代々神楽をもって奉仕する、禄高百五十二石の公家である。惣之丞が吉村虎太郎らとともに、尊王激派の伏見挙兵に参加しなかったのは、半平太と龍馬の説得を受けいれたためであった。

弥太郎は半平太にいった。

「龍馬は京都へきてから、まだ十日も経たんというちょった」

「それまでどこにおった」

「はっきりいわざったが、九州辺りをまいくりよったがじゃ」

弥太郎は、龍馬、惣之丞とともに、藩主豊範と供の人数が京都に駐屯する場合の宿所を物色して歩き、妙心寺《みょうしんじ》に本陣を置くのがよいと、意見が一致したといった。

「うちの河原町屋敷は四条新地に近うて、夜遊びに出る者が多かろう。妙心寺は塀も高うて、抜け出るのも難儀じゃき、取り締まりやすいと龍馬らがいいよる」

龍馬は六月上旬に西国から大坂に入り、京都から沢村を呼び、住吉陣屋の望月清平に連絡をとった。

清平は龍馬に寺田屋騒動の顚末《てんまつ》を告げた。彼は吉村虎太郎、宮地宜蔵が薩摩藩から土佐藩に引き渡され、高知で入牢しており、那須信吾、安岡嘉助、大石団蔵の三人が、京都薩摩藩屋敷にかくまわれている現状では、大坂を離れ、京都に潜伏するほうが安全であるとすすめた。

龍馬はただちに京都に入り、いまは正親町三条実愛の侍医をつとめ、三条河原町で医者を開業している飯居簡平《いいかんぺい》の家作にかくまわれていた。

半平太は姫路に泊まった夜、弥太郎とともに小南五郎右衛門をたずね、意見を述べた。

「太守公には、なにゆえ江戸参覲をなさいますろう。方今の形勢を見るに、幕府の積威はもはや地に堕ちちょります。いまは大義のあるところに従い、断然東下をやめ、京師に入朝すべきです」

小南は応じた。

「儂《わし》もお前んとおんなじ考えじゃ。大坂に出たのち、執政殿にすすめるつもりじゃ」

弥太郎は声を低めていった。

「こんどのご入京は一大事にござりますき、まず江戸のご隠居さまのお許しを頂戴《ちょうだい》いたさねば、なりませぬぞ」

七月十一日の朝、岩崎弥太郎はめざめるとただちに道中方役人をたずね、大坂まで便船でゆく旨を告げたが、ことわられた。

「まもなくお殿さまがお発《た》ちなされる。昨夜のうちに、なんで届けざったか。いま頃手配りはできやせん。勝手に船を探していったらえい」

「ほんじゃあ、船賃はあとで払うてくれますろうか」

「当番小頭に届けちょく」

弥太郎はしかたなく、下僕とともに午《うま》の刻（正午）頃、便船に乗った。

十数人の客が乗りあわせ、にぎやかに雑談を交わすうち、未《ひつじ》の刻（午後二時）に天保山《てんぽうざん》に着いた。

申の刻（午後四時）頃、横堀川に沿う土佐藩蔵屋敷に到着し、ようやく新町に旅館を割りあてられ、風呂《ふろ》で汗を流した。

翌日、弥太郎はかつて今井純正が学んだ漢方医春日寛平の塾をたずねたのち、川原町の讃岐出身の儒者、藤沢東畡《ふじさわとうがい》をたずね、懇談して宿に帰った。

その夜、武市半平太と矢野川龍右衛門がまた同宿した。弥太郎は半平太から声をかけられた。

「お前さんは、兵庫から大坂へくるときに、道中方へことわりをいわざったようじゃねや。早速に徒目付役場へ、恐入始末《おそれいりしまつ》を出さにゃなるまいがよ」

恐入始末は、公務に不行届きがあったときの詫《わ》び状である。

弥太郎はおどろいて、早速徒目付丁野左右助をたずね、事情を釈明した。

「私は道中方のお触れによって、大坂へ船で参じたがです。十日の晩にお届けせざったがが悪いがですか」

日頃、弥太郎に目をかけてくれる丁野は、苦い顔つきでいう。

「口先の許しは、ないも同然じゃ。おんしも手抜かりをしたもんぜよ」

船賃七百文の支給を受けるどころか、罰を受けかねない雲ゆきである。

宿に帰った弥太郎は、半平太らに憤懣《ふんまん》をうちあけ、すすめられ恐入始末を書き、矢野川龍右衛門に托した。

翌日、弥太郎はやけになり、知りあいの郷士とともに遊廓《ゆうかく》へ出かけ、夜明けまえに宿に帰った。藩士のあいだに麻疹を病む者が続出するが、弥太郎は頑健であった。

十六日の昼過ぎ、徒目付役場から切紙（命令書）が届いた。

「そのほう儀、御詮議振りをもって、用意出来しだい、国許へお指し下げ仰せつけ候」

行状に不行届きがあるので、帰国せよというのである。

弥太郎は蔵屋敷の徒目付役場へ出向き、わずかな手抜かりを咎《とが》めだて、帰国を命ぜられるのはあまりにも理不尽であると抗弁したが、丁野左右助ら徒目付は苦い顔つきでまったくとりあわなかった。

彼はやむなく土佐安芸浦から大坂に到着した廻船《かいせん》に便乗し、二十一日に帰国することになった。

せっかく供衆に選ばれながら、途中で役を解かれるのは不名誉きわまりない。

弥太郎は帰国と決まったのち、十六日から三日間、連日井上佐市郎に会った。

佐市郎は、吉田元吉を暗殺した那須信吾ら三人を、大坂滞在のあいだになんとしても捕えたいと思っている。彼は弥太郎を詰った。

「俺はおんしをたった一人の頼りと思うちょったに、そがな不始末で去《い》なされるがか。五藤殿に頼んでみいや。なんぞかんぞ、手を尽くさにゃいかんろうが」

弥太郎は朋友の井上にいわれるまでもなく、参覲の旅をつづけたい。

彼は十九日の夜、井上の口添えで父弥次郎の旧主である御添御用役五藤忠次郎の宿をたずね、大坂残留を懇願したが、聞きいれられなかった。

宿の外へ出ると、宵闇《よいやみ》のなかに井上がたたずんでいて、話の様子を聞き、おおいに落胆した。弥太郎は日記に、つぎのように記している。

「井上佐市郎、五藤の寓《ぐう》前に余を待ち、何を談ずるかをもって問う。余、実をもって答う。佐市郎、格別心気不快の模様につき、余痛く悔やむ」

弥太郎は、ともかく新妻喜勢子《きせこ》の待つ故郷へ、無事に帰った。

八月二日の日暮れがた、弥太郎を迎えた家族は驚きよろこんだ。

その刻限、大坂では井上佐市郎が、下横目の吉永良吉と小川保馬に誘われ、大坂心斎橋《しんさいばし》の料亭大与《だいよ》で、酒肴の膳《ぜん》にむかっていた。

雑談をかわすうち、久松喜代馬、岡田以蔵、村田忠三郎《むらたちゆうざぶろう》、田内衛吉《たのうちえきち》が店に入ってきた。

「お前《ま》さんらあもきちょったか。ほいたら、いっしょにちっくとやるかよ」

井上は勤王党の四人を見て、座を立とうとした。

「俺は用事がある。先に帰るぜよ」

岡田以蔵が井上の袴《はかま》を押さえ、立たせなかった。

「なにをいうぜよ。俺らあがきたに去ぬるがは、なんぞ気にくわんことでもあるがかのう」

井上は、やむなく腰をおちつける。以蔵たちは彼とさかんに酒盃の献酬をした。

井上佐市郎は酒宴の途中で厠《かわや》に立った。太刀を座敷に置いていたが、そのまま逃れるつもりである。

以蔵らは上機嫌で歓談するが、佐市郎は危険が身にせまるのを感じた。

下横目の吉永、小川は、吉田元吉横死ののち新任され、勤王党の連中と親しい。

――あいつらは、俺を仕物《しもの》（謀殺）にするつもりながか――

久松、岡田のような半平太側近の男たちが、なれなれしく酒席をともにするのがおかしい。

厠を出ると、手水鉢《ちょうずばち》の前に岡田と田内が立っていた。

「俺らあも連れ小便ぜよ」

井上は、座敷へ戻らないわけにはゆかなくなった。

彼は同席の男たちから献酬を強いられ、大酔し、大与を出ると先に帰ろうとした。

「俺はこれでご無礼して、宿へ帰るぜよ。もうこのうえは飲めん」

久松らは井上を抱きとめた。

「なにをいいゆう。つきあいというものがあるろうがよ」

町筋には弦歌のにぎわいのなか、人通りがきれめもない。

「もう一軒、いこうじゃいか。銭は俺が払うきに」

久松が先に立ち、井上は男たちに両肩を押され、九郎右衛門《くろうえもん》町《ちょう》の遊女屋へむかった。

そこでまた酒を強いられた。遊女屋を出た井上は、まっすぐ歩けないほど泥酔したふりをしていたが、心中では油断なく周囲の様子をうかがっている。

人通りのない川端に出たとき、井上は走りだそうとしたが、足をすくわれ転倒した。夢中で起きあがり刀を抜きかけたが、うしろから手拭いが首にかかった。

岡田が頸骨《けいこつ》も折れよと引きしぼり、前にまわったひとりが睾丸《こうがん》を蹴《け》る。

井上は首を絞められたまま、倒れた。

闇中に見届け役の平井収二郎たちが佇《たたず》んでいて、声をかけた。

「とどめを刺せ」

村田忠三郎が短刀を抜き、井上の脇腹《わきばら》を深くえぐった。屍体《したい》は川に投げ捨てられた。

岩崎弥太郎は、あやうく命拾いをした。大坂にくるまでの旅の途中で、半平太が弥太郎には藩政についての関心がないのをたしかめ、徒目付と相談して国許へ追い返してやったのである。

龍馬は釜《かま》で煎《い》られるようだといわれる、京都の盛夏の暑熱に体調を崩すこともなく、尊攘浪士の会合に出て、情勢の変化を観察していた。

大坂蔵屋敷に入った土佐藩参覲の人数は、九割までが麻疹を病み、床についた。

十七歳の藩主豊範も、寝込んでしまった。

勤王党の小笠原保馬、高松太郎《たかまつたろう》（坂本龍馬の甥《おい》）、多田哲馬ら、ふだん撃剣で鍛えた壮士たちも倒れる有様である。

豊範に近侍する近習《きんじゅ》家老桐間将監、参政小八木五兵衛《こやぎごへえ》は、この状況を理由に入京をさしひかえ、江戸へ直行しようとはかっていた。

彼らは江戸鮫洲別邸にいる隠居容堂の意向に従い、幕府に楯《たて》つく行動をつっしもうとした。

半平太は同志五十嵐文吉《いがらしぶんきち》、平井収二郎、弘瀬健太らを三条実美のもとへ走らせ、山内豊範に京都警衛を命じる勅書を下されるよう願わせた。

龍馬は平井たちと連絡をとりつつ、市中の旅館を転々としていた。土佐藩の捕吏四十人が、下許武兵衛の指揮をうけ、吉田元吉暗殺者の行方を追っていた。江戸の容堂が、下手人をかならず捕縛せよと、厳命を下している。

龍馬にも嫌疑がかけられ、ひとところにとどまっていられない。彼は豊範が入京するのを見届けたのち、江戸にむかうつもりでいる。七月十九日の朝、三条大橋東詰に近い上宿《じょうやど》に泊まっていた龍馬は、風呂場で水を浴びたあと、女中が布団をあげにくるまえに、褌ひとつで蚤取《のみと》りをした。

清潔な上宿で蚤はすくないが、敷布団の縁を静かにまくると、夜のうちに龍馬の血を吸った蚤が数匹、一列にならんでいる。

龍馬は指に唾《つば》をつけ、一匹のこらず捕えて潰《つぶ》すのが楽しみである。足音がしたので、女中であろうとふりむくと、麻帷子《あさかたびら》を着た清河八郎が立っていた。

清河とは三条河原町の飯居《いい》家で、しばらくともに起居していた。彼は近頃、薩長から資金の援助をうけ、金まわりがよく、しきりに龍馬を誘いだしては、三本《さんぼん》木《ぎ》辺りの酒亭へ連れていってくれる。

龍馬は八郎にいった。

「今日はえらい早いねや。これから飲みにでも連れてくれるがか」

「そんな用ではない。島田《しまだ》左兵衛《さひょうえ》（左近《さこん》）の隠れがが分かったので、これから出向いて斬り捨てるのだ」

島田左近は、関白九条尚忠のもとで六位の諸大夫《しょだいぶ》をつとめていた。年頃は三十なかばで、美濃《みの》の山伏の倅《せがれ》であったが、九条家の青侍になり、老女千賀浦の養子に迎えられ出世した。

安政の大獄のとき、彦根の長野《ながの》主膳《しゅぜん》（義言《よしとき》）と協力し、井伊大老の股肱《ここう》となってはたらき、幕府から一万両の賄賂《まいない》を取った男である。

和宮降嫁の際には供をして江戸におもむき、幕府から三十人扶持《ぶち》、彦根藩から百俵の扶持をうけている。彼は手先に猿《ましら》の文吉という目明《めあか》しを使い、高利貸をして十万両の蓄財をしているといわれた。

左近は井伊大老の死後、尊攘浪士たちにつけ狙われ、自宅に武器をたくわえ、相撲取りを大勢用心棒に雇っていたが、島津久光が入京する前後から、彦根、中国筋へ身を隠した。

九条尚忠は文久二年四月に、幕府から和宮降嫁に協力した功によって、千俵の加増をうけ、尊攘激派に憎まれ、六月二十三日に辞職した。辞職するまえのある夜、尚忠の寝所の床下でいびきが聞こえた。

尚忠は震えあがった。

「怪しき者が忍び入ったに相違なし。召捕りの人数を早う呼べ」

所司代に使いが走り、彦根、芸州の藩兵百人ほどが駆けつけてきて、御殿を取り囲み、床下を探ると老犬が一匹走り出てきて、前代未聞の笑い話とされた。

九条家の門前には、

「まことに九条関白は、人面獣心大国賊、おそれ多くも天照大神《あまてらすおおみかみ》の御国を穢《けが》し、国体をはずかしめ」

と問責の書状が貼られる。

激派の浪士たちは、高位の九条尚忠を誅戮《ちゆうりく》するわけにもゆかないので、島田左近の行方を探しもとめていた。

龍馬は立ちあがり、拍手していった。

「さすがは八郎さんじゃ。いま左近をやったら、公家さんらあは、腰を抜かすじやろ。存分に利き目があるろう」

「それでは、早う支度をせい」

龍馬は首を振った。

「俺は、そがなことはせん」

清河が眼をいからせた。

「なぜだ」

「九条の諸大夫みたいな、弱い者は斬りやせん。まっと強い者なら勝負してもえいが。そがな者をやったち、俺の名折れになるだけじゃ」

龍馬は策謀家の清河と、深く交わるつもりがなかった。

――いろいろ騒動をおこして、世渡りをするつもりじゃろうけんど、いずれは策に倒れる。なんつうたち、業師《わざし》ぜよ――

清河は怒って同志の安積五郎とともに、立ち去っていった。

龍馬はこのうえ京都に滞在して、藩主豊範の上京を待っていても、情勢のめざましい展開はないと見て、江戸にむかうことにした。路銀は京都にいる下辻又七の番頭から融通を受け、なんとか間にあう。

――二、三日のうちに、大坂へ出て、顎《あぎ》に会うてから関東へ下ろうかのう――

彼は二十三日の朝、暗いうちに起きて腹ごしらえをした。帳場で宿賃の勘定をしていると、表を大勢の男女が走り過ぎてゆく。

「何事ぜよ」

龍馬が聞くと、番頭が答えた。

「島田左近はんの首が、四条通りから一丁半ほど上った、先斗町《ぽんとちょう》の川端にさらされてるそうどす。おとついの朝、高瀬川《たかせがわ》の二条の樋《ひ》の口《くち》に、首のない屍骸《しがい》があがったと、町役人がいうてたけど、やっぱり左近はんどしたな」

「そうか、ちくと見物してくるか」

龍馬は高下駄《たかげた》をつっかけ、涼しい風の流れる外に出た。

先斗町の川際に出ると、黒山の人だかりである。

「高利貸しよって、悪銭身につかずや。ええ気味やがな」

「旨《うま》い物食うて、別嬪《べっぴん》囲うて、貧乏人泣かした罰や。ざま見さらせ」

見物人のあいだから罵《ののし》る声があがる。

――清河がやったがか――

背の高い龍馬は人垣のうしろから眺める。

首は月代《さかやき》がすこし伸び、乱髪でむくんでいた。額と両顎に疵口《きずぐち》がひらいている。

肩を叩《たた》かれ、ふりかえると清河八郎が、背の低い安積五郎と並んで立っていた。

「いくか」

清河が誘った。

龍馬が青竹に結びつけられている捨て札を、声をだして読んだ。

「島田左兵衛権大尉《ごんのだいじょう》は、大逆賊長野主膳へ同腹いたし、奸曲《かんきょく》をあいたくらみ、天地にいれられざる大奸賊なり。これによって誅戮を加え、梟首《きょうしゅ》せしむべきもの也《なり》。戌《いぬ》七月」

歩きだしてから、龍馬は小声でたずねた。

「お前《ま》さんがやったがか」

清河は首をふった。

「いや、薩人の田中新兵衛《たなかしんべえ》という者の仕業だ」

清河八郎は、左近誅殺の経緯を語った。

「あいつは木屋町二条に控え家《ひかや》を持っていた。そこで祇園《ぎおん》の芸妓君香《げいぎきみか》と逢《あ》っていたわけだ。君香の兄貴は目明しの猿の文吉だよ。十九日の晩、俺たちが出かけてみると、控え家から半丁ほど離れた道端の茶店から、顔見知りの薩藩横目が出てきて、とめた。いま見張りをしているから手を出すなというので、引き揚げたが、新兵衛はうまくやったものだ。これであやつの名が高くなるぞ」

清河は逞《たくま》しい肩をゆすり、鼻先で笑った。龍馬が聞く。

「何人かかって斬ったがか」

「田中新兵衛が勢子《せこ》の役で家に押し入り、左近があわてて裏口から河原へ逃げだすところを、二人の横目が斬る算段であったが、左近が塀を乗り越えて韋駄天《いだてん》のように走りだすと、横目たちは足が遅うて追いつけぬ。あとから走ってきた新兵衛が横目を追い抜き、石につまずいて転んだ左近を斬り、手柄にした。横目衆は、町人に遅れをとって赤恥をかいたわけだ」

田中新兵衛は、鹿児島の薬種屋の息子である。

彼は誠忠組激派で、寺田屋騒動のあと切腹した、森山新蔵《もりやましんぞう》、新五左衛門父子を頼って上京した。二人の死後も京都にとどまり、四条寺町《てらまち》の薩藩定宿大文字屋にいる。

七月二十日の宵、息もつまるような蒸し暑い闇のなかで、新兵衛は二人の横目とともに、左近の控え家を見張っていた。

魚屋が岡持ちを持って肴《さかな》を届けにきたあと、芸妓らしい女が家内に入った。

「新兵衛、いけ」

横目たちは裏口にまわった。

新兵衛は戸を叩いた。

「どなたどす」

女の声がして、戸があいた。

「あれ、何すんのどすか」

女中らしい女が立ちふさがったが突きとばし、新兵衛は奥座敷に飛びこんだ。褌ひとつの男が、縁の柱にもたれあぐらをかき、二人の若い女が団扇《うちわ》で煽《あお》いでいる。風呂あがりらしい男は、島田左近にちがいないと見た新兵衛が刀を抜く。左近はうろたえ、庭の板塀を乗りこえ逃げようとする。新兵衛があとを追い、斬りつけたが、切先《きつさき》は塀を打った。

疾風のように逃げる左近を急追した新兵衛は、ついに首級をあげた。

八郎はいった。

「左近の首は河原にさらすまで、籠《かご》に入れて西瓜《すいか》を冷やすように井戸に漬けておいたので、水脹《みずぶく》れになったようだ」

その夜、龍馬は大坂新町の宿屋に半平太を呼び、脱藩以来のつもる話を交わした。

「お前んは大胆じゃき、お蔵屋敷に近いこの辺りへもきゆうが、町なかを歩いたら、国の者にも会うろうが。監察方に知れりゃ、ここへ踏みこんでこられて、住吉の牢屋へ放りこまれるぜよ」

半平太が蚊遣《かや》り香《こう》の煙を団扇で払いつついうと、龍馬はおぼろな丸行灯《まるあんどん》の明かりのなかで歯を見せた。

「俺はお前んといっしょで背が高い。タホウ（身を傾けること）に歩く癖もあるきに、目につきやすいが、編笠《あみがさ》かぶれば顔は見られん。追われりゃ足が速いき、気遣いはないちや」

　龍馬の右肩をあげて歩く癖を、藩士たちは見覚えている。

　半平太は首を振った。

「なんつうたち、ど近眼《ちかめ》じゃ。遠間《とおま》が見えんろうがよ」

「いや、俺は近眼でもかまん。八軒家《はちけんや》の船着場で大勢の人が群れちょっても、剣《けん》呑《のん》な様子の者は浮き出て見えるがよ。今夜お前んに会うたき、もう大坂に用事はない。明日のうちに江戸へ発つつもりじゃ」

「千葉道場へいくがか」

「いん、哲馬（間崎）と広之丞さんが江戸におるろうが。長次郎にも会うて、航海術を習おうと思うちょる」

「哲馬は大坂へくるかも知れん。お殿さんが高知を出たという知らせが、十日頃には江戸に着いちょるはずじゃきにのう」

　龍馬は好物の刻み昆布とかずのこをつまみながらいう。

「今朝は島田左近のさらし首を見てきたぜよ」

半平太はうなずく。

「お前んは、知っちゅうがか」

「知らせは届いた。薩摩の田中という仁《じん》がやったと聞いちゅう」

「そうか、お前さんも元吉っつぁんをやったあとは、天誅を重ねてゆくがじゃろ」

龍馬は勤王党を率いる半平太が、あとには引けない立場にいるのを知っていた。豊範上洛を実現するまでは、いかなる障害をも打ち砕かねばならない。一度暗殺の血に手を染めた半平太は、勤王をつらぬくために、主君容堂が邪魔になれば抹殺するのであろうかと、龍馬は考える。

――いったん思い立ったなら、そこまでやるがが男ぜよ――

彼は薩藩激派の志士たちが、久光の派遣した鎮撫使《ちんぶし》に屈服したのは、主従の念を捨てきれなかった煮えきらない態度にあると見ていた。

龍馬は半平太が一藩勤王を主張する理由は、よく理解できる。藩を離れた龍馬のような浪人は、塵芥《ちりあくた》にひとしいように何の力もない存在であった。

彼は脱藩ののち、宇和島から臼杵《うすき》に渡り、鹿児島をおとずれた。今井純正が長崎の蘭方医《らんぽうい》二宮如山の学塾で知りあった薩摩藩士、市来四郎《いちきしろう》への添え状を持ち、日向口《ひゅうがくち》の去川《さるかわ》の関所を通ろうとした。

鹿児島城下には大砲鋳造の反射炉、溶鉱炉、錐通《きりどお》し台、西洋型軍艦の造船所、ビードロ、紡績の工場があるという。

龍馬は関所に詰めている薩摩の外城士たちに、まるで相手にされず、追い払われた。彼らは添え状をまったく信用せず、わざと理解しがたい薩摩訛《さつまなまり》で喚《わめ》きたて、棒を振りまわして威嚇した。

——伝手《つて》を求めざったら、なんちゃあできん——

龍馬は熊本、長崎、豊後と廻り歩くあいだに、苦い失望をかさねてきた。

京都で出会った尊攘浪士たちは、幕府の失政による物価高によって、百姓町人のあいだに不穏な気配が高まり、攘夷の機運がおこったのに乗じて、一挙に乱をおこそうと、餓狼《がろう》のように気をはやらせていた。

彼らの心中をはかれば、転変の風雲を得て、出世のいとぐちをつかみたいばかりである。国家のために尽瘁《じんすい》するという気負いはあるが、実は利欲をはかるばかりのわが姿に気づかず、ひたすら呪文《じゅもん》のように尊王攘夷を口にする。

大藩の藩士たちは、野良犬のような浪士を、勤王問屋といってさげすんだが、彼らもまた藩主に従い尾を振る飼犬であった。

龍馬はいう。

「俺は国抜けしてから、何の甲斐性もない人間《にんげ》じゃと、あらためて気がついたちや。それじゃからというたち、殿さんに這いつくばって、死ぬるまで権平弟で暮らす気はさらにない。俺は殿さんが嫌いじゃ。あれらあは、下等人民が飯を食いかね、なんぼ倹約《しまつ》しよっても暮らしかねるがを、分かっちょらん。先祖の余慶で、阿呆《あほ》でも大禄《たいろく》を食《は》む上士もおんなじことじゃ。そがななかで、お前んのように一藩をひきずってゆくがは、至難の業じゃ。無理したらいかんぜよ。殿さんを親のように思うて、気を許したら身の破滅じゃきのう。俺はひとりで生きていくぜよ。いつかは蒸気船を操って、ヨーロッパまで出ていくがじゃ。おたがいに力のかぎりを、つくしてみようじゃいか」

追　風

江戸築地軍艦操練所に近い川縁《かわべり》に、薄《すすき》が波うっていた。文久二年八月上旬の昼さがりである。

入江になった砂浜に、大人と子供が入りまじって泳ぎにきていた。褌《ふんどし》ひとつの男が二人、大榎《おおえのき》の下で釣糸を垂れている。

陽《ひ》に灼《や》けた逞《たくま》しい体の大柄な男の胸に、ひきつった刀疵《かたなきず》があり、子供が近寄っておそろしげにのぞく。

男は笑って胸をそらせてみせる。

「これが、刀で斬《き》られたあとじゃ。痛かったぜよ」

「血が出たかい」

「仰山《ぎょうさん》出たちや」

目を丸くする子供に、男は身もだえをしてみせた。

彼の持つ釣竿《つりざお》が弓なりにしなった。隣に腰を下ろしている若者が叫ぶ。

「おっ、龍馬さん。かかったぞ」

弓なりに曲がった釣竿をあげようとして、前のめりになったのは龍馬であった。

彼は中腰に立ちあがる。

「こりゃ、がいな（たいした）物がかかりよった。鰻《うなぎ》かよ。てぐすが切れる」

龍馬が力まかせに竿をあげると、獲物は水面でおおきくはね、しぶきをあげた。

「堪《たま》あるか、大きな海老《えび》じゃ。これを焼いて食うか。旨《うま》いろうのう」

龍馬が笑い声をあげ、海老を魚籠《びく》に放りこんだ。

「長やん、ここはえい泳ぎ場じゃねや。魚や蜆《しじみ》はなんぼでも獲《と》れるし、榎の実も熟しちゅう」

龍馬は榎の枝を引き寄せ、赤黒い実をいくつかもぎとって口にいれる。

「涼しい木陰で、こがなことをして、極楽ぜよ」

龍馬は釣竿を置き、澄んだ水のなかへ歩みいる。

「長やん、ちくと泳ごうぜよ」

呼ばれて腰をあげたのは、高知城下水通町二丁目の饅頭屋《まんじゆうや》の長男、長次郎であった。

龍馬は浮き身をしながら、眩《まぶ》しい初秋の陽射しに眼《め》を細めた。

「気分えいのう。旅の疲れが落ちるぜよ」

「龍馬さんが江戸へきてから、めっきり涼しゅうなったき、凌《しの》ぎやすいですろう」

ゆっくりと抜き手を切る長次郎は二十五歳、いまでは勝麟太郎門人として航海術を修め、土佐藩陸士格として終身二人扶持《ぶち》、金十両を給せられる身分となり、近藤昶次郎《こんどうちょうじろう》と名乗るようになっていた。

軍艦操練所の沖に碇泊《ていはく》している幕府蒸気軍艦は、三本マスト、外車（外輪）木製の観光丸である。

ほかには一番丸、鳳凰丸《ほうおうまる》、昇平丸《しょうへいまる》などの帆船であった。長次郎が眩しい海面を見渡していう。

「観光丸は船長七十尺、幅三十尺、百五十馬力じゃが、十二年まえにできた船じゃき、幕府の持つ軍艦のなかじゃ、いっち古いぜよ。こないだまで、朝陽《ちょうよう》と咸臨がおったが、朝陽は小笠原《おがさわら》島へいった。咸臨はオランダへ留学する軍艦組、蕃《ばん》書調所《しょしらべしょ》の役方《やくかた》、職夫、医者らあを乗せて、長崎まで送っていったがじゃ。ちんまい咸臨に百人ばあ乗ったきに、寝る所もないばあじゃった」

龍馬は長次郎の言葉をこころよく聞いた。

――長次郎も新知識をよう仕込みよったもんよ。京都から江戸へきてみたら、曇った空が急に晴れ渡ったような気分じゃのう――

龍馬は江戸に着いて五日めであった。彼は京橋桶町の千葉定吉道場に寄宿していた。定吉の長男重太郎は三十九歳、剣風ようやく熟して、江戸で鉄中の錚々《そうそう》といわれる遣い手になっている。

妹の佐那はまだ嫁いでおらず、毎日道場に出て門人に稽古《けいこ》をつけていた。

定吉は、龍馬の来訪をよろこんだ。

「よくきたな、龍馬。遠国へ出かけていた息子が帰ったような気分だ」

重太郎も笑顔でいう。

「父上のおっしゃる通りだ。佐那も、この通りよろこんでいるぞ。おぬしとはもう会うときもないのではないかと、思っていたんだ。江戸には何の用できた」

龍馬は頭を掻《か》いた。

「実を申せば、国抜けしてきたがです」

「なに、それでは土佐に戻れぬ身か」

「そうです。土佐勤王党に加盟したがですが、わけがあって抜けました」

龍馬から事情を聞いた定吉は、彼の寄寓《きぐう》を許した。

「おぬしはその年になるまで、ひとり身でいたか。やはり土佐に埋もれる男ではなかったんだ。よし、しばらくここにいて、身の振りかたを考えるがいい。重太郎の手助けをして、代稽古を務めてやってくれ」

定吉父子は、龍馬に肉親のような親しみを見せた。

——こがいに親身になってくれるとは思わざった。ありがたいことじゃ——

龍馬は千葉道場で一夜を明かすと、さっそく砂村の土佐藩邸に長次郎をたずねた。

土佐藩砂村藩邸は、江戸の繁華な町並みから遠く離れていた。現在の江東区北《きた》砂《すな》一丁目附近にあり、宏壮《こうそう》な屋敷の塀外には水田がつらなり、蛙《かえる》の啼《な》き声が騒がしい。

藩主がくるのは、遠乗りに出かけたとき休息のため立ち寄るだけで、ふだんは留守居の役人、江戸勤番の藩士がいて、閑散としている。

土佐藩御抱え刀鍛冶《かたなかじ》左行秀は、邸内に鍛練《たんれんじょう》場を構えていた。

龍馬は森のように庭木を繁茂させている、砂村藩邸の長くつらなる築地塀《ついじべい》を見ると、道端の茶店に入り、長次郎を呼び出す手紙を書き、女中に持ってゆかせた。

土佐藩は坂本龍馬の名を、出奔して行方知れずとなった郷士として、幕府に届け出ているので、藩邸には不用意に近寄れない。

——長次郎は勝麟太郎か高島喜平の塾へ通いゆうき、留守かも知れん——

縁台で餅菓子《もちがし》をかじりながら、門前を眺めていると、白く乾いた表通りに女中と若者の姿があらわれた。

長次郎は総髪をうしろにたばね、山袴《やまばかま》の裾《すそ》をひるがえす、貧書生の身なりで、大股《おおまた》に近寄ってきた。

龍馬は道端に走り出て、声をかける。

「俺《おれ》じゃ、俺じゃ。達者でおったか」

長次郎は顔を崩し、駆け寄ってきて龍馬にとびついた。

「龍馬さん、どこにおった。国抜けしたのは知っちょったが」

「あちこち、まいくり廻《まわ》ってきたぜよ。顎《あぎ》らあはまだ大坂におるろう。俺はちと文明の匂《かざ》をかがにゃいかんと思うて、こっちへきたがじゃ」

「世間は物騒じゃき、ひとり旅じゃ危なかろうと気にしちょったが、無事に着いてよかったのう」

「江戸でも物騒か」

「いん、俺が赤坂元氷川下《もとひかわした》の勝先生の塾へゆく朝の早いうちに、斬られた屍骸《しがい》が道端に転がっちゅうのを、再々見かける。龍馬さん、俺の長屋へきいや。行秀さんも仕事しゆう」

「国抜けした俺が、顔出してもかまんかよ」

「誰も龍馬さんを知っちゃあせん。屋敷うちには鍛練場ではたらく弟子が五十人もおるけんど」

「えっ、そがいにおるがか」

「いまは洋式小銃もこしらえちゅうき、行秀さんの羽振りはえいぜよ」

龍馬が長次郎に導かれ、砂村藩邸に入ると、熱気のこもった鍛練場から、もろ肌ぬぎの行秀が出てきた。

「おう、よくきた。さあ、あがってくれ。そろそろ昼の休みだ。飯を食おうぜ」

行秀は風通しのいい長屋へ案内する。

「ここには、気を遣わなきゃならねえような者は、ひとりもいねえから、おちついているがいい。ひさしぶりに会ったんだ。酒でも飲むか」

行秀は弟子に酒肴《しゅこう》を運ばせた。

龍馬は行秀の物腰が、以前にくらべ重々しくなっていると感じた。饅頭屋長次郎が土佐藩士に取りたてられたのは、勝麟太郎に目をかけられ、学業の進むうち、諸侯から召し抱えたいとの依頼があったためといわれるが、実際には行秀が土佐藩庁へ推挽《すいばん》したためであろう。

小銃を製作するうえで、講武所砲術師範役の勝麟太郎、高島喜平と懇意になったのは、彼らと交流するにふさわしい名声があったためであろう。

龍馬は行秀に聞いた。

「勝という人は、傑物《けつぶつ》ですろうか」

「そうだな、当世の実学家だね。軍艦、大砲に詳しいので、近頃《ちかごろ》追風に吹かれて忙しくなっているようだが、目はしがきいているよ」

「俺は昔、佐久間塾で一度会ったことがある。気のはしかそうな人に見えたが、長やん、どうじゃ。えい先生かよ」

長次郎は笑い声をたてた。

「長崎でオランダ人に航海術を教《おせ》えてもろうたとき、親切に噛《か》みくだいて教えてくれざったきに、苦労したき、お前らには問われるままに教えてやるというてくれるがです。たしかに親切じゃが、気が短いきに、じきに手が出ゆう」

「ほう、いられか」

「まあ、そうじゃ」

麟太郎は身長五尺の小柄であるが、かつて江戸で有名な剣客であった豊前中津《ぶぜんなかつ》出身の直心影流島田虎之助《しまだとらのすけ》門下で、鍛練をきわめた遣い手である。

彼は四十歳になったいまも、きわめて気が短く、門人たちが学問を理解するのに手間取っていると、いきなり手刀で打ちこんでくる。

「それが痛いのなんの。面、小手、胴と、どこへ打ちこんでくるか分からんき、俺らあはいつでも体のどこぞに怪我《けが》しちゅう。茶碗《ちゃわん》をぶつけてくることもあるきのう」

龍馬は、さっそく長次郎に頼んだ。

「俺を勝先生にひきあわせてくれ。弟子になりたいがじゃ」

長次郎は手を打ってよろこぶ。

「やっぱり龍馬さんは、氷解塾《ひょうげ》へ入るために江戸へ出てきたがか。これからいっしょにやっていけるぜよ」

龍馬は陽灼けて、よみあざの痕《あと》も見分けられなくなった顔を崩した。

「俺はおんしのように、オランダ語やら算術は、よう覚えきらんきに、勝先生に実地を教えてもらうぜよ。なんというても、咸臨丸でアメリカへ渡った新知識じゃきのう」

「そら、そうじゃ」

「長やんの顔を見てるだけで、大坂におる勤王党の顎《あぎ》らあの顔とはちがうことが分かるぜよ。勤王攘夷《きんのうじょうい》というて、乱をおこすがは、俺の性に合わん。勝先生に智恵《ちえ》を分けてもろうて、蒸気船を乗りまわすほうが、なんぼおもしろいか分からんぜよ。俺はヨーロッパに、どがな国々があるか、知りとうてたまらんがじゃ。その近道を江戸へ探しにきたがじゃ」

長次郎はいった。

「六月に島津の殿さんが、勅旨を奉じて江戸へきてから、いろいろと幕府の政事むきが変わってきた。七月のはじめに、一橋慶喜が将軍後見職、越前松平春嶽(慶永)が幕府政事総裁職になったがです。五月、井伊に貶《おとし》められ寄合《よりあい》でおった大久保越中守《おおくぼえっちゅうのかみ》(一翁《いちおう》)が、大目付、外国奉行兼帯の役に戻りよった。かねて大久保と昵懇《じっこん》な先生が七月に、二の丸留守居格軍艦頭取に引きたてられた。こないだから、毎日登城しゆう。門田為之助も氷解塾の門人になっちゅうき、龍馬さんならいつでも塾生にしてくれるじゃろうが、さあ、いつ会えるかのう」

門田為之助は、土佐香我美《かがみ》郡山北《やまぎた》村の郷士で江戸で勤王党に加盟した。

「そうか、門田も門人になっちゅうがか。目のつけどころがえい男じゃのう」

龍馬は気をはやらせていう。

「明日から毎晩、塾へのぞきにいけばえいろうが。そのうちに会えるちや」

「いや、この月は休みじゃといわれちゅうき、無理に押しかけりゃ、また手刀を喰《く》わせられるばあじゃ。そうじゃ、三日先の昼頃に、万次郎さんが操練所へくるというちょったき、道で待っちょって会おうぜよ。万次郎さんは、先生の都合をよう知っちゅう」

龍馬は、万次郎の潮風にさらされた、いかつい角ばった顔を、なつかしく思いだす。

「万次郎さんは咸臨丸でアメリカへいってから、操練所の教授方をじきにやめたと聞いたがのう。いまも江戸におるがか」

万次郎は、幕府が江戸築地の講武所内に軍艦教授所を設けた安政四年四月、教授方に就任した。

その年六月、世界各国の船乗りが操船の指針とした、ボーディッチの「アメリカ航海学書」の大冊のうち要部を和解《わげ》（和訳）する大きな業績をなし遂げた。

だが、彼が実際に教授方としてはたらいたのは、ごく短いあいだであった。

彼は教授方と学生の双方に疎んじられた。

その理由は、まず万次郎をのぞくすべての教授方が英語を解せず、オランダ語を得意としていたことにある。

航海伝習をおこなううえでの最大の難関は、外国語と数学であった。万次郎をのぞく教授方の全員が、軍艦における術語、号令、船体構造の名称を、オランダ語で憶《おぼ》えている。

当時は外国語の授業などはおこなわれておらず、教授方はすべて長崎でオランダ人教官から、教えられるところを丸暗記してきた。

そのため、英語をアメリカの知識階級とおなじ水準で駆使する万次郎とは、たがいに航海術において理解しあうことがない。

アメリカ航海学書抄訳をなし遂げた万次郎は、学生たちが理解しやすい内容の講義をすることができる。

それが教授方の反感を招いた。

「漁師あがりの中浜が、メリケン言葉を遣いおって、学生どもを迷わせる。俺たちがせっかくダッチ（オランダ語）で憶えさせた用語が役に立たないようにしてしまう」

万次郎の元の身分が、彼をおとしめるつよい条件になる。

万次郎は外洋を航海する船舶の操縦において必要な「天文航法」に用いる三角関数、平面三角法、球面三角法、対数などを完全に理解している。

球面上の曲線の長さを求めるために、微分、積分を使うが、彼にとってはそれも易々とした作業であった。

揺れる船上で太陽を観測する、六分儀の測定は、一分の誤差が、緯度誤差一分（一海里）となるので、実測経験をつんだ万次郎に敵《かな》う者はいない。

龍馬は、万次郎が結局他の教授方にいびり出された事情を、おぼろげに知っていた。

長次郎はいった。

「万次郎さんは、幕府の咸臨丸で、この春まで小笠原島へいっちょったが、いまは芝新銭座《しんせんざ》の江川屋敷に戻っちゅう。内儀の鉄殿が先月の二十一日に、はやり病《やまい》で亡《の》うなった。ほんに気の毒なことじゃ。まだ二十四じゃったきのう。お鈴《すず》と東一郎《とういちろう》というちんまい子を残していったぜよ」

万次郎は、三日先に軍艦操練所へ「英和対訳辞書」編纂《へんさん》に協力するため、出向いてくるという。

彼は万延元年正月に咸臨丸でアメリカへ航海し、帰国したのち、八月末に軍艦操練所教授の、形ばかりの役職を辞した。

龍馬は長次郎にたずねる。

「万次郎さんの航海術は、えらいものかよ」

長次郎はうなずいた。

「咸臨を動かしてアメリカへ渡海させたがは、アメリカ人のブルックと万次郎さんの力があったためじゃと、乗組みの水夫《かこ》らあはいうちょった。運用方の士官らあは、何の役にも立たざったと。船に酔うて寝るばあじゃったがじゃ」

「万次郎さんの算術は、たいしたものながか」

「それは、航海学書を見れば一目瞭然《いちもくりようぜん》じゃきのう」

長次郎は万次郎の翻訳した書物にあげられている、数学の諸法をそらんじていた。

「割円線法、割地線法、測角明法、平面走方、縦横走方、等分走方、経度中分走方、マケータシ走方、水程《すいてい》をはかる法」

龍馬は手をあげた。

「待ちや。そがなことをいわれても、俺にはちんぷんかんぷんじゃ。そうか、万次郎さんはたいしたもんじゃのう。勝先生はどうながか」

「先生の泣きどころは算術じゃ。長崎へ出向いたときは、ようよう分数ができるくらいじゃったと、頭を掻いちょられたきのう」

龍馬は蚊にくわれた腕を掻きながら、笑い声をひびかせる。

「ほんじゃ、長やんはなんで万次郎さんの弟子にならざったぜよ」

長次郎はすかさずいった。

「万次郎さんは、いうてみたらアメリカ人じゃ。いまの日本国の有様を、よう知ろうとせん。あの人がそがなことをやっても、皆に嫌われるばあじゃろうし、無理もない。勝先生は、これからの日本海軍をどう育てるか、見通しちょる。門人になれば、これから進む道を教えてくれるろう」

築地軍艦操練所の川端で龍馬と長次郎が魚釣りをしながら待っていた昼下がり、遠方の橋を渡ってやってくる馬に乗った侍の姿が見えた。白絣《しろがすり》の上着の胸を張り、太刀《たち》を腰にした侍は、編笠《あみがさ》に陽をよけている。

長次郎が、水を滴らせながら砂浜に駆けあがって、指差した。

「龍馬さん、あれじゃ、あれじゃ」

初秋の陽射しの中、砂埃《すなぼこり》をわずかにたてて馬を歩ませてきた侍は、龍馬たちの前を通りすぎていこうとする。長次郎が走り出て叫んだ。

「万次郎さん、俺じゃ。長次郎じゃ。龍馬さんが来ちゅうぜよ」

侍は馬を止めた。

「おお、龍馬さんじゃ」

馬を下り編笠をはずすと、万次郎が逞しい肩をそびやかせ笑っていた。

「ひさしぶりじゃねえ。龍馬さんには前に鰻をおごってもらって以来じゃ」

「ああ、そがなこともありましたのう。万次郎さんはその後いろいろとお働きじゃと聞きよりました」

「いや、それほどでもありません。お前《ま》さん方は魚釣りをしちょったがですか」

「俺らあは、万次郎さんを待っちょったがよ」

「ほう。それなら操練所へ行きましょう」

万次郎は馬を引き、龍馬たちと連れだって軍艦操練所の門内へ入った。教授方の控え座敷へみちびかれると縁先から軍艦が碇泊している海が見えた。

「龍馬さんは、今江戸におるがですか」

万次郎に聞かれ、龍馬は頭を掻いた。

「いや、じつは国抜けしたがです」

「ええ。国抜けすりゃあ咎《とが》めがありますろうが。承知の上のことじゃき仕方もないが、江戸に来たのは何ぞ用があってのことですろうか」

「いん。高知におってもせつくろしいきに広い海で泳ぎとうなって来たがです」

広大な操練所の練兵場で、太鼓と号笛の音が湧《わ》きおこった。

空間を切り裂くように鋭音号令が響き、地面を踏む大勢の足音が、地鳴りのように腹にこたえて聞こえてくる。龍馬が腰を浮かせ、外を眺めた。

「おう、銃隊調練じゃ。足なみがよう揃《そろ》いよる。これはえい手際ぜよ。野戦砲も何挺《ちょう》も曳《ひ》き出しちょる」

四列縦隊を組んできた学生たちは、砂埃を蹴立《けた》て、足早に進みながら、突然左右に展開して二列の横陣となり、砲車を囲んで数隊に分かれる。

陣笠のうしろの日除《ひよ》けの白布をひるがえす、黒地筒袖上衣《つつそでうわぎ》に股引《ももひき》のいでたちの学生たちの姿に、眼をかがやかす龍馬に、万次郎が問いかけた。

「これからどうするつもりですか。土州では勤王党がいろいろ事を起こしゆうと聞いておりますが」

龍馬はわれにかえった。

「吉田元吉っつぁんを仕物《しもの》にかけたがでしょう。俺はああいう血なまぐさいことが嫌いですき、勤王党に加盟しちょったけんどやめたがです。江戸に来たのは外国のことを知って航海術を勉強したいためながです」

万次郎は鋭いまなざしで龍馬を見た。

「お前さんの言うことはようわかります。土州にいては上士に頭を押さえられるき何も思うことができません。これだけ世間が乱れてくれば、志のあるものは我が行く先を探して当たり前ですろう」

「おおきに、万次郎さん、こんなこと、誰が言うてくれるぜよ」

長次郎が言った。

「龍馬さんは航海術を学びたいが誰についたらいちばんえいろうかと聞くきに、それで勝先生につくことにしたがよ」

万次郎はうなずいた。

「その通り。勝さんはこれからの海軍をこしらえる大立者になる人です。あの人は咸臨でアメリカから帰ってきたとき、御老中から呼び出されて尋ねられたと聞いちょります。

そのほうは一種の眼光を備えた人物ゆえ、定めて異国へわたってのち何か目を付けしことがあるであろう。つまびらかに申し上げよ。そこで答えました。人間のすることは古今東西同じようなことで、アメリカとてとりわけ変わりし慣わしはございませぬ、とな。そうすると御老中は、さようなことはなかろう。なんぞ変わったことがあるじゃろう、と再三再四聞いたそうです。勝さんはそこでずばりといいました。

さよう、少々目に付いたことがございます。それはアメリカでは政府でも民間でもおよそ人の上に立つものは皆、地位相応に賢うございます。このところばかりはわが国とはまったく反対であると存じます。そういうと御老中がびっくりして、この無礼者、控えおろうと怒ったそうですのう」

万次郎は静かな笑みを見せていった。

「勝さんは船酔いばあしよった。咸臨丸はアメリカ渡海のあいだ、大時化《おおしけ》に遭《お》うて、艦長の勝さんが寝込んでしもうたが、船のなかでいろいろと話をしよったら、まっこと賢い仁《じん》ぜよ」

「どがいに賢いですろう」

龍馬が聞く。

「いまの世間のなりたちの、どこが悪いか。どこを直さにゃ、ヨーロッパやアメリカと太刀打ちしていけんかを、よう知っちょるお人です。日本に住みゆうかぎり、そがな理《ことわり》が、なかなか分からんもんじゃが」

勝は艦内のつれづれに、万次郎と語りあったという。

日本の大名は、世間と没交渉で暮らし、世襲の家老たちが領内の政事をおこない、そのほかの家臣の意見をほとんど用いない。家老たちは政事に定見があるかというと、これもまた大名と同様に、いたずらに尊大に構えるだけで世間知らずであるため、実際の行政を動かすのは、彼らの手先としてはたらく、身分の低い侍たちである。

藩主が政事上の公式発言をおこなうとき、その内容は家中の末端にいる、とるに足らない下層役人の口うつしである。万次郎はいう。

「勝さんに聞いて、幕府の政事向きを動かしゆうがは誰かということが、分かったがです。大樹公《たいじゆこう》（将軍）は、老中方にすべてを任しますが、老中は譜代大名ですき、威張りゆうばあでなんちゃあ知らん。それでわが家来の家老に任す。家老は下っ端役人のいうがままに操られる。では誰が幕府を動かしゆうかといえば、旗本から選ばれた奉行じゃという。そがな小役人ばあで幕府を動かせる仕組みをこしらえたがは、権現さま（家康《いえやす》）ですろう。仕組みがよかったきに、徳川二百六十年のあいだ、日本のうちから天下を狙《ねら》う者が出てこなんだ。そのかわり、上に立つ者は、公方《くぼう》さまをはじめとして、至極の鈍物ばかりということになったがです。勝さんは、日本がいままで外国に乗っ取られずにすんだがは、四方を海に囲まれちょったためじゃというたが、俺もおんなじ考えです」

龍馬は、いちいちうなずきつつ聞く。

「まっことその通りです。勝先生は、開国論者じゃが、日本に海軍をおこすために、何をすればえいといいなさるがですか」

「身分の別を廃さにゃいかんと、いいゆうがです」

万次郎は練兵場を眺めていう。

「あの調練を見てもわかるがですが、太鼓をたたいたり、号笛で指図をする役をしたがるものが大勢おるがです。しかし、鉄砲を手にして、兵の役をするがは侍の恥のように思うちゅうものもおります。大体、鉄砲を使うがは、身分の低いものじゃと思うむきが多いがです」

龍馬は大きくうなずく。

「まっことそうじゃ。俺が一番前に立たねばならんとか、二番は誰じゃとか、順番ばっかりうるさい奴《やつ》らが多いきのう」

彼らは、海軍伝習の内容に於《お》いて、船中の大砲の使い方、騎馬調練などに熱心な者は、船中帆前といって帆柱によじ登り帆の操作をしたり、船の道具の取り扱いをしたり、機関の作業をおこなうことを嫌がるという。身分の差を取り立てて考えるのである。

万次郎は、咸臨丸でのアメリカ渡航の際の状況を語った。

「船の中では、帆前を扱うのは塩飽《しあく》の漁師らあと決まっちょりましたが、あれらは日本の帆掛け舟ばあ乗っちょりましたき、咸臨の高い帆柱にゃあよう乗らざったがです。長崎伝習で帆柱に乗るがに馴《な》れたお侍らあは、いざとなれば知らん顔しちょりますきのう。やっぱり身分に似合わんことはしとうないと考えちゅうがです。

また、それぞれの役柄によって勝手に動きよります。船の上では決めに従って皆が動かざったら、嵐《あらし》が来たときに舵《かじ》をうまく操ることもできませぬ。ところが、船の中をめいめい勝手にうろうろしゆうばかりながです。大荒れのときになれば漁師でさえ酔うて寝てしまう始末です。そがな有様は、つまるところは身分にこだわっちゅうためながです。勝さんはそれを知っちょります。

日本に、この先軍艦を何百艘《そう》、汽船を何百艘買い入れたところで、それを運転するがは諸藩のお侍ですろう。そうすりゃあ、めいめい勝手に号令をかけて、勝手なやりかたでうごかします。そがなことしちょって、外国から艦隊が攻めてきたら、とてもこっちが舳先《へさき》をそろえて進退いたす技はつかえませんろう」

龍馬は手を打った。

「なるほどのう。そりゃあお前《ま》さんの言うとおりじゃ。日本は諸藩というような小《こ》んまい国に分かれちょったら外国と戦争はできんぜよ。身分も考え直さにゃならん時が来ちゅうがですのう」

万次郎は麟太郎の面白い癖についていった。

「勝さんは、船の上でもやりよったが今も寝学問ということをやるがです」

「ほう。それはどがなことですろう」

龍馬は身を乗り出す。

「寒いときは袷《あわせ》を着たまま、暑いときは褌ひとつで薄いござを敷き、その上に一日中寝転がっておるがです。ござのまわりには書物を山のように積んじょります。それをかわるがわる手にとって読むがです。どがな難しいオランダの本でも考え、考えて読みよります。寝学問をやりよれば、起きていて解らん理屈もうまく思いつくというちょります」

龍馬はおおいに喜ぶ。

「そりゃあえいが。顎らあはいっつも膝《ひざ》を崩すこともなしに坐《すわ》っちゅうきのう。俺が肘枕《ひじまくら》で寝転んだら行儀が悪いといいよるがです」

万次郎はしばらくいいよどんでいたが、打ち明けるように語り始めた。

「咸臨丸でアメリカへ渡る間に、私は勝さんの出姓《でしょう》について聞いたがです。軍艦奉行の木村摂津守《きむらせっつのかみ》様の家来が私に内々に教《おせ》えてくれたがです。勝さんの父方のひいおじいやんは越後からでてきた目の見えん按摩《あんま》じゃったということ。そのひいおじいやんは人に優れた人で、盲人の中でいっち位の高い検校《けんぎょう》に出世して米山《よねやま》検校というたそうな。

検校の子で侍になったものが二人おりました。一人は米山検校が水戸家中に十七万両貸し付けた因縁があって、水戸家で三百石取りの上士となった。いま一人の息子は米山検校が三万両出して、幕府与力《よりき》の株を買い取って百俵取りの旗本になったがです。男谷《おだに》という家らしいが、与力から出世した。勝さんの父親はその家の子ながです」

万次郎は、麟太郎が父方の出自についてロを閉ざして語らないといった。龍馬には麟太郎の気持ちがわかった。龍馬もまた商人出身の郷士であった。

長次郎と、龍馬、万次郎はいずれも庶民の出自であるという足かせをひきずっている。

「勝さんは、咸臨を上手に運転しよったですか」

「そうですのう。咸臨丸は長さ二十七間、蒸気機関は百馬力で、シュルプマシーネという船です。これは大海を航海するときは帆で走り、蒸気を焚《た》くのは港の出入りのときだけ。こがな船で渡りよったが、なかなかに難しいことでしたのう」

龍馬は万次郎に頼んだ。

「俺は勝先生の弟子になりたいがです。万次郎さん、頼みを聞いてやってつかあさい」

万次郎は承知した。

「それはお安いご用です。ただ、あの人は一風ある人ですきのう。聞いてみて気に入らざったら弟子にせんが、そのときはあきらめてくださいや」

彼は龍馬が麟太郎と会う日取りを知らせよう、と約束してくれた。

八月半ばの朝であった。赤坂元氷川下の勝の屋敷で、麟太郎が裸足《はだし》で奥庭に出ていた。隣が盛徳寺という大きな寺で、境内の森のような庭木の間に、野鳥がにぎやかに啼いている。

麟太郎は稽古着袴で大きな欅《けやき》の木を背にしてしきりに前に進み横に動き、一人で柔《やわら》の型のようなことをやっている。

彼は突然襲ってきた刺客に素手で対応する稽古をしているのである。前から斬りこんできた白刃の下をかいくぐり、手をかけて投げ飛ばす。また、横薙《よこな》ぎに打ち込んでくる相手には飛び下がって間合をはずし、その利き腕をつかみ足搦《あしがら》をかけて押し伏せる。

二人、三人の敵に対しては、あたりの木や建物を楯《たて》にとってその刀の合間をくぐり、入れ違いに逃げのびる稽古をする。

　麟太郎は、心中で今のはうまくいった、とか今度はやられた、などと思いつつ何度も同じ技を繰り返す。彼は剣術と柔術を子供の頃から稽古してきた。親戚《しんせき》の男谷精一郎《おだにせいいちろう》は直心影流七代宗家であるが、彼はその門人として天保二年九歳で霊剣、六年後に目録、さらに四年後に十九歳で免許皆伝を受けていた。浅草の島田虎之助道場で稽古して島田の免許皆伝も受けた。

　虎之助は豊前中津から出てきた剣客で、手練の冴《さ》えは江戸中に聞こえていた。虎之助の稽古は荒々しい。道場で勝負をするとき、竹刀《しない》で打ち合った弟子たちがしまいに、素手で組打ちをするのが決まりであった。

　力を尽くしてもみあい、投げ合って、最後に相手の喉《のど》を絞めて気絶させる。それを見つけると、師匠の虎之助が上段の間から降りてきて、絶息した門人に活《かつ》を入れてやる。そういう稽古がふつうにおこなわれる。

　すさまじい荒稽古を重ねてきた麟太郎は、本当に修行をしたのは剣術ばかりだと人にいっていた。

　いま、幕府の開国派として名を知られるにつれ、攘夷浪士に命を狙われるようになったが、彼は襲ってくる相手を斬り捨てるのは嫌いである。

「俺は虫でも殺すのは嫌いだ。しかし無知蒙昧《むちもうまい》の輩《やから》に斬られるのも嫌だ。だからしかけてくれれば手取りにして投げ飛ばすか逃げることにするさ」

彼は五尺ほどの身長であるが、刀身二尺五寸に近い業物《わざもの》を腰にしている。

しかし敵に襲われたとき、それを抜いて斬り捨てるというつもりはまったくなかった。

そのため毎朝登城出仕の前、眼前に架空の敵を思い浮かべ、それをあしらう術を稽古しているのである。

その日は午後から登城することになっていた。朝のうちに門人の長次郎と土佐の坂本龍馬という脱藩者が会いに来る。

麟太郎は龍馬の姿をおぼろげに覚えていた。

嘉永六年、黒船が渡来した時分に、佐久間象山の門人として可愛《かわい》がられていた男である。

――佐久間が近づけた男だから危なくないだろう――

麟太郎が、半刻《はんとき》(一時間)稽古に汗を流し庭を飛び回ったあと、風呂場《ふろば》で湯を浴びて褌を締めたとき女中が後ろから声をかけた。

「旦那様《だんなさま》。長次郎さんともう一人のお客様がみえてございます」

「よし、わかった。座敷へ通しておけ」

麟太郎は単衣《ひとえ》を着て、袴もつけず、早足に廊下を歩いて客座敷に入った。

下座に長次郎と龍馬が坐っていた。

――しばらく見なかったがこれが坂本か。何と色の黒い男だなあ――

麟太郎は独特な威風をただよわす外見を備えている龍馬を見て、遠い土佐の烈《はげ》しい陽が照りわたる海を思い浮かべた。龍馬の顔は鍋墨《なべずみ》を塗ったように黒く陽灼けしている。

平伏する二人に麟太郎は声をかける。

「そんなところでかしこまっていねえで、ここへきな」

二人は前へにじり寄る。麟太郎は龍馬にたずねた。

「用向きは中浜万次郎からおおよそ聞いているが、俺の弟子になりたいかい」

龍馬は畳に手をついた。

「はい。是非にもお頼《た》の申します」

「大きな男じゃなあ。六尺はあるか」

「ちくと足りませぬ」

「お前さんは俺の弟子になって何をしたい」

「蒸気船の扱いを覚えたいがです」

「ほう。なぜ覚えたいのかね」

「これからの世の中は蒸気船がなけりゃあいかんと思うちょります。それに、土佐じゃ世間の変わりようがさっぱりわからんがです」

「そりゃあそうだろうよ。お前さんは尊王と攘夷についてどう考えているんだい」

「攘夷はとても無理ですろう」

「そうか。無理なら無理として、異人のいうがままに商いをするかね」

龍馬は突然声を昂《たかぶ》らせた。

「そこが知りたいがです。先生、攘夷をやらねば異人がのさばります。けんど、今の日本じゃあ、とてもアメリカやヨーロッパにゃ勝てん。そうなると異人と同じ土俵で相撲《すもう》が取れるほどの力を持つようにせにゃいかんがですろう」

麟太郎は笑った。

「ほう。お前さんは土佐にいながら天下の形勢をよく知っているじゃないか。その通りだよ。それで、俺の門人になって航海術を身につけるかね」

「はい。というても、俺は算術やらオランダ語を勉強するには頭がようないき、先生の傍《そば》にいてその脳みそのえいところばあ頂戴《ちょうだい》したいと思うちょります。そのためには、先生の足代わりになってなんでも働きますきに」

麟太郎は、肩をゆすって愉快そうに大笑した。

「お前さんはなかなか正直な男だなあ。その年になって航海術を身につけようとしても年数がかかるからのう。それならやめさせようと思ったが、俺の手足になるか」

「はい。命を投げ出してやります」

「うむ。今、幕府の旗本たちは皆ふぬけだ。国のために命がけで奔走するようなものはいない。お前さんは俺に命を預けるか」

「もちろんです。何でも教《おせ》えてつかあさい。俺は先生から今の世の中で何がいっちだいじか教えてもろうたらその方へ走りますき」

「それじゃあ俺の塾へ通ってくるがいい。長次郎と一緒に勉強しろ」

「ありがとうございます」

龍馬は平伏し、早速申し出た。

「俺は今日の御登城からお供して参りますきに」

勝は目を見張った。

「なんだ、気の早い奴だな。今日から来てくれるのか」

「はい」

「お前さんはどこで剣術を習ったんだい」

「私は京橋桶町の千葉道場に居候《いそうろう》しちゅうがです。今、師範代として弟子らあに教えよりますす」

「そうか。それじゃ、柔《やわら》はやったか」

「国許《くにもと》で小栗流をやりました。小栗流は剣術と柔を組み合わせちょります」

「そうか。俺も心影と関口流の、剣術、柔の組み合わせだ。では、今日から供をしてもらうか」

「承知いたしました。千葉道場へ帰って、早速支度をして参ります」

龍馬は長次郎と外へ出ると、下駄《げた》で土埃を蹴立てて走った。

龍馬は勝麟太郎に師事するようになって、それまで解きえなかった謎《なぞ》があいついであきらかになり、目からうろこが落ちる思いを味わう毎日であった。

海外諸国が押し寄せてくるとき、世間がどのように流動してゆくか龍馬にはまったく分からない。深い霧に包まれたような未知の前途が、麟太郎の言葉によって徐々に解き明かされる。

――俺は勝先生のもとへ来たおかげで、暗がりの中からお日さんの照っちゅう明るい大場《だいば》へ出てきたような気分じゃ――

麟太郎は幕府から軍制掛を拝命していた。西洋諸国の兵制を取り調べ、日本に洋式の陸海軍を組織する研究である。軍制掛から幕府に「海岸お備えむき大綱取り調べ申し上げ候書付け」という長い報告書を提出していた。

その内容は江戸湾、大坂湾の海防設備について要塞《ようさい》の設置を進言するほか、日本全国を東海、東北海、北海、西北海、西海、西南海の六つの地方に分けて、艦隊をおく案を提示したものである。

海軍を創《つく》るためには、大名に毎年、石高に応じた経費を醵出《きよしゆつ》させる。その財源として海外との貿易を許すことにする。醵出するのは、十万石についてコルベットスクリュー式軍艦一艘、五万石について洋式帆船一艘、一万石の大名は、三、四家で洋式帆船一艘の代価である。この方式によれば六つの大艦隊を組織することは至難の業ではなかった。

コルベット艦の代価は一艘あたり五万両ほどである。

龍馬が麟太郎の門人になって間もない八月二十日、江戸城大広間で将軍家茂出座の上で大評定が開かれた。

その場で麟太郎は質問を受けた。

「わが国で軍艦三百艘をこしらえ、旗本を海軍としてその実権を握り、六艦隊を置くために幾年を要するか」

ほのぐらい上段の間で家茂がこちらを見ている。

「軍艦三百艘を揃え、幕臣をそれに従事せしめ、海軍の大権を幕府の手におさめ、東西南北に艦隊を置くのでござりますか」

「その通りだ」

麟太郎は答えた。

「さような海軍の備えを全きものにいたすには、まず五百年はかかるでございましょう」

居並ぶ重職たちの間に騒《ざわ》めきがおこった。

「何と申す。五百年などとたわけたことをいうな。何ゆえさような返答をいたすかわけを申せ」

麟太郎は答えた。

「イギリスがいまのように世界の海をほしいままに跳梁《ちょうりょう》する海国となるまでに、三百年の歳月がかかっておりまする。敵を攻める力がなくして己《おのれ》を守ることはできませぬ。多くの軍艦をこしらえ兵を増やせども、指図をするに、人物がなければ全くものの役には立ちませぬ」

「人物がおらぬと申すか」

「さようにござります。当今乏しきものは人物でござりましょう。皇国の人民のうち貴賤《きせん》を問わず志あるものを選抜するにあらざれば、艦隊に要する人はきわめて得がたいと存じまする。ただ幕府の旗本のみをもって海軍を創るならば、到底外国の艦隊に拮抗《きっこう》しうるは望みがたしと存じまする」

龍馬はこのような御前評定の麟太郎の発言を直接に聞いたわけではない。土佐藩上屋敷の留守居役たちから伝わってくる。

龍馬は麟太郎に聞いた。

「先生、御前評定で日本海軍をこしらえるには五百年かかるというたと聞いちょりますが、まことですろうか」

麟太郎は笑っていう。

「本当だよ。幕府の能無しどもをからかってやっただけさ。艦隊を創るにはいろいろと勉強しなければならねえ。日本を守るために力を合わせて戦うという考えをはっきり持たねえで、旗本だけの水兵が日本中の大名から集めた軍艦を動かせるかい。そんなことは、まず絵に描《か》いた餅のようなものさ」

麟太郎は閣老たちが、挙国一致を考えることなく、幕府の実力を強化して諸大名を統率しようという考えを捨てていないのを見て絶望していた。

龍馬は麟太郎のいうところを聞くうちに、自分が彼にしたがって歩んでいく前途が、おぼろげに見通せるような気がしてきた。

六月上旬に千余人の大兵を率い、勅使大原重徳《おおはらしげとみ》にしたがって出府した島津久光が、幕政改革の目的を達し江戸を離れたのは八月二十一日であった。

その日、久光にしたがう薩摩の供衆が生麦《なまむぎ》村で大事件を起こした。

神奈川奉行は前日横浜の各国領事に通達していた。明日は薩摩藩の者が東海道を通行する。彼らはきわめて手荒であるため、横浜より外へ遊歩に出てはいけない。

通達をした奉行はなお、横浜関門を守る門番へ厳重に申し渡し、二十一日にはいっさい異人を外に出してはいけないと命じていた。

だが、その日は日曜日で外国人たちは遊楽に出たがった。イギリス商人ら四人が、馬を日本人の馬丁にひかせて関門の外に出しておき、船で海から浜に上陸して大師河原《だいしがわら》へ遊びに行こうとした。途中、生麦村で久光の行列に出会ったが、彼らは下馬しなかった。

久光の供先を横切ろうとしたイギリス人たちを、供先の二十人ほどが取り巻き斬り落とした。一人が即死、三人が負傷した。婦人が一番軽傷で横浜にかけもどった。半刻ほどたって、イギリス水兵二百人ほどが上陸したが、薩藩の供衆と戦う決断ができなかった。

横浜港にいる居留地の外国人たちはただちに出兵しようと激昂《げっこう》する。薩摩藩の行列は保土ケ谷《ほどがや》宿に一泊し、異人が押し寄せてくれば反対に横浜居留地へ斬りこみ焼き討ちをしかけるつもりでいた。

結局何事もおこらなかったが、この事件が京都の攘夷派の士気をいやがうえにも煽《あお》り立てた。

幕府は外様《とざま》大名の臣下にすぎない久光が、出府のときに閣老に対し露骨な示威行動をおこなったので、老中、親藩、譜代大名たちは彼の威嚇《いかく》に対し非常な不快を抱いた。

勅使大原重徳は江戸城で諸大名老中を愚弄《ぐろう》するような態度をとり、二百五十年来の幕府の威勢を地に堕《お》とさせ、皇威を関東に輝かそうと高姿勢で臨んだ。

その背後に控えるのが久光である。彼は大原重徳と慶喜、慶永が江戸城で会談するとき、三人が話し合う上段の間の傍にいた。陪臣《ばいしん》の身分においては、そのような待遇は許されるものではなかった。

朝廷は八月になって久光を右近衛権中将に任ずる沙汰書《さたしょ》を発した。幕府に異存がなければ、勅使から久光に叙任の宣旨を直接伝えたいというのである。だが幕府は拒絶した。中将は武家として最高の官位であるので、無位無官の久光を階を飛び越え叙任させるのは、武家の制度を破ることになるというのである。

江戸で幕府に対し傍若無人のふるまいをして目的を達し、帰洛《きらく》する久光に随行する薩摩藩士たちは、意気あがっていた。彼らの間には攘夷の気風がある。

行列の供先を下馬して送迎する礼を尽くさず、乗馬で横切ろうとしたイギリス商人ら四人を最初に無礼討ちにしたのは、供頭《ともがしら》の奈良原喜左衛門《ならはらきざえもん》であった。彼が馬上のイギリス人を斬ったのは、薬丸野太刀自顕流《やくまるのだちじげん》の抜きの技であったといわれる。抜きというのは、腰の刀の刃が下になるようひねっておいて、柄頭《つかがしら》に手首から肘までを乗せ、まっすぐ我が頭上へ斬り上げるつもりで抜きつけるのである。

これは戦国時代、敵の股《もも》を斬る技法であった。

鹿児島藩士らは当然のことをしたと思い京都に帰ったが、京都では攘夷浪士の勢いが火に油を注ぐように盛んになっていた。

幕府にかつての勢いはない。久光は横浜でイギリス人を斬ったではないか。これからは薩長などの雄藩が連合して幕府を押さえ、攘夷を実行するのだという気運が京都で急速に燃え上がった。

久光が大原勅使を奉じ、江戸に下ったのは、公武合体の周旋をおこなうためである。

安政の大獄で、開国に反対する者をことごとく処断した幕府が、久光に威圧され、勅旨に従い政事改革に応じた。

久光は公武合体を実現し、国事に重要な影響を与える政治上の立場を得ようとの念願を、果たしたわけである。

京都で横行する攘夷浪士は、とるに足らない浮浪烏合《うごう》の徒である。彼らは世間で「勤王問屋」と呼ばれているように、勤王に名をかりて騒動をおこそうとするばかりであった。

久光は、そのような匹夫《ひっぷ》が国事にかかわるのを許せない。国事は、日本の支配階級である大名のうちの、有力な者がおこなうべきであるというのが、彼の信条である。

寺田屋騒動で、有為の藩士たちを上意討ちにしたのは、信条にさからう不遜《ふそん》な動きを、彼らのうちに見たためであった。

このように、封建意識の権化のような久光が、国政の檜舞台《ひのきぶたい》にあがろうとして大兵を率い、江戸へ出府した結果が、その意図したところとはちがうことになった。幕府の権威喪失をきわだたせ、尊攘派のいきおいを高騰させたのである。

京都では、七月二十日の夜、九条家諸大夫《しょだいぶ》島田左近が尊攘派に殺害されたあと、錦天神社《にしきてんじん》の境内に捨て文《ぶみ》が貼《は》りだされた。

「七月二十日、天公、国忠勇士の手をかりて、大奸賊《だいかんぞく》島田を討たせ、梟木《きょうぼく》にかけさせたもう。

諸人これを見て、手をうってよろこび快となす。なお恨むらくは諸人をして竹《たけ》鋸《のこ》をもって挽《ひ》かせざることを怒る。

このうえは、大悪狂暴長野義言《ながのよしとき》を得て、土中に埋め、国忠の人々をして、山葵《わさび》卸《おろし》をもって擂《す》りおろさんことを、天公に祈りもうす」

島田の主人九条前関白の屋敷の門柱、土塀に、「首は当分預かりおくものなり」

「もはや首はわがものとあい心得られまじきものなり」などと、無気味な貼り紙、落書があらわれた。

越後の志士本間精一郎らは、和宮御降嫁に尽力した公卿《くぎょう》、千種有文《ちぐさありふみ》、岩倉具視《いわくらともみ》、富小路《とみのこうじ》敬直《ひろなお》、久我建通《こがたけみち》と女官少将局《しょうしょうのつぼね》、衛門内侍《えもんのないし》を四奸《かん》両嬪《ひん》と呼び、斬奸《ざんかん》の対象にするといいふらした。

本間精一郎は、近衛家に仕える元薩摩藩士藤井良節に、つぎのような内容の書状を送った。

「今度、関東へ大原勅使を派遣されたのは、幕政改革のためであるが、朝廷では四奸両嬪をはじめとする奸物多数を、いまなおその地位にとどめているのは、何《なに》故《ゆえ》であるか。

在京有志の者どもは、ぜひとも斬姦《ざんかん》の義挙に及びたいと激昂している。小生も重々もっともに思うが、なにぶん主上の御膝もとで椿事《ちんじ》をひきおこしては、おそれ多いので、いろいろ説き聞かせ、沈静させようと努力しているが、一切聞きいれようとしない。

このうえは、奸物と見られている人々が辞職しなければ、事はおだやかに収まるまい」

藤井良節は、近衛家と薩摩藩の連絡役で、岩倉具視、千種有文、富小路敬直、久我建通らが、かねて京都所司代酒井若狭守と親密であるのを嫌っていたので、この書状を関白近衛忠熙に渡した。

本間は在京尊攘浪士のあいだでは、信用しがたい策士として、きわめて評判がわるく、生来の雄弁を駆使して、単独行動をしている。

浪士の暴発を抑える影響力などもっておらず、口先だけの大風呂敷をひろげているばかりであった。

良節は事情を承知のうえで、四奸両嬪を脅すために、本間の手紙を使った。近衛忠熙は、権大納言中山忠能《なかやまただやす》、正親町三条《おおぎまちさんじょう》実愛《さねなる》らと相談し、ただちに天皇に奏上して、千種、岩倉、富小路、久我の近習《きんじゅ》職を辞任させ、女官二人を朝廷から引退させる措置をとることにした。

とるにたらない本間の脅迫状であったが、島田左近暗殺の直後であったため、公卿たちに深刻な衝撃を与えた。

その状況を、大坂に滞在している土佐藩士のうち、勤王党の首領武市半平太をはじめ、平井収二郎、五十嵐文吉、千屋寅之助《ちやとらのすけ》、岡田以蔵らが注目していた。天《てん》誅《ちゅう》斬奸が世上にひろげる波紋は、彼らの予想をはるかに超えていた。

収二郎はいった。

「俺らあも、また天誅をやらんわけにはいかんなるかも知れんのう」

半平太は言葉もなく、両眼に稲光のような殺気の閃《ひらめ》きを宿した。

彼は勤王党を結成するまえ、江戸で村正《むらまさ》の銘刀を手に入れようと苦心したことがあった。徳川家に祟《たた》りをするといわれた妖刀《ようとう》に関心を持ったのは、攘夷の方針を妨げる者を排除する手段として、斬奸を決意していたのであろう。

七月十二日、大坂長堀《ながほり》の藩邸に入った土佐藩主山内豊範は、八月二十二日まで滞在した。供衆の四百余人も、いたずらに日を過ごすばかりである。

豊範は麻疹《はしか》が治ったのちも、頭痛、腹痛を訴え、床についたままである。実情は保守派の近習家老桐間将監、仕置役小八木五兵衛が、豊範を京都へ立ち寄らせることなく江戸へ参覲《さんきん》させようとはかっていたための、仮病であった。

京都では、四月にあいついで入京した薩長両藩が、主導権を争っていた。

島津久光の公武合体方針に対し、長州藩主毛利慶親は、その後の世情の変化を見て、寵臣《ちょうしん》長井雅楽の航海遠略策を捨て、攘夷に藩論を統一したので、たがいに衝突せざるをえない。

朝廷では土佐藩主を入京させ、両藩の仲介を依頼するため、京都警衛の内勅を下すつもりであった。

事態が切迫してきたので、大目付小南五郎右衛門が早駕籠《はやかご》で江戸にむかい、隠居容堂から朝命を拝受せよとの許しを得た。

豊範はようやく八月二十三日に大坂を出立《しゅったつ》し、二十五日の昼前に京都河原町藩邸に到着した。

豊範の宿所は、かねて依頼しておいた洛西《らくせい》妙心寺大通院《だいつういん》宿坊に定められた。

その日、家老酒井《さかい》下総《しもうさ》が武家伝奏坊城《ぼうじょう》権大納言のもとへ出向き、非常臨時の別儀をもって、しばらく滞京、ご警衛に任じ、叡慮《えいりょ》を安んぜられたいという内勅をうけた。

半平太は大坂に滞在するうちから、体調を崩していた。臑《すね》に腫《は》れものができて、一時は歩けなくなった。

京都へむかう途中、伏見についた夜から発熱し、河原町藩邸で寝こんでしまった。

藩医の診療をうけると、こともなげにいわれた。

「夏風邪じゃ。薬を飲んで寝より」

だが高熱はつづき、病状は重くなるばかりである。市中で名医といわれる漢方医の診療をうけると、「焮衝脳《きんしょうのう》」という重病であるという。

医者は半平太の額に百二、三十四の蛭《ひる》を置き、血を吸わせ、下剤で体内の毒を掃《はら》う。十日ほどのあいだに、健康をとりもどした。

半平太は、妻富子へ手紙をしたためた。

「がたがたとよくあいなり、おおいに仕合せのよきことなり。今日は髪、さかやき、入湯なといたし、足ならしに出てゆき候。（中略）明日よりは諸方へまた、走くりまわる心得なり」

半平太は閏《うるう》八月一日、平井収二郎らとともに他藩応接役を命ぜられた。妻への手紙に日常の様子を、いくらか得意げに記した。

「夏羽織を新調したが、外出することが多く、すりきれたので、またこしらえた。絽《ろ》の肩衣《かたぎぬ》と地袴《じばかま》もあつらえた。これは公卿堂上衆に会うときに、必要な身支度である。いままでの剣術修行者のいでたちでは通用しない」

薩長両藩をはじめ、諸藩の応接役と密議を交わすことが多くなった半平太は、藩邸を出て、三条小橋上ル所に家を借りて住む。

同居するのは家来の村田丑五郎、赤岡《あかおか》の仕立屋あがりの丑之丞《うしのじょう》、同志の松山深《まつやましん》蔵《ぞう》、弘瀬健太である。

近所には平井収二郎が、千屋菊次郎《ちやきくじろう》ほか一人と住む。

土佐藩の他藩応接役は、ほかに大目付小南五郎右衛門、小目付小原与一郎、徒《かち》目付《めつけ》五十嵐文吉、谷守部らがいたが、他藩有志の支持をもっとも強く受けたのは、半平太と収二郎であった。

半平太は藩主豊範の名をもって、朝廷に上呈する建白書の草稿をつくった。その内容は過激に過ぎるとして、藩内から反対をうけたが、薩長をはじめ他藩に多くの賛同者を得た。

建白書案の概略は、つぎの通りであった。

「摂津、山城《やましろ》、大和《やまと》、近江《おうみ》の四カ国を朝廷の天領として、従来の領主は他へ移す。天領には親王を置き、諸国浪士を召し抱える。

肥後など大藩七、八を上京させ、その武威のもとに勅使を関東につかわされたならば、幕府は勅旨を遵奉するであろう。

政令は一切朝廷より施行し、諸侯は朝廷に参覲させる」

王政復古を主張する建白書案は、蔵人所《くろうどどころ》衆《しゅう》村井《むらい》政礼《まさのり》が見て、感動した。

「この説は、諸藩見込みのうち第一等の論というべきや」

半平太の案は、江戸にいる容堂の内覧をうけないうちに、青蓮院宮に披露され、天聴に達したとの噂《うわさ》もひろまった。

半平太は、薩長土三藩応接役のうちで、もっとも重きを置かれる「謀主」と見られるようになった。

彼は諸藩の志士と交わるうち、閏八月七日の午後、寺町四条下ル大雲院《だいうんいん》に寄宿している豊後岡藩重役の小河弥右衛門をたずね、骨格すぐれた馬面《うまづら》の男に会った。

奇妙に弛《ゆる》んだ表情であるが、両眼はビードロ玉のようなするどい光を帯びていた。

小河弥右衛門は、下座で丁重に挨拶《あいさつ》をする男を紹介した。

「この仁が、田中新兵衛どんじゃ」

半平太は、島田左近を暗殺した新兵衛の名を知っていた。

「お前《ま》さんが、近頃洛中で聞こえた新兵衛さんかね」

「さようでござい申《も》す」

新兵衛は土佐勤王党の盟主で剣術の達人である半平太に、かねてから会いたいと思っていた。鏡心明智流桃井春蔵のもとで、塾監をつとめた半平太は、鹿児島の薬種屋の息子で、のちに船頭となる、示現《じげん》流の太刀技をひとり稽古で身につけた新兵衛が、まともに口をきけない威厳を帯びている。

半平太が聞いた。

「お前さんは、島田左近の首を一太刀で打ちおとしたと聞いたが、まっことそがなことかね」

「そじごあんそ」

新兵衛はうなずく。

「首を斬るとき、骨がつかえざったかね」

「いや、何もつかえ申さん。刀を振っただけでごあんそ」

「そうじゃろう。芯《しん》を抜けば、つかえはせんきのう」

新兵衛は、半平太に笑みを見せられ、体が痺《しび》れるようなよろこびを覚えた。

このあと、新兵衛は半平太のもとへしばしば訪れ、義兄弟の約をむすぶほど親密になった。

半平太は、新兵衛と岡田以蔵を使い、京都で天誅斬奸をおこない、尊攘派の主導権を握ろうと考えていた。天誅の効果は、吉田元吉を倒した経験によって、知っている。

半平太が、まず天誅の対象としたのは、本間精一郎であった。

本間は、尊攘志士として清河八郎と行動をともにしたこともあり、諸藩浪士のあいだで高名であったが、口先ばかりで実績がない。過激な議論で人を煙に巻くが、身に危険が迫ればたちまち逃げうせる。

このため、薩、長、土の三藩の有志から疎んぜられ、出入りをとめられるようになった。薩摩藩に七百両の借金を申しこみ、ことわられたこともある。

そうなると、精一郎は京都にいる志士たちのあいだに、三藩の悪口をふりまき、青蓮院宮と正親町三条実愛に、有無を問わず中傷の告げ口をするようになった。

このため、藤井良節が薩摩藩を代表して、半平太に本間の抹殺を相談した。

藤井良節が半平太と秘密の相談をしたのは、虫の音もすずろな閏八月十八日の早朝であった。

その日、田中新兵衛は半平太の寓居へ二度訪れた。半平太の「在京日記」によれば、翌十九日にも、新兵衛はやってきた。

「十九日、田中新兵衛、約束通りくる。明夜を約し帰る」

と、記す行間には、本間暗殺の手筈《てはず》をととのえている事情がうかがえる。二十日の日記には、さらに緊迫した状況が述べられている。

「二十日、岡田（以蔵）、島村（衛吉）、田那部《たなべ》くる。晩方、田中新兵衛くる。四つ（午後十時）頃まで談し帰る。同夜、以（岡田以蔵）、豪（田辺豪次郎《たなべごうじろう》）、健（弘瀬健太）、熊（松山熊蔵?）、不明、収（平井収二郎）、孫（小畑孫三郎《おばたまごさぶろう》）、衛（島村衛吉）、用事あり」

一人の名は不明であるが、半平太であるといわれる。田中新兵衛のほかに名をつらねているのは、すべて土佐藩士であった。

その夜、本間精一郎は降りしきる秋雨のなか、南禅寺《なんぜんじ》の阿波蜂須賀家京都陣屋を訪れた帰途、木屋町二条上ルの知人、近江木之本《きのもと》の郷士、安達《あだち》湖三郎の宅に立ち寄った。

しばらく要談を交わしたのち、玄関に下りた精一郎に、彦根藩郷士の大音龍《おおどりゅう》太郎《たろう》が話しかけた。

「貴公はどうも首を狙われているようだ。番傘をさしていってはあぶない。兜《かぶと》をかぶってゆくほうがいいぞ」

冗談にまぎらせて忠告したが、精一郎は笑い捨てて出ていった。

傘を押し伏せるような雨脚であった。闇《やみ》のなかで、白くしぶきのあがる路上を、高下駄で去ってゆく精一郎に、すでに尾行者がついていた。

精一郎が祇園の料亭一力《いちりき》へいったのをつきとめた尾行者が、半平太のもとへ知らせにきた。

岡田以蔵、田中新兵衛ら八人の刺客が出向くと、精一郎は芸妓《げいぎ》を連れ、一力を出て先斗町《ぽんとちょう》の大文字屋にいったという。

以蔵らは近所の酒屋に入り、交替で大文字屋を見張った。

「あいつは、このまま泊まるんじゃないろうねや」

そのときは、踏みこんで斬るまでだと待つうち、一力の提灯《ちょうちん》を持つ男が通り過ぎてゆこうとする。

見張っていた刺客が聞く。

「おんしは、本間を迎えにいくがか」

「そうどす」

男衆は怯《おび》えて、逃げ腰になった。

刺客の一人が、男衆から提灯をとりあげた。

「俺らあは、本間の連れじゃき、かわりに迎えにいっちゃる。おんしは帰れ」

男衆は怪しい気配を察したが、そのまま帰っていった。

刺客は両刀を仲間に預け、提灯を持って大文字屋に迎えにゆく。銀杏髷《いちょうまげ》の上に反った刷毛先《はけさき》を下げれば、町人に見えないこともない。

大文字屋へ迎えにゆくと、しばらくして精一郎が芸妓とともに悠然とあらわれた。大酔して雨中を歩む彼の膝に、手裏剣を打ちこんだ者がいた。

同時に刺客たちが左右から組みつき、精一郎の両腕をねじあげ、大小をもぎ取った。

精一郎は大勢を相手に、組んずほぐれつ泥まみれになって組打ちをする。刺客の二人は当身《あてみ》をくらい、身動きできなくなった。一人は組み敷かれ、頸《くび》を捻《ね》じ折られかけた。誰かが精一郎の脇腹《わきばら》に刀を突きいれたので、ようやく動きがとまった。

以蔵が半平太から借りた刀をふるい斬りつけたが、傍らの木戸に切先《きっさき》が当たって折れた。新兵衛が示現流の一撃を袈裟《けさ》がけに浴びせる。うつぶせに倒れる精一郎の背中から胸へ、刀を刺し貫いた者がいた。島村衛吉が、前額を一太刀斬った。

精一郎の屍体《したい》は高瀬川に投げこまれ、翌朝、高瀬橋の下にひっかかっていた。縞《しま》の着物に更紗《さらさ》の襦袢《じゅばん》をつけ、小倉縞《こくらじま》の野袴《のばかま》、紺足袋《こんたび》、黒絹の羽織を着ていたという。膝頭のあたりに小柄《こづか》が一本、刺してあった。

首級は青竹にくくりつけられ、四条河原にさらされた。罪状を記す捨て札には、佞弁《ねいべん》をもって衆人を惑わし、高貴の御方に出入りして、薩、長、土三藩の悪口をいいふらし、有志の離反を策したなどと記されていた。

半平太の二十一日の日記には、

「本間精一郎の梟首《きょうしゅ》、四条河原にあり。見物人多し」

と記されている。雨中、見物に出かけたのである。

二日後の二十三日朝、松原《まつばら》通りの橋下の河原に、九条家諸大夫、宇郷玄蕃頭《うごうげんばのかみ》の首が梟《さら》された。世間では岡田以蔵か、田中新兵衛の仕業であると噂された。

京都市中を震撼《しんかん》させる天誅は続いた。

九月一日朝、目明し猿《ましら》の文吉が、木屋町の武市の寓居に近い河原の木綿晒屋《もめんさらしや》の杭《くい》に、絞殺屍体となって細引で縛りつけられていた。

半平太は江戸に間崎哲馬、高知城下に妻富子の叔父《おじ》島村寿之助を置き、情勢の報告をうけていた。

間崎哲馬は築地屋敷にいて、田内衛吉、村田忠三郎、弘瀬健太らと情報の収集にあたっている。龍馬とは常に連絡をとりあっていた。

哲馬は幕臣山岡鉄太郎《やまおかてつたろう》（鉄舟《てっしゅう》）、安積艮斎塾で同門であった清河八郎と交流し、尊攘回天の策を練っている。

江戸にいると、海外の情勢が身近であった。

彼は天誅によって攘夷派の主導権を手中にしようとする、在京の半平太たちとは、世情の認識をしだいに異なるものとしていった。

哲馬は閏八月十五日、京都にいる同志の徒目付五十嵐文吉に、つぎのような内容の手紙を送った。

「来年春には将軍家ご上洛と内定し、海軍演習のため、江戸から軍艦で摂津へお越しになるようです。諸藩の艦船もお供をするようですが、本藩においても急いで蒸気船を物色し、買いいれねばなりません。

長州では今年正月、高杉晋作《たかすぎしんさく》という人が上海《サンハイ》へおもむき、オランダへ蒸気船を注文したようです。

長さは二十五間、価は七万ドルということです。阿波藩も、横浜で蒸気船調達の話がまとまるようです。

さしあたり、蒸気船運転の人材を養成するのが急務です。幕府軍艦操練所へお頼み下さい。

長州は操練所に四、五人、箱館、長崎の洋学館にもそれぞれ同じ人数を、出しております。阿波藩、芸州藩も十人ほどずつ操練所へ勉学を頼みこんでいます」

京都では天誅の血のにおいに酔ったように、攘夷派の斬奸が重ねられていた。

半平太の「在京日記」九月一日の項に、

「下手人探索笑うべき事」

と記されている。

安政の大獄に際し、島田左近の手先となった目明し文吉絞殺の件について、幕吏の探索を嘲《あざけ》ったものである。

博打打《ばくちう》ちあがりで、女郎屋をいとなみ、悪名高かった文吉の屍体は、裸でさらされた。

京都町奉行所には、梅田源次郎（雲浜《うんぴん》）、頼三樹三郎《らいみきさぶろう》たちを捕縛した役人が、まだ在勤している。彼らを血祭にあげようと狙う志士の動きが目立ってきた。

幕府は危険を察知して、まず京都町奉行所与力加納繁三郎を、御用召《ごようめし》ということで江戸に呼び戻した。

その後、町奉行所与力渡辺金三郎、同心上田助之丞、与力格同心森孫六、同心大河原十蔵にも、呼び戻す命令を下した。

猿の文吉が、殺されるまえにいためつけられ、安政の大獄に活躍した捕吏の名をすべて白状していたので、渡辺たちは暗殺される危険がある。

会津藩主松平容保《まつだいらかたもり》が、閏八月一日に初代京都守護職に任命されていたが、まだ京都に着任しておらず、所司代、町奉行所は無力であった。

九月二十一日の朝早く、津和野《つわの》藩士福羽《ふくば》文三郎（美静《びせい》）が、半平太の寓居をおとずれ、知らせた。

「町奉行所の渡辺らが、江戸へ下るようじゃ。二十三日に発足《ほっそく》するらしいぞ」

その頃、半平太は薩、長、土三藩主が連署して、攘夷勅使東下を奏請するため、連日奔走していた。

正使は権中納言三条実美、副使は姉小路《あねがこうじ》公知《きんとも》ときまったが、薩摩藩は国父久光の公武合体主義によって、異議をとなえた。

「武備まだ充実していないので、攘夷は時期尚早である」

半平太と平井収二郎は、権中納言三条西家の侍臣谷森外記《たにもりげき》（善臣《よしおみ》）を通じ、青蓮院宮の真意をたしかめると、三藩の意見が一致しないため、攘夷の機がまだ熟していないとの返答を得た。九月十六日、半平太は小南五郎右衛門とともに青蓮院宮に謁し、意向を確認したのち、薩摩藩本田弥右衛門、高崎《たかさき》猪太郎（五六《ごろく》）、長州藩久坂義助、佐々木《ささき》男也《おとや》、宍戸九郎兵衛ら諸藩応接役に会い、攘夷勅使派遣の意見を調えようと熱弁をふるった。

薩摩藩は、ついに久光の意向を無視し、藩主忠義の名において奏請をおこなうことに同意した。

生麦事件のあと、イギリス艦隊が鹿児島を攻撃するという噂がひろまっていたので、在京応接役が、攘夷方針に踏みきったのである。

三藩尊王派の意気があがっているとき、安政の大獄で志士捕縛にはたらいた与力たちを見逃さず血祭にあげ、幕府の走狗《そうく》たちを震えあがらせねばならない。

半平太は、さっそく長州の久坂、薩摩の高崎らと相談し、刺客を募った。

九月二十三日の朝、与力渡辺金三郎らは京都を出立した。それぞれ従者を連れ、顔を見られないよう駕籠に乗っていった。

吐く息が白く見える冷たい風の流れる東海道を、渡辺らのあとを追い、刺客の群れがゆく。

刺客は土佐藩堀内賢之進、川田乙四郎、千屋菊次郎、弘瀬健太、平井収二郎、千屋寅之助ら十二人。長州藩久坂義助、寺島忠三郎ら十人。薩藩二人の、総勢二十四人。徳島藩士中島永吉が道案内をして、大津《おおつ》から膳所《ぜぜ》、草津《くさつ》を過ぎ、京都から九里十三丁の石部《いしべ》宿に着いたのは、七つ（午後四時）頃であった。

彼らは石部の西の入口にある茶屋で、一人二個ずつの握り飯をつくらせ、外に出た。宿場のはずれの縄手《なわて》のうえで彼らの持つ白張りの小田原《おだわら》提灯が幾つか揺れ動き、宿場の人々はにわかにあらわれた侍たちを、気味わるく眺めた。

「あのお人らは、なにしにきやはったんやろ」

刺客たちは、途中で渡辺一行を追い越し、さきに石部に到着していた。

渡辺らは日が暮れた七つ半（午後五時）過ぎに宿場に着き、橘屋《たちばなや》、佐渡屋、万屋《よろずや》、角屋の四軒の宿屋へ、主従三人ずつ分かれて泊まることになった。

刺客たちが四組に分かれ、与力たちを襲ったのは、間もない宵のうちであった。

同心上田助之丞のいる角屋へ斬りこんだ白鉢巻の侍たちは、めざす相手を探しまわったが姿が見えないので、しかたなく出ていった。

与力渡辺の泊まっている橘屋に押し入った刺客たちは、帳場にいる亭主に声をかけた。

「渡辺はどこにおる。早々に案内《あない》せい」

火明かりにかがやく白刃を提げた男たちに胆《きも》をつぶした亭主は、渡辺の座敷へ導く。

刺客のひとりが、渡辺を見るなり飛びかかり、一撃に斬り倒す。傍にいた若者は、十六歳になる渡辺の息子で、右腕を斬られたがひるまず縁から飛び下り、植え込みをかきわけ逃げた。

宿屋の女房が庭に出ていたので、血の噴き出る肘をかかえていう。

「早くここを括《くく》ってくれ」

女房が前垂れの紐《ひも》で固く縛ると、裏木戸をあけさせて外へ出る。

裏口には抜き身をひっさげた三人が見張っていて、息子に聞く。

「おのれは何者じゃ」

「私は金三郎の若党でございます」

刺客たちは斬ろうとせず、見逃した。

万屋に泊まった同心大河原十蔵は、風呂を出て女中がさしだす食膳《しょくぜん》にむかったとき、どこからともなくあらわれた刺客に、一刀のもとに斬り伏せられた。

そばにいた若党は、右手首を斬られ、皮ひとえでぶらさがった。彼は縁側に倒れ、命乞《いのちご》いをした。

「私は若党でございます。どうぞお助け下さいまし」

十蔵は首をとられ、若党は見逃されたが、深手で後日に命を落とした。

佐渡屋に泊まった森孫六は、風呂からあがったところへ上田助之丞がきたので、酒肴を出させ、一、二盃《はい》酌みかわした。

そこへ五、六人の侍が飛びこんできて、森は乱刃を浴び、首を取られる。上田は肩先から乳下まで斬られたが、「人違いじゃ」と叫びながら逃げた。

刺客たちは上田を若党と思い、あとを追わなかった。上田は三軒隣のそば屋へ逃げこんだが、血がとまらず、そこで息をひきとった。

問屋場の宿場役人は十人ほどいたが、刺客の群れが立ち去るまで動かず、辺りが静かになったあと、騒動の現場を検分した。

殺された与力、同心は、いずれも刀を抜く間もなく斬られていた。

刺客たちが京都への帰途、草津宿にさしかかったのは、五つ（午後八時）過ぎであった。番人が「いずれへお通り」とたずねると、ひとりが血に染んだ首級の包みをさしだす。番人は怯えて一言もなく通した。

彼らは矢走《やばせ》から船に乗り、夜明け前に粟田口《あわたぐち》に着き、三つの首級を梟首した。

京都町奉行所は急報を受けたが、検屍《けんし》の役人が石部に到着したのは、刺客を警戒したため二日後の二十五日の深夜であった。

土佐藩徒目付五十嵐文吉が、二十四日の夜、木屋町の半平太の寓居へ出向くと、血曇りのついた刀を抜き、あらためている男がいた。髪のゆいかたを見れば、薩人のようである。傍にいた堀内賢之進が教えてくれた。

「あれは薩摩の田中新兵衛じゃ。俺らあは昨夜石部宿まで出向いて、大仕事をやってきたぜよ」

新兵衛が、九月十八日に薩摩へ戻るので、挨拶にきたと、十七日付の半平太の日記にしるされている。長州の白石正一郎の日記にも、新兵衛が十九日に大坂を出帆、二十二日に下関に着いたとしるされている。堀内が田中と教えたのは、誰であったのか。

朝夕の冷えこみがきびしくなり、関東名物の空《から》っ風《かぜ》が吹きつのって、土くじりというつむじ風が陽射しをかげらせるほど、空に土砂を舞いあがらせる季節になった。

龍馬は赤坂の勝麟太郎の屋敷へ出かけない日は、千葉道場で佐那とともに稽古に汗を流した。

麟太郎は、夏のはじめにわずらったコレラで体力が衰えていたが、閏八月十七日に軍艦奉行並を命ぜられ、役高千俵、留守居番上席にあげられてからは、役向きで連日屋敷を留守にすることが多くなった。

龍馬は用のない日には、築地藩邸へ出向き、間崎哲馬に会う。脱藩者の龍馬を、門番は咎めることなく通してくれた。

京都にいる半平太の威勢が江戸に及んでいるので、藩邸にいる下横目も、見て見ぬふりをする。

築地藩邸には顔見知りの郷士が大勢いる。竜馬は哲馬から、めまぐるしく変転する政情について、聞くところが多かった。

哲馬は遊学を理由として四月なかばに江戸に出府して以来、薩摩、長州、越前などの諸藩の動静、幕府の内情を探索し、半平太のもとへ通報していた。

薩摩藩邸記録役の島田嘉右衛門、長州藩の桂小五郎が哲馬に協力したので、知己がふえてゆく。越前藩重役の中根雪江《なかねゆきえ》には容易に接近できなかったが、かつて安積艮斎塾においての学友であった清河八郎の縁によって、幕臣山岡鉄太郎と交遊するようになり、いとぐちをつかむことができた。鉄太郎は松平春嶽に目をかけられている。

龍馬は哲馬が運動資金に窮しているのを知り、乏しい貯《たくわ》えのうちからいくらかをさしだす。七石二人扶持の徒士である哲馬は、藩邸の長屋で同志と衣食をわかちあう日を過ごしていた。

山岡鉄太郎がたまたま築地藩邸をおとずれ、哲馬の暮らしぶりを見ておどろき、ただちに留守居役に会い、たしなめた。

「間崎氏《うじ》は才学絶倫にて、拙者どもが遠く及ばざる人材でござります。かかる人材を軽々しく扱い、自ら煮炊きさせるのは、容堂公のご趣意にそむくものではござらぬか。容堂公は日頃より、天下に英才を求めねばならぬと仰せられておられるではないか」

留守居役は一言もなく山岡の指摘に従い、哲馬に小人《こびと》をつけ、日常の雑用をおこなわせることにした。

哲馬は儒学、詩歌に長じているだけではなく、政治経済に独特の識見をそなえていた。

あるとき、彼は龍馬に語ったことがあった。

「いま天下の志士といわれる者は、おおかた下等微禄《びろく》の家から出ちゅうが、上士からはめったに出やあせん。人間の賢愚によって本来の値打ちが定まるがじゃ。銭も同じことじゃが、天下に通用しちゅう銅銭と鉄銭は、どっちも一文の値《あたい》じゃ。こがなおかしなことがあるかよ」

龍馬は酒盃を膳に置き、耳をかたむける。日本の銅銭が外国人に買いしめられ、樽詰《たるづめ》にされて海外に流出しているという噂を、彼は聞いていた。

上海へ持ってゆけば、銅銭の価値は幾層倍にもなるという。

哲馬はいった。

「いま土佐藩の京坂藩邸勘定方が、御用商人らあに、銅銭一文で鉄銭二文を引き換えてやるという。そうすりゃ、京大坂辺りの銅銭は、ことごとく土佐藩に集まるだろう。そがな形勢になれば、幕府の京都、大坂町奉行所も、しかたもなく銅一文をもって鉄二文にあてる本位を定めるじゃろ」

龍馬は哲馬のするどい指摘に、ひそかに驚く。その説くところは空論ではない。

哲馬は酒をあおり、言葉をつづけた。

「さて、そのうえで土佐藩はさらに銅一文をもって鉄四文にあてる本位を定める。天下の銅銭はことごとく土佐一国にながれこんでくるろう。その銅銭を天保銭に改鋳したら、なんぼ儲《もう》かることか分からんぜよ」

龍馬は哲馬の着想の、時宜を得ていることに感じいった。

「まっこと、お前んのいう通りにしたら、土佐藩は大儲けじゃ」

「そうじゃろがよ。俺らあの値打ちも、これから銅銭のようにあがる時節が到来するぜよ」

「まっこと、その通りじゃ」

龍馬は拍手し、大浪《おおなみ》の崩れるような笑い声に、家内をゆるがせた。

哲馬は七月上旬に幕府政事総裁職に就任した、越前藩主松平春嶽の器量に注目していた。

「春嶽公は、うちの老公（山内容堂）との縁は深いが、器量はあっちのほうが上じゃねや。英才の用いかたを知っちょるきのう。まえは橋本左内、いまは横井《よこい》小楠《しょうなん》を上手にはたらかせゆう」

哲馬は春嶽の近臣、千本弥三郎と交流をかさね、越前藩の内情を聞いていた。

哲馬は語った。

「春嶽公は十一になった年に田安《たやす》家から越前家の養子に入られてのう。その年に越前三十二万石の、十六代を嗣《つ》がれた」

田安家は徳川宗家の親族で、一橋、清水《しみず》とともに、御三卿《きょう》の一家である。

「越前には、えらい家来が大勢おる。中根雪江、村田氏寿《むらたうじひさ》、三岡八郎《みつおかはちろう》（のちの由《ゆ》利公正《りきみまさ》）らあじゃが、なんというても横井小楠が一番じゃ。器量が違うきのう」

「横井というがは、熊本の実学党の御大《おんたい》かよ」

「そうじゃ、お前ん、知っちゅうか。小楠は四年前から越前へ賓師の礼をもって迎えられちょる。昔の橋本左内、今の小楠といわれるほど、眼から鼻へ抜けるいう逸材にかあらん」

小楠は家禄百五十石の熊本藩士、横井時直の次男として、文化《ぶんか》六年（一八〇九）に生まれた。いま五十四歳である。

熊本沼山津《ぬやまづ》に小楠堂という学塾をいとなんでいたが、その学殖を慕う春嶽に再三招かれた。春嶽の正室勇姫《いさひめ》は熊本藩主細川斉護《ほそかわなりもり》の三女であったので、招聘《しょうへい》は成功し、小楠は安政五年四月に福井に到着した。

哲馬はいう。

「俺は小楠があらわした『国是三論』という書物を読んだ。富国論、強兵論、士道論という論じゃが、まず富国論から聞かいちゃる」

「いん、聞かいとうせ」

「糸、麻、楮《こうぞ》、漆《うるし》らあの国産物は、すべて百姓から商人《あきんど》に売られるが、買い手にだまされて、損ばっかりしゆう。それで産物はじかに藩に納めりゃえいという。それなら土佐にも国産方《かた》役所があるが、小楠のやりかたは違う。買い上げの値段は、民に益ありて官に損なきを限りとするがじゃ。藩庁が利をむさぼらざったら、百姓は儲かるぜよ」

小楠は、資金に窮する生産者に、藩庫から貸し与えるが、貸付金の利息を取ってはならない。藩の利益は、外国との貿易によってあげよという。

国産品の生産から売買の過程で、高利貸商人の介在を許さず、産業発展をめざし、貿易をさかんにして、金銀の正貨を外国から導入すれば、富国の道はひらけるのである。

龍馬は、哲馬の話に聞きいる。

「一万両の藩札を出して、百姓に貸しつけ、蚕《かいこ》を飼わせるとしいや。その繭糸《まゆいと》を藩で集め、横浜で洋商に売ったら、およそ一万一千両の正金《しょうきん》が手に入るちや。藩札が半年もたたぬうちに正金となって、利をふやして戻ってくるがじゃ」

小楠は倹約令を発し、御用金を取りたて、ひたすら財政緊縮によって藩の運営をおこなうのは、わが身の肉をくらって飢えをしのぐようなものである。国産奨励によって、人民を富ませることで、藩財政もうるおうのが、まことの経国安民《けいこくあんみん》であると説いているという。

越前藩が小楠の富国論を実践する現状を、哲馬は説明した。

「まず、働き手を二十万人と見て、一人一分の元手を無利子で貸すことにして、六十五万両の藩札を出しよった。一人の女子が五十文で綿を買い、糸にすりゃ、六十五文で売れる。ただで手に入る藁《わら》を縄に撚《よ》りゃ、一日十文は稼げるろう。二十万人がはたらき、一日あたり十文稼いだら、毎日民富は二千貫文、すなわち三百三十両ずつふえるぜよ。ひと月あたり、およそ一万両ずつ儲かるがじゃ。いま越前藩は、生糸、茶、麻らあを横浜、長崎で外国へ売って、大儲けしちゅう」

龍馬は膝を打ち、大声で叫ぶようにいう。

「まっこと、その通りじゃ。そがな先の見える傑物がおったか。その人に会うてみたいのう。お前ん、俺と一緒に小楠さんに会うてみんかよ」

「いわれいでも、俺もそれを望んじょる。千本氏《うじ》に頼んで、近々に中根雪江さんに引きあわせてもらうことになっちゅう。それで小楠さんに会い、春嶽公にも拝謁するつもりじゃ」

「えっ、越前太守が俺らあに目通りをさせてくれるがか」

「いん、在野の志ある者なら、身分を問わず会うてくれる。山岡鉄太郎がそういうちょったきのう。しかし、いま小楠の身辺は危ないといわれちゅう。開国派と見られて、攘夷派が天誅を加えようと、つけ狙うちゅうがじゃ。勝麟太郎と同様ぜよ」

「そがなことは、どうでもえい。俺は天下の人傑にことごとく会うて、その智恵を分けてもらいたいと思うちゅう。世のなか気ぜわしゅう変わるき、ぐずついちゃあおれんぜよ」

龍馬は麟太郎の門人となって、航海術の勉強をはじめたわけでもない。麟太郎が屋敷にいるときは、長いあいだ話しこんでいる。留守の日は、間崎哲馬を通じて、諸藩の志士と交遊し、千葉道場にもめったにいない。

長次郎が聞いた。

「龍馬さんは、航海術の伝習はやらんがかのう」

龍馬はいった。

「俺はいま、日本国の舵のとりかたを習いゆうがよ」

龍馬が江戸に出てのち、世情は激変していた。閏八月はじめ、間崎哲馬が告げた。

「桂小五郎の妹婿の来原良蔵《くるはらりようぞう》が、腹を切ったらしいぜ。先月二十九日の朝にかあらん。小五郎がいうちょったき、まちがいない」

来原は長井雅楽の航海遠略策を推してきた、公武合体派であったが、島津久光の率兵上京につぐ、大原勅使の東下により、幕府の無力が露呈されたため、攘夷派が急速に力を得て、藩論が奉勅攘夷に一転した。

藩論を変えた攘夷派の急先鋒《きゅうせんぽう》は、桂小五郎である。

「来原氏《うじ》は律義じゃき、家中の動きについていけざったがじゃろ」

来原は長井雅楽の意見を支持した自分を裁くために、横浜外人居留地へ斬りこもうとしたと、哲馬はいう。

「来原は藩公の使いで薩藩と往来しちょったにかあらんが、先月二十五日に江戸へきて、二十七日に同志らあと横浜へゆくことになった。小五郎らあがひきとめたが聞きゃあせん。二十八日に品川宿から藩邸に連れ戻され、世子定広公にいい聞かされよった。涙を流して翻意したそうじゃが、あくる朝切腹したがじゃと。おのれの志がゆきとどかざったきに、忠義と存じちょったことが不忠不義となり、おのれも人をも誤った罪を、死んで詫《わ》びるいうたそうじゃ」

龍馬はうなずく。

「それは正直な人じゃ。武士の道を頭に叩《たた》きこまれちょったがじゃろ。俺が萩で会うた久坂義助らあも、攘夷をやって死にたかろうが。俺はちがうぜよ。過ちは改めりゃえい。死んでしもうたらおしまいじゃき。考えを誤ったら直せばえいがよ」

龍馬は麟太郎の持論を口にした。

「勝先生は、いいゆう。皇国の人民は貴賤を問わず有志を選抜せにゃいかん。そうせざったら、有志は集まらん。幕府、諸大名が力をつくして有志を掘りださざったら、海軍は盛大にならんとのう」

龍馬はまもなく麟太郎の供をして、相模の浦賀《うらが》船渠《ドック》で修繕工事をしている幕府軍艦蟠龍丸《ばんりゆうまる》の検分に出向く。

蟠龍丸は、排水量三百七十トン、百二十八馬力の砲艦であった。龍馬は蒸気船の構造を見るのを楽しみにしていた。

麟太郎はいった。

「蒸気船を進退させるほどのことは、蘭語《らんご》を覚えねえでも、俺があらまし教えてやるさ」

閏八月のなかばを過ぎた、冷たい埃風《ほこりかぜ》の吹く夜、子《ね》の刻（午前零時）の時鐘《ときがね》が鳴る頃、龍馬は赤坂元氷川下の勝麟太郎の屋敷を出た。連れはいない。

宵のうちに帰るつもりであったが、話がはずんだので遅くなった。龍馬は麟太郎から耳寄りなことを聞いた。

「この頃イギリスとフランスが、対馬に港をひらきたいと懇望しているんだ。これはロシアが西下してくるのを押しとどめたいためだよ。支那はロシアにさんざんにやられたのさ。四年前に黒龍《こくりゅう》地方を取られちまった。公儀がいま急いでこの島に良港をひらき、貿易地とすれば、朝鮮、支那との往来がひらけ、海軍を盛大ならしめることになるよ。ゆくゆくは、三国が力をあわせりゃ、ヨーロッパと張りあうこともできるようになるかも知れねえ」

「対馬で交易するには、船がいりますろう」

「そうさ、蒸気船がいるね。俺は考えているんだが、上方《かみがた》に軍艦操練所をひとつこしらえて、天下の人物を集め、海軍の稽古をさせてやりたいものだねえ」

龍馬は麟太郎の腹案を聞き、思わず声をうわずらせた。

「そりゃ、えい考えですのう。私もそこで勉強すりゃ、ちっとは使いものになりますろう」

麟太郎は笑みを見せた。

「俺はお前さんを塾頭にして、諸藩から人を集めさせようと思っているんだぜ」

龍馬は麟太郎のよく光る眼に見つめられ、こみあげてくるよろこびにのぼせあがった。

彼は昂った気分で、月明かりの夜道へ歩み出た。江戸市中では辻斬《つじぎ》り強盗が毎夜のようにあらわれ、朝になると道端に屍骸が転がっているのがめずらしくないが、龍馬は恐怖を覚えたことがなかった。

そのときは何とかなると、思っている。

勝家の外の小道を曲がって、広い通りへ出たとき、弓張り提灯を持った二本差しが横手からあらわれた。辻を向こう側へ通り抜けるのであろうと思い、すれちがおうとすると、うしろへついてくる。

妙な奴じゃと感じたが、足取りを変えないでゆくと、いきなり追い越して龍馬の前に出た。うしろからも足音がする。ながし目に見ると、提灯がひとつ、揺れながらやってくる。

「こりゃ、面倒なことになったちや」

龍馬はとっさに、右足を横へ大きく踏みだし、体の向きを変えた。左手のおやゆびは、太刀の鍔《つば》にかけていた。

龍馬は、自分の前後を挟むようにあらわれた二つの黒影が、殺気を放っているのを感じとった。龍馬が体の向きをかえただけで、彼らは三尺ほど飛びさがった。

勝の屋敷から半丁とはなれていない路上で待ち伏せていたからには、ただの辻斬りではない。天誅を競いあう、血に飢えた攘夷派であろう。

龍馬は虎《とら》のようにしなやかな身ごなしで、いつでも敵に飛びかかれるよう、手足に力を溜《た》めた。

——こりゃ、いかんぜよ。忠広を使うて、刃切れをこしらえたら、磨《す》りあげに金がかかる。なんぼ安う負けてもろうたち、一両はかかる。もったいないちや

——

龍馬は、つまらない斬りあいを、できるなら避けたいと思うが、はだしの爪先《つまさき》を地にすべらせ、腰を落としてつめ寄ってくる侍たちの身動きには、隙《すき》がなかった。

龍馬は急に闘志が胸もとへこみあげてきて、静寂をやぶり大喝した。

「阿呆《あほ》らあが、死ぬ覚悟をしちゅうかよ。ほいたら、こい」

龍馬はいうなり、なめらかな動作で銀光をひらめかす刀身を抜きはなった。

敵も無言で刀を抜く。右手の男は左上段、左手は切先が地につくほどの下段である。たがいの間合は二間、二人の敵は無言で間合を詰めてくる。龍馬は爛々《らんらん》と眼をかがやかせ、相手の動きにあわせ、わずかずつ身動きをする。

忠広を使わされるのはもったいないという気持ちが、しだいに消えてゆく。相手の殺気をはねかえし、龍馬が叫んだ。

「そりゃ、そりゃあっ」

同時に龍馬は草履《ぞうり》をぬぎすてはだしで砂利を蹴り、体を宙に浮かせ、右手の敵の頭をめがけ、袈裟《けさ》斬りに刀を打ちこむ。

上段に構えていた敵は、思いのほかに度胸がすわっておらず、もろくも崩れ、飛びさがる。

――いまじゃ、それいけ――

龍馬の動作はとまらない。

刀身を左右の肩に担ぎ、するどい打ちこみを繰りだす。水中に魚鱗《ぎょりん》のひらめくように剣光が薄闇を走り、龍馬は先制攻撃に成功した。

だが、左手の敵が泣くような甲高い気合とともに、疾風のように斬りこんできた。身をひるがえそうとした龍馬の左肩に、灼けるような疼《うず》きが走った。

龍馬は歯を剝《む》きだし、憤怒《ふんぬ》のかたまりとなった。手負《てお》い獅子《じし》のように逆上した彼は無意識のうちに、敵の動作に反応し、打ち返してゆく。

――畜生、やりよったな。おどれらあにやられてたまるか――

ふだん稽古をかさねている通り、体が動いた。疵の痛みも忘れた龍馬は、喚《わめ》きつづける。

「そりゃそりゃあ、そらきたあっ」

刀身の打ちあう音が鉦《かね》のように宙にひびき、龍馬は忠広の棟で敵の刀を摺《す》りあげ、大きく踏みこみつつ、左から車《しゃ》にまわして敵の右半身に打ちこむ。手応《てごた》えがあって、相手が地響きたてて転がった。龍馬は飛びさがり、いまひとりの敵が闇中に立っているのを見て、絶叫とともに斬りかかる。

黒影は、うしろをむいて逃げだす。

「逃げるな、戻《も》んてこい」

龍馬は叫んだが、あとを追わなかった。

道に転がっている男は、龍馬がふりむくと、あえぎながら片手で刀を支え、防《ぼう》禦《ぎょ》の姿勢をとる。

「阿呆め、おのれらあの命を取る気はないちや。這うて去《い》ね」

龍馬は捨てぜりふを残し、勝の屋敷へ戻ってゆく。

抜き身をひっさげ、辺りに眼を配って歩きながら、右手で左肩に触れると、粘る血がついた。濡《ぬ》れた襦袢が、脇腹にこびりついている。急に疼きが戻ってきた。

龍馬が何者とも知れない刺客に斬られた疵は、浅手であったが四寸に近かった。勝家で洋方医に疵口を縫ってもらい、翌日駕籠で千葉道場へ帰った。

重太郎は、龍馬をたしなめた。

「こんな物騒な世のなかだ。龍馬のように夜中でもひとりで歩きまわってりゃ、狙われるのが当然だ。いまは開国というだけで、勤王屋が首をとりにきやがる。さいわい浅手だからよかったぜ。まえにも辻斬りにあったが、今度こそこれにこりて、ひとりの夜歩きはやめろ。誰かを連れていけ。おたがい、後ろに眼はないからな」

龍馬は毎日やってくる医者に、包帯をとりかえてもらいながら、床に就いていた。

身動きはもとより、咳《せき》をしても脳天に疼きがひびくが、旺盛《おうせい》な体力で何事をも苦にしない。

病床に佐那がきて、身のまわりの世話をしてくれた。

龍馬は床についているあいだ、尿瓶《しびん》を使わなかった。

左肩の疵は、さいわい腱《けん》に触れておらず、腕の痺れもおこらない。医者はいった。

「いますこし疵が横にずれておれば、左腕が動かなくなっただろう。貴公は運がよかったんだ」

龍馬は陽気な調子で応じた。

「身に白刃を浴びること再度。俺はまっこと冥加《みようが》なものです。しかし、三度めにゃやられるかもしれん」

牡丹《ぼたん》のはなびらの形に疵口をひらき、両手の指先をわななかせ、唇をうごかし何事か話そうとする、辻斬りにあった断末魔の男を、提灯の光のなかで見たことがあるが、龍馬は自分の最期の姿を想像しても、恐怖が湧かない。

彼は厠《かわや》へ立つとき、傍の柱につかまり、よろめきつつ起きあがる。そんなとき、佐那が急にあらわれ、腰を抱き、支えてくれた。

道場で竹刀を交えているときは小柄に見える佐那が、しなやかに上背のある体を押しつけてくると、龍馬は堅い乳房のありかを感じとって、みぞおちが熱くなった。

佐那は病床の龍馬の面倒を見るうち、彼の手や体に遠慮なく触れるようになった。

——まっこと、よう触《いろ》うてくれることよ——

龍馬は佐那の体の香りをかぐと、眼がくらむような気持ちになる。

龍馬は床に身を横たえているとき、天井を眺めながら考える。

——お佐那殿はたしかに美形じゃのう。平井のお加尾より上じゃ。あがな女子《おなご》が傍《はた》におるとも思うちゃせざったが、なんせ千葉道場のお姫《ひい》さんじゃき、俺にゃ手がとどかんちゃ——

紫紺の海にむかう、土佐の仁井田浜が目にうかぶ。

裾みじかなふだん着に草履ばきの田鶴が、秋草をつんで手に持ち、砂丘のあいだの道を歩いている。

龍馬は、佐那の声にわれにかえった。

「あの、間崎さまがおいでなされましたが、こちらへお通しいたしますか」

「あ、哲馬さんか。あいすみませぬ。通してやってつかあさい」

小柄な間崎哲馬が、太刀を右手に提げ、龍馬の部屋に入ってきた。

「よう、ぐあいはどうじゃ」

「ちっとは、ようなっちゅう」

哲馬は佐那がいなくなると、小指を立てて見せた。

「えい女子振りじゃのう」

哲馬は龍馬の枕《まくら》もとにあぐらを組んだ。

「龍やん、幕府はいよいよ参覲交代をゆるめることになったぜよ」

「そら、よかったのう。いつからじゃ」

「この月の二十日過ぎに、触れが出されるがじゃ」

「どがなぐあいにゆるむがぜよ」

「大名は三年に一度、三ヵ月のあいだ出府すりゃえい。大名の妻子は帰国を許される」

龍馬は笑い声をあげようとして、疵にこたえるので口をつぐむ。

「それは、たいした改革じゃのう。参覲は廃されたのも同様じゃき、軍制改編にまわすゆとりもできるろう」

「いん、老中の板倉らあ閣老連中が大分反対しよったらしい。それを春嶽公と、うちのご老公が柱となって、説き伏せたがよ」

「そうか、参覲を廃するがは、お前んのながらくの持論じゃったき、よかったのう」

「それが、あんまりようない。ご老公がやくざ者らあに命を狙われちょるようじゃき」

哲馬は思いがけないことを口にした。

山内容堂は、かつて一橋派の盟友であった松平春嶽が、幕府政事総裁職に就任したのち、幕政改革に尽力しており、世間にその事情が聞こえている。

大名の参覲交代制度を緩和するについて、容堂が推進役をつとめたので、江戸市中の無頼の徒が恨みを抱いているという。

諸大名は江戸の諸所に広大な屋敷を構えている。そこに勤仕する藩士、奉公人の数はおびただしい。大名が帰国するときも、妻子は江戸に残しているので、年じゅう莫大《ばくだい》な経費を要する。

大名屋敷に出入りして生計《たつき》をたてている商人、職人、中間《ちゅうげん》人足を周旋する人入れ稼業の者たちは、大名屋敷が閉鎖されるとたちまち生活難に陥ってしまう。

哲馬はいう。

「人入れ元締《もとじめ》といえば、贅《ぜい》をきわめた暮らしむきじゃが、いうてみれば幡随院《ばんずいいん》長兵衛《ちょうべえ》のような、市井無頼の徒じゃ。これまで大名屋敷にたかる蚤《のみ》のように生きてきた奴らじゃき、ご老公が参覲のしきたりを変えるため、お力を用いられたと聞けば、ただではすまぬぜよ。つい先頃、ご老公がご登城なさる途中、やくざ者どもが寄り集まり、聞くに耐えぬ雑言《ぞうごん》をおらびよったがじゃ。そがなあぶれ者は、尊攘浪士らあともちがい、道理もわきまえぬ奴らじゃき、危ない。国許から在郷有志を呼び寄せて、ご老公をお守りせにゃいかん」

龍馬は哲馬の案に賛成した。

「こがな世のなかじゃ。ご老公のお供先に狼藉《ろうぜき》をしかける者があらわれても、ふしぎではない。近頃、勝先生を引きたててくれる幕府大目付の大久保越中守が、しきりに開国論をいよるきに、登城の途中に狙われて殺されそうじゃ。ついては、やられて幕府の体面がつぶれるまえに、やめさせてしまえと、将軍後見の一橋慶喜がいうちょるらしい。俺らあにとっては雲の上におるような人も、死ぬる覚悟をきめにゃ、いいたいことがいえん世のなかになったがじゃ」

龍馬は大久保越中守が、大開国論を説いていることを、勝麟太郎から聞いていた。

越中守は、幕府が政権を独占する時代は過ぎた。いま国家のために攘夷をとっては得策ではないが、禁裏より攘夷断行の旨を仰せだされたときは、断然政権を朝廷に奉還しなければならない。徳川家は、神祖家康の旧領、駿河《するが》、遠江《とおとうみ》、三河《みかわ》の三州を支配する一諸侯の列に下り、衆論によって定まる国是に従い、開国をなすべきであるという。

そうすれば、天下はどうなるか分からないが、徳川家は後世に美名を残すにちがいないとする、越中守独自の政治理論は、強気な山内容堂でさえ、鋭鋒《えいほう》を挫《くじ》かれるきびしいものであった。

哲馬はいった。

「横井小楠のところへ会いにゆくがは、諸藩の政務役、参政らあの、身分のある者ばかりじゃが、それでも議論がはじまったら、障子の外で様子を聞きゆう門生が、いざとなったら刀を抜いて躍りこまねばならんと覚悟するほどの、喧嘩腰《けんかごし》のやりとりになることが、めずらしゅうないらしいがよ」

龍馬は、痒《かゆ》くなってきた疵の辺りを掻きながら、応じた。

「ほんじゃき、土佐から勤王党の若衆ら五、六十人を江戸へ呼び寄せりゃえいがよ。攘夷勅使の東下も決まるじゃろう。土佐の威勢を天下にひろめちょかんといかん」

京都では、土佐藩の武市半平太が中心となり、長州藩の久坂義助、薩摩藩の高崎左太郎ら有志と協議して、攘夷の勅命を幕府に下すよう奏請し、まもなく実現する見通しであった。

半平太は京都において、多数の壮士を駆使する、天誅斬奸の指揮者として、威勢をおおいにふるっていた。

堂上公卿、中山忠能の家来、大口出雲守《いずものかみ》が半平太の寓居をおとずれたのは、九月朔日《ついたち》であった。

大口出雲守は、初対面にもかかわらず、半平太にいきなり問いかけた。

「本間精一郎を殺せしは、誰でござるか。貴公ならばご存知でござろう」

半平太は唐突な大口の質問を相手にしなかった。

「さようの事情は存じませぬゆえ、何ともお答えはできかねまする」

出雲守は帰っていった。半平太はその夜、平井収二郎に会い、身辺を警戒するよういましめた。

「大口という男を尾行させたら、たしかに中山権大納言の屋敷へ入ったそうじゃ。しかし、大口がなんで本間の下手人を探しよるがか、わけが分からん。気をつけんと、何事かおこるかもしれんぞ」

九月八日の朝、大口の書状が平井収二郎のもとへ届いた。密事の相談があるので、午後から訪問したいと記している。

半平太と収二郎は、酒肴の支度をして待った。大口の真意を知るまでは、うかつな応対はできない。

大口はたずねてくると、声をひそめて告げた。

「今夜、侍従公子忠光《ただみつ》が、こなたへ推参つかまつる」

中山忠光は、忠能の七男である。

「主人忠光は、九条前関白、久我《こが》建通《たけみち》、岩倉具視、千種有文、少将局ら、かねて関東に通じたる姦党どもに、いまだ天誅加わらざるをいたく憤ってござる。ついては明日といわず今夜のうちに、まず少将局を刺し殺すつもりにて、われらも助力いたす覚悟にござるが、なにぶんにも人手が足りぬゆえ、仕損じいたすやも知れませぬ。さればわれらは、本間を殺せし勇者に助太刀を頼めとの、忠光の密命をうけてござる」

半平太と収二郎も、おどろかざるをえない。公卿の貴公子が、尊攘浪士よりもなお過激な行動をとるというのである。

半平太は大口に返事をした。

「委細承知つかまつってござる。ともかくも、公子には今夜、拙者の寓居へおいであいなりたい」

大口が帰ったあと、半平太と収二郎は顔を見あわせる。

「なんつぜよ、信じられん話じゃのう」

「うむ、荒法師とは聞くが、荒公卿とは聞かんきのう」

その夜、二人が待っていると、亥《い》の刻（午後十時）頃、山岡頭巾《やまおかずきん》で顔を隠した男が、半平太の寓居へたずねてきた。

数人の供を連れた男は、頭巾をとると中山忠光であった。半平太は奥の間へ通し、平井収二郎とともに平伏した。

髭《ひげ》の剃《そ》りあとが青い忠光は、大口出雲守の語った通りのことを口にした。

「これより天誅を加うるため、そのほうどもの助力を頼みに参った」

眉尻《まゆじり》をはねあげた忠光が、肩をいからせる。半平太は血気にはやる若い公卿をおちつかせようとした。

「千金の御身にて、匹夫のごときご軽挙はもったいのうございますする。朝廷の御《おん》為《ため》にも、おだやかならぬことなれば、まげて思いとどまり召されませ」

忠光は聞きいれない。

「そうはゆかぬ。麿《まろ》がひとたび心に決めしうえは、思いとどまれるものか」

半平太はひたすらなだめた。

「さようの儀ならば是非に及びませぬ。明晩までに同志の者どもを集めまするゆえ、いったんお帰り下されませ」

翌朝、平井収二郎が侍従姉小路公知をたずね、忠光の行状をたずねた。公知は笑っていった。

「よくは知らぬが、気の荒い男らしい。装束《しょうぞく》をつけ、袴の裾を濡らして賀茂川《かもがわ》を渡ったり、参内すれば殿上をはばからず朋輩《ほうばい》と相撲をとって、相手の衣冠を破っておもしろがると聞く。しかし、時勢を憂うる人かは知らぬ」

収二郎は不安を募らせ、昼過ぎに中山家をたずねたが、忠光は面会せず、今日の酉《とり》の刻（午後六時）に半平太の寓居へ出向くので、支度しておいてほしいという書付けを渡された。

半平太は勅使東下の大事をひかえ、事を荒立てたくないので、三条実美に謁して、忠光の暴挙を諫止《かんし》してほしいと頼んだ。

この結果、忠光の行動が父忠能に聞こえ、暴発をとめられた。忠光は決心をくつがえされたときは自殺するという。忠能は諭した。

「自ら奸人を殺すまえに、関白殿にその罪をあげ、もし聴きいれられぬときには、手を下すがよい。父の言に従わぬなら、まず麿を刺せ」

忠光は十日に、関白近衛忠熙に会い、五奸の処分を言上《ごんじょう》した。処分がなされないときは自分が薩、長、土の有志とともに彼らに天誅を加えると脅迫する。

この結果、前関白九条尚忠《くじょうひさただ》が法体《ほったい》となって九条村へひきこもり、岩倉具視、千種有文、富小路敬直《とみのこうじひろなお》、久我建通も、それぞれ洛外《らくがい》に蟄居《ちっきょ》することになった。

朝廷の公卿たちは、勢力拡張のために利用してきた攘夷派の暴力に、膝を屈せざるをえなくなってきた。

変　転

龍馬は、肩の疵《きず》が癒《い》えた九月はじめから、勝麟太郎の身辺に従い、護衛をつとめるようになった。

麟太郎は登城をしない日は、軍艦操練所へ出向き、頭取小野友五郎《おのともごろう》たちを督励した。

「軍艦の運用術は、実地でやらなきゃ会得できねえ。学問は二の次だ。六分儀を使いながら、実地の航海稽古《げいこ》をやらせろ。そうしなきゃ、お上《かみ》のご上洛《じょうらく》に軍艦を使えねえ。俺《おれ》たちの面目はまるつぶれだ」

将軍家茂は、まもなく上洛し、公武一致の姿勢をあきらかにする必要に、迫られていた。諸大名は続々と上洛し、国事周旋、京都警衛の朝命をうけ、尊攘《そんじょう》派の活動は激しくなるばかりである。

フランス軍艦が大坂に入港し、条約勅許を朝廷に迫るという風評もあり、家茂は万一の場合には、京都防衛の任を果たさねばならない。

九月九日、下城した麟太郎が、帰る途中に龍馬にいった。

「今日、春嶽殿からご老中方へ、蟠龍《ばんりゅう》艦の修復がいつできあがるかと、お問いあわせがあった。十一月中には、落成するでしょうと申しあげたんだがね。実のところは少々危ない。浦賀乾船渠《かんドック》の職人たちは、あんまり腕がよくないからね。それで俺は申しあげた。軍艦でなけりゃ、遠路を航海できねえわけじゃなし、商船でも構わねえ。高貴のお方が航海なさるには、蒸気船でさえあれば、かえって商船のほうが乗り心地もいいとね。それで、さっそく明日神奈川へ出向いて、俺の心当たりの商船を検分してくる。お前さんもいくかね」

「お供いたします。横浜辺りは、剣呑《けんのん》な浪士らあが、うろついちょりますき」

龍馬を襲った二人連れの暴漢は、西国からきた攘夷浪士《じょうい》であることが、あとで判った。麟太郎は頑固な攘夷派につけ狙《ねら》われている。

龍馬は負傷したあと、気力がさらにさかんになっていた。肩の疵は、刀を振ってもまったく痛まない。

「こんど出てきたら、抜く手も見せんと、片づけちゃります」

「刀を使うのは面倒だから、これを燻《くす》べて追っ払いな」

麟太郎は、白磨きの短銃を、革袋ごと腰帯から抜いて龍馬に渡す。

「こりゃ、アメリカ渡りですろう。五連筒《づつ》じゃ」

龍馬はめずらしい玩具《がんぐ》を見るようにあらためた。

九月十日、十一日は雨であった。龍馬は馬に乗って麟太郎に従い、イギリス商人が売るという、鉄製蒸気船二隻を検分するため、横浜へ出向いた。

吉田関門を通り抜け、広大な開港場にはいると、異国の商館が軒をつらねている。馬車の疾駆する海岸通りにはギヤマン張りの街灯が並び、日本人、中国人、白人の商人が右往左往していた。

東波止場に立つと、碇泊《ていはく》している大小の軍艦、商船に眼《め》を奪われる。運上所の役人がイギリス貿易商を呼びにいっているあいだ、龍馬たちは湿った南風が吹く埠頭《ふとう》から、せわしく上下する海上を見渡す。

「どうだえ、たくさん蒸気船が並んでいるだろう。ペリーがはじめてきた時分とは、大分趣《おもむき》が変わってきているのさ。帆船なんぞは荷運びにしか使わなくなっている」

龍馬は額に手をかざし、沖を見渡す。

「外国の蒸気船は、どればあ横浜に集まっちょりますろう」

「そうだなあ。多いときは軍艦だけで十隻にもなるだろう」

「軍艦は、鋳鉄砲《ちゅうてつほう》を積んじゅうがですか」

「もちろんだ。相川海岸、品川台場《だいば》の砲台にある大砲は、射程がせいぜい十二、三丁。奴《やつ》らの積んでいるものは、アームストロング砲だから、砲弾を、五、六十丁ほども楽に飛ばせるのさ」

「イギリス人らあが、戦《いくさ》をしかけてくりゃ、防げますろうか」

「まず、海岸はやられるだろう。しかし陸戦になれば、たやすくはゆかねえってことを、奴らは知ってるのさ。支那とは気質のちがう国だから、用心して手を出さねえ。支那は、アヘン戦争でイギリス、フランスの軍勢に攻めこまれ、降参しちまったがな」

麟太郎は、だんぶくろと呼ばれる海軍士官服をつけた体をそらせ、沖のほうを見た。

イギリス商人が、オランダ人の通訳を連れてやってきた。麟太郎は用件をおおかたオランダ語で話すことができる。はじめにバッテイラで案内された一隻は麟太郎が気にいらなかった。

「これは古いぞ。かなり使っているのを、手入れして磨きたてていやがるんだ。もう一隻のほうを見せてくれ」

神奈川に近い辺りの海上に碇泊しているジンキーという蒸気船に、バッテイラを乗りつけた麟太郎は、即座にいった。

「これはいい船だぜ」

ジンキーは文久元年に、イギリスのデートオフト市で進水した新造船である。鉄製外輪で、長さ二百四十呎《フイート》、幅二十七呎、深さ十六呎、四百五トン、三百六十馬力のジンキーは、時速十一ノット（約二〇キロ）の外輪推進力をそなえているという。

売値は、十五万ドルであった。

龍馬は、鱗太郎が八万両にちかい高価な船舶の購入を一任されていることに、ひそかにおどろく。

鱗太郎はイギリス商人に告げた。

「この船は、機関の運転を充分に試みたうえで、調子がよければ買い取ろう」

商人は葉巻をふかしながら、傲岸《ごうがん》な態度でいった。

「機関を運転させるのであれば、まず手付金五千ドルを支払ってもらいたい。それでなければ、商談には応じない」

鱗太郎はイギリス人を鋭い眼差《まなざ》しでみつめたが、おだやかに答えた。

「分かった。考えてみよう。手付金が支払えないときは、この話は水に流そう」

鱗太郎は翌日、龍馬を伴い、江戸に戻った。彼はイギリス商人の駆けひきが、狡猾《こうかつ》をきわめていることを、語った。

「あいつらは、公儀の持っている蒸気船が、観光、咸臨、蟠龍、朝陽だけだと知っているからな。強腰になりやがる。いよいよ商談が整う運びになれば、またなんのかのと、駆けひきを持ちだしてくるにきまっているさ。しかし、こっちもさしあたって上さまご上洛に間にあう船がいるから、つけこまれても仕方がない」

鱗太郎はジンキーのような鉄船は、大規模なドックを建造し、船底を洗わねばならないという。

「多少の高値を吹っかけられても、あれを手に入れて、支那への貿易の道をひらけば、大益《たいえき》が手に入り、海軍を興すことにもなるからな」

龍馬は鱗太郎の言葉を、一語も忘れまいと熱心に聞いた。

龍馬は、時代の変転するかたちを眼前にしているような気がした。

鱗太郎はいう。

「上さまご上洛に、何千という警衛の人数を召し連れられるよりも、軍艦数艘《そう》を率いられ、海路をとるほうが、どれほどご安泰か知れねえさ」

ジンキーを幕府が買いあげる運びになったのは、鱗太郎の決断があったためである。

試運転をおこなうまえに、手付金五千ドルを支払えというイギリス商人の要求を、鱗太郎は神奈川奉行からイギリス領事に交渉させ、いったんことわろうとした。

五千ドルといえば、二千六百両である。機関運転の結果が不良であれば、先払い金は返却されない。

神奈川奉行浅野氏祐《あさのうじすけ》は、外国人と応対するとき、彼らがわがままをいいたてるのをとめられず、圧倒されるばかりであった。

二刻《とき》（四時間）ほど押し問答をしたが、結局、麟太郎が決断した。

「しかたがない。手付金を払おう。もし、機関の調子がわるいときは、私が責めを負うことにするよ」

龍馬は麟太郎の度胸のよさに、ひそかにおどろく。彼は麟太郎が無役で蘭学塾《らんがく》をひらいていた嘉永五年、諸藩から大砲製作を依頼されたとき、鋳物師《いもじ》が持ってきた三百両の賄賂《まいない》をつき返したという挿話を思いだした。

ジンキーの試運転は、きわめて良好であったので、買収に決まったが、イギリス商人はさっそく駆けひきを持ちだした。

「この船は、一度上海まで航海させたうえで、引き渡そう」

上海まで往復して、貿易の利を稼いだうえで渡すというのである。

麟太郎は怒った。

「なにを勝手なことばかり、いいやがるんだ。買いとったうえは、こっちのものではないか」

だが、奉行たちは、相手のいうがままに聞きいれようとする。

「こいつら、奸智《かんち》奸謀のかたまりみてえな奴らだ。それなら、軍艦組の教授方四、五人を乗せて、実地の稽古をさせてやろう」

麟太郎はただちに龍馬を伴い、夜通し馬を走らせ江戸に戻った。

通例となっている御用部屋の評議を省き、若年寄から直接に将軍の裁決をうけ、軍艦操練所教授方四人を横浜へ急行させることになった。

だが、ジンキーはかねて知らせていた刻限よりも早く出帆し、教授方は横浜からむなしく戻ってきた。

麟太郎は龍馬に内心の憤怒《ふんぬ》を告げた。

「軍艦組の連中が波止場に着いたとき、ジンキーはようやく動きだしたらしい。奉行が奴らを小半刻《こはんとき》（三十分）も引きとめりゃ、間にあったんだが、なんでもイギリス人のいいなりになりやがる、腑抜《ふぬ》け野郎ばかりさ」

幕府に攘夷実行を命じる勅使が、江戸に到着し、辰《たつ》ノ口《くち》の伝奏屋敷に入ったのは、十月二十八日であった。

正使は二十六歳の権中納言三条実美、副使は二十四歳の左近衛少将姉《あねが》小路公《こうじきん》知《とも》である。

三条実美の衛士《えじ》は、土佐勤王党の矢野川龍右衛門、久松喜代馬、三原兎弥太《みはらとやた》、

島村衛吉ら十二人。姉小路公知の衛士は、武市半平太、清岡治之助《きよおかはるのすけ》、阿部多司馬、森田金三郎《もりたきんざぶろう》ら十一人である。

いずれも三尺に近い、白柄無反《しらつかむぞ》りの朱鞘《しゆざや》の剛刀をたばさんでいる。

半平太は、姉小路家の雑掌《ざつしよう》（家司《けいし》）として、衣冠束帯をつけ、長棒の駕籠《かご》に乗る。彼はその様子を、妻富子に手紙で知らせている。内容はつぎのようなものである。

「私は姉小路様の雑掌という役で、柳川左門という名をいただいた。長棒の駕籠に乗り、若党二人、槍持《やりも》ち、草履取《ぞうりと》り、具足櫃《ぐそくびつ》、挟箱《はさみばこ》を持つ者四人を連れ、狂言の役者になったような気分である」

前衛は土佐藩主山内豊範、後衛は長州藩兵である。

三条実美らのたずさえてきた攘夷の勅諚《ちよくじよう》は、幕府から攘夷決定を諸大名に布告し、攘夷実行の期限を奏聞せよというものであった。

この勅諚の内容は、六月に島津久光とともに江戸に到着した、勅使大原重徳《おおはらしげとみ》が幕府に示した、治国三策と矛盾するものであった。

三策の一は、将軍が大小名を率い上洛し、攘夷をおこなうための協議をすること。

第二は、一橋慶喜を将軍後見役、松平慶永を大老に任じ、幕政を輔佐《ほさ》させること。

第三は、わが国沿海の島津、毛利、山内、伊達、前田の五藩主を五大老と称し、国政、夷戎《いじゅう》の対策をはからせること。

幕府はこの三策のうち一つをえらび、実行すればよいというのである。

幕府はこのうち五大老の策をのぞく二ヵ条を易々としてうけいれた。大原勅使に随行の島津久光は、幕府が来年に将軍の上洛を果たすと答えたのに対し、他の条項をうけいれたうえは、上洛はしばらく見あわせるほうがいいと老中たちに忠告したが、方針は変えられなかった。

ひたすら朝廷の意向に従う姿勢をあらわした幕府に対し、今度あらためてもたらした攘夷勅諚の内容は、前回の勅諚とあきらかに矛盾するものであった。

将軍が上洛して、大小名と攘夷をおこなうか否かを協議せよという内容が、攘夷実行を大小名に通告せよという命令に変えられた。

攘夷の勅諚は、前回の勅諚を否定するものであった。

十一月朔日《ついたち》、龍馬は勝の屋敷にいた。

麟太郎は前月二十八日、麻疹《はしか》にかかった将軍家茂のご機嫌伺いに登城したあと、三日間外出せず休んでいた。

夏にわずらったコレラの予後がはかばかしくなかったので、御用部屋に出仕して忙しい日がつづくと、疲労する。

鱗太郎は、文机《ふづくえ》のまわりにうずたかく積みあげた書物のあいだに布団を敷き、鯨皮の枕《まくら》に頭をあずけ、寝ころんでいた。

彼と頭をつきあわせるような形に敷いた布団に、龍馬が寝ている。二人は掛布団を顎《あご》まで引きよせ、連子窓《れんじまど》の障子を揺りたてて吹きすぎる、寒風の音を聞いている。

鱗太郎は、知りあってまだ間のない龍馬を、信用していた。自分を飾るところがなく、気が優しい。江戸育ちの鱗太郎から見れば、気のきかないいなか者と思うふしもあるが、それが鷹揚《おうよう》な性格とうけとれて、悪意が湧《わ》かない。

龍馬の語るところを聞き、動作を眺めていると、高知の裕福な郷士の生活が、あぶりだされてくるように、想像できる。祖母、父母、権平という兄、乙女という男勝りの姉について、龍馬は鱗太郎が目に見えるように、鮮明な印象を与える話を口にした。

龍馬はとりわけ口数が多いほうではないが、あいづちをうっていると、ゆっくりと語りつづける。彼はときどき、自分が饒舌《じょうぜつ》ではないかと気にしていた。

「先生は、退屈しておられますろう。俺の家のことばあいうて、あいすみませぬ」

麟太郎は静かな口調でうながす。

「俺が黙って聞いているときは、気分がいいからだ。お前さんはしゃべっているがいい。話がおもしろいから、講釈師のしゃべくりを聞いているより、よっぽど退屈しねえさ」

龍馬の話には、自然に笑いを誘う、飄逸《ひょういつ》な味わいがある。

この男は、人情深い家族のなかで育ったのであろうと、麟太郎は考える。彼は物事の要点をつかめない相手と、話をするのがきらいであった。

着想がわるくなくても、説明がまわりくどいと聞いているのがいやになる。

龍馬は、どんな話をするときも、必要なことだけを選んでいった。

――この男は、学問をやる気がなさそうだが、事の是非を見分ける勘がすばらしくいい。見どころがあるよ――

麟太郎が、居間で寝ころんで話しあうほどの親密な相手は、龍馬のほかにはいなかった。

麟太郎は、寝そべって天井を見あげたままで龍馬に問いかける。

「攘夷といえば尊王で、開国といえば佐幕になるのはどういうわけか、知っているかえ」

龍馬は考えることもなく答えた。

「それは尊王攘夷をやらざったら、いままで貴顕の足もとにはいつくばっちょった下等人民が、出世する風雲に乗れんきですろう。貴賤《きせん》上下の別がいまのままなら、どうにも動けんですきのう」

　麟太郎は笑いだす。

「お前さんも、なかなか凡眼ではないようだ。かなり人が悪そうだな」

「そうですろうか。幕府は井伊大老がやられてからは、弱腰になったきに、尊攘激派につけこまれるばあですが」

「その通りだよ。お城で評議をしても、これという策が出ることもなく、どうにかなろうというばかりさ。何事をなすにも、かならずやれるといいきる者はおらず、言葉を濁す。幕府は上下ともに弱りきっているよ。今年の夏、大原という勅使がきて、幕府に三カ条の勅諚を下されたが、それをお請けできませぬと、おことわり申しあげるのが、ただひとつの活路だったのじゃないかねえ」

「そうすれば、どうなっちょったですろう」

「幕威は、かならずあがったにちがいねえ」

　麟太郎はその理由を説いた。

　幕府は二百五十余年間、国政をとってきた。それをいまさら、外交は勅許を得ておこなえ、将軍後見役、大老、五大老を置けといわれるのは、政権返上を要求されるのと同様である。

「違勅の罪をなじられ、朝敵だといわれるのを覚悟のうえで、こうなればもはやなすべき手段なきゆえ、大政を朝廷に返上つかまつり、徳川家は駿、遠、三の旧領にひきこもりますると、申しあげればよかったのさ」

「なるほど、横に寝られたら、朝廷も打つ手がないですろう」

幕府が政権を放棄すれば、国政はたちまち停頓《ていとん》する。薩、長、土を中心とする西南雄藩が協力しても、現状では全国の諸大名を動かすのは不可能である。

幕府はいったん勅諚を謝絶したうえで、混乱する政情を収拾するため、朝廷、諸大名とあいはかり、幕政改革をおこなえばいい。

幕府閣老たちは、朝廷に対して何の意思表示をする気力もなく、汲々《きゅうきゅう》として従うばかりである。

いま攘夷決定を求めて下向した三条権中納言ら勅使に対し、幕府はふたたびその場逃れの応対をする態度をあらわしていた。

幕府がとるべき方針は、二つしかない。

まず開国を主張し、勅諚に従わず攘夷はおこなわない。攘夷をとなえる者が国政を乱せば、幕府の権限において鎮圧すると、断固とした態度を表明する。

いまひとつは、朝命を奉じて攘夷を実行するのである。外国と一戦を交えれば、惨禍を招く結果はあきらかになり、攘夷論はおのずからやむ。

麟太郎は嘆息をもらした。

「なにしろ度胸のある奴がいねえから、どうにもならないね。つまらねえ建前ばかり論じあって、本筋は避けていやがる」

攘夷勅使が江戸に到着するまでに、幕府は見解を開国、鎖国のどちらにも決めかねていた。

将軍後見職一橋慶喜は、開国論をつらぬこうとした。井伊大老がアメリカの強要を拒めず、勅許をまたず開国条約に調印したのは不正であるとして破棄するのは、国内の紛糾《ふんきゅう》を国際関係に及ぼすものであると、慶喜はいう。

「条約は政府と政府のあいだに取りかわし、不正な手段で成立させたものではない。外国がいまさら条約の破棄を認めず、戦端をひらけば、日本は勝敗のいかんにかかわらず、後世に不名誉のそしりを残す」

政事総裁職松平春嶽は、参謀横井小楠の説をとり、朝廷との対立を避けようとした。

「勅許をまたず締結した、姑息《こそく》不正の条約は廃すべきである。廃止について、条約当事国に詳しい事情を申し入れるのはもちろんであるが、承諾を得られず、決戦に及ぶ場合も覚悟しなければならない。

条約をいったん破棄したうえは、世界の形勢から察して鎖国を継続できるわけがないので、大小諸侯を集め会議をひらき、全国一致の国是を定め、朝旨を伺ったうえで、当方より使節を諸外国に派遣して、交わりを求めるべきである」

春嶽の主張は、長州藩の破約攘夷論と内容において同一であった。

長州もまた、攘夷を決行したうえで、あらためて国論を統一し、海外に通交を求めるつもりである。

いったん条約を破るのは、因循《いんじゅん》で腐敗しきった天下の士気をふるいおこさせるためであるとする。

幕府の方針は、定まることがなかった。開国の趣意を朝廷に述べるため、十月九日に京都へむかう予定であった慶喜も、勅使東下と知って決断をためらう。

十月十一日、春嶽が政事総裁職辞任の意を、山内容堂に書状で知らせた。事態収拾のめどがつかないためである。

容堂は他出《たしゅつ》していたが、夜になって鍛冶橋藩邸に帰り、書状を見て、ただちに霊岸島の越前藩邸へ馬を走らせた。

彼は途中で落馬、負傷したが引き返さず、寝所にはいっていた春嶽をおこし、翌朝まで今後の相談をして、辞職を思いとどまらせた。

容堂は春嶽にかわり、老中を説得して勅諚を奉承させようという。

「このたび開国を申したてるならば、勅使は一議に及ばず帰京いたし、上方《かみがた》に大乱がおこるは疑いなし。攘夷と申しても、公儀が当然おこなうものなれば、無謀の事変には及ぶまい。いま攘夷を奉承せずとあらば、朝議は攘夷より攘将軍に変わるやも知れませぬ。ひとたびは、勅命をお請けするほかはござるまい」

容堂もまた、なんとかなろうという、問題の先延ばしをはかろうとした。

容堂は岡部駿河守長常《おかべするがのかみながつね》らの幕閣を説得した。岡部は懸念を口にする。

「攘夷の勅諚をお請けいたせば、たちまち列藩激派の者ども、草莽《そうもう》らが、御殿山《ごてんやま》、横浜の外国人に狼藉《ろうぜき》をはたらくやもはかりがとうござるが」

容堂は反論する。

「公儀において攘夷の勅をお請けになられたうえは、激派の者どもは御指揮を待ちましょう。お請けなきときは、草莽は暴挙をおこしまする」

幕議がようやく勅諚奉承ときまると、慶喜は方針に従う旨を述べるとともに、十月二十二日に将軍後見職の辞表を出した。

攘夷についての定見がないので、重任をつとめられないというのである。老中たちは、懸命に慶喜の辞意をひるがえさせようとした。

「ここで攘夷をお請けいたし、来春大樹公《たいじゅこう》（将軍）ご上洛の際に、なんとか攘夷をいたさぬようにはからおうではござらぬか。いまはとにかくお請けいたさねばなりませぬ」

慶喜は容易に登城しなかったが、将軍の特別の沙汰《さた》をうけ、ようやく辞職を思いとどまった。

麟太郎は幕府が攘夷勅諚奉承に決まった理由を、龍馬に教えた。

「攘夷と開国は、めざすところが相反するごとくである。しかし戦をするには、敵を知り、己《おのれ》を知るのが肝要である。だから開国して世界の情勢を知らなきゃ、到底攘夷は実行できない。このため、いましいて開国説にこだわらずとも、おのずから時勢は開国に動いてゆくというのさ。苦しまぎれのこじつけだが、長州だって内心ではおなじことを考えているんだから、案外この説が当たっているといえねえこともなかろう。いや、まったく幕威は地に堕《お》ちたものだよ」

三条、姉小路両勅使が江戸に到着したとき、将軍家茂は、麻疹を病み、奉迎できなかった。勅使との対面の日程は、まだ定められていない。

麟太郎は溜息《ためいき》をついて、いった。

「皆、なんのかのとまわりくどいことをいっているが、つまるところは、幕府には外国と互角に渡りあえる力がないためだ。役向きに相応の人物がおらず、諸大名の力添えもいまひとつというままじゃ、外国に旨《うま》い汁を吸われるばかりさ」

「いま、天下で第一等の人物というのは、先生の目から見て、どがなお人ですろうか」

「幕臣では側用取次《そばようとりつぎ》大久保越中守、大名では松平春嶽公、陪臣《ばいしん》では春嶽公の参謀横井小楠だろう。三人とも国家の舵取《かじと》りをするための識見を持っている。表立って先の見通しをはっきりいわねえが、内実では何事もちゃんと分かっている人たちさ。そうだな。お前さんもこの三人には一度会って、識見のほどを聞かせてもらえばいい」

「私のような者が、春嶽公にお目通り願えますろうか。高知のお城へのぼったこともない身分ですき、お殿さんのお顔も拝んだことがないですきのう」

麟太郎は手を振った。

「そんな気遣いはしなくてもいいよ。俺が添え状を書いてやるから、なんでも聞いてくるがいい。横井小楠はたいへんな恐ろしい男だよ」

麟太郎は、小楠が日本は仁義の大道をおこし、世界の揉《も》めごとを仲裁する国にならねばならないと主張しているという。

世界の強国が弱国を攻めて、戦をおこそうとする。日本はそのような蛮行をやめさせる、仁義の国になるほかはない。そうならないときは、西欧列強の植民地になりさがるだろうというのである。

数日後、龍馬は昼前に下城した麟太郎に従い、軍艦操練所へ出向いた。用件は、今度買いもとめたジンキー改め順動丸《じゅんどうまる》の乗組員を選任することである。

麟太郎は、馬側に従う龍馬にいった。

「公儀では、海軍を大いに増強するため、アメリカとオランダに軍艦を注文することになった。それを運用する士官、下士官、水夫、火焚《ひた》きの学術伝習について、一昨日から、評議をしているんだが、俺は一言もいわず、黙っていたよ」

「それは、どがな仔細《しさい》あってのことですろうか」

麟太郎は、他人にたやすく内心を見すかされる発言をしないが、龍馬には憂悶《ゆうもん》をかくさない。

「軍制改正について、それをよしとする閣老がいても、転任すればその後の進展はない。群議は百出すれども、英断はいっこうに見られねえからな。だからどんな良案も絵にかいた餅《もち》だね。長談議ばかりで、実地にはなにも変わらない。天下は累卵のあやうきにありというが、旧弊の奴らは口先ばかりで、英断をやろうとする者は、追い落としちまうんだ」

麟太郎は大久保越中守が十一月五日、将軍側近の側用取次の要職を解任され、講武所奉行に転職させられたことを怒っていた。

万事に事なかれ主義の閣老たちは、大久保越中守が前途を見通した卓見を口にするのを、嫌っていた。

大久保は、幕府があくまでも開国の方針を変えてはならないと主張していた。彼はいう。

「いったんは攘夷をおこなわねば、世人は真に眼がさめぬというが、戦がおこれば世間は糸のごとくに乱れ、罪もない万民の苦難はいかばかりであろうか。攘夷の合戦をおこせば、イギリス、フランスは対馬、壱岐《いき》、佐渡《さど》を占領するだろう。アメリカは伊豆《いず》七島、ロシアは蝦夷《えぞ》をわがものとする。戦況しだいでは、淡路島《あわじしま》も乗っ取られるかも知れぬ。

そうなれば航海の道はすべて閉ざされ、全国は籠城《ろうじょう》のさまとなり、飢饉《ききん》に迫られ一揆《いっき》がほうぼうにおこるにちがいない。その苦しみに耐えかね、外国に従う者があらわれ、国威はまったく地に堕ちるだろう」

龍馬は麟太郎の煩悶《はんもん》を、わがことのように理解できた。

土佐勤王党の前途にも、しだいに暗雲がひろがりつつあった。

龍馬は、山内容堂が十一月五日に、長州藩世子毛利定広に桜田藩邸へ招かれ、藩士たちとのあいだに揉めごとをおこした事情を、間崎哲馬から聞いた。

「俺は乾退助《いぬいたいすけ》さんから聞いた。長州の連中は、春嶽公に肩入れしゆうご隠居を、毛嫌いしよるがじゃ」

容堂が毛利定広に招かれたのは、土佐藩主山内豊範が、まもなく毛利家の息女喜久姫を室に迎えることになっていたためである。

容堂に従った家臣は小南五郎右衛門、寺村左膳《てらむらさぜん》、乾退助、小笠原唯八《おがさわらただはち》、山地忠七《やまちただしち》（元治《もとはる》）であった。

毛利家からは浦靱負《うらゆきえ》、周布政之助《すふまさのすけ》、中村九郎《なかむらくろう》ら重臣のほかに、久坂義助も陪席していた。

席上、定広は容堂に盃《さかずき》をすすめ、教えを乞《こ》う。容堂はまずその愛読書を問い、さらに為政の秘訣《ひけつ》をたずねた。

定広は答える。

「まず人材登用、君臣一致にありと愚存つかまつりまする」

容堂は首をふった。

ようやく酔いがまわってきた容堂は、酒癖をあらわし、定広のいうところをきとがめる。

「そればかりにては、いまだ可ならずと存ずるが。ご貴殿はなにをもってか、家臣の忠なるか忠ならざるかを弁じなさるるや」

定広が言葉につまると、周布政之助が膝《ひざ》を進めていった。

「ご無礼ながら、私が筆にてお答え申しあげまする」

政之助は筆をとり、料紙にしたためた。

「為政之道在于君臣一致。而其要只在弁正邪」

為政の道は君臣一致にあり。しこうしてその要はただ、正邪を弁ずるにあり、という文面を眺めた容堂は、いった。

「只の字が違うのう。唯と書くがよい」

政之助は顔をあからめ、ひきさがった。

酒宴がたけなわになった頃《ころ》、定広が容堂に揮毫《きごう》を願った。

「今宵の宴を思いだすよすがとして、ひと筆所望つかまつりまする」

容堂は答えていった。

「君主たる者は、下情に通ぜざるべからず」

彼は妓楼《ぎろう》で用いる酒瓶をえがき、そばにつぎの歌を記した。

品川に寄せては返す波枕
　かわる浮寝やわびしかるらん

哲馬はいう。

「ご隠居は、はじめから定広公と家来衆に、からむつもりでおられたがじゃ」

「そうじゃろうのう」

龍馬はうなずく。

定広に家来の正邪の見分けかたを問い、品川の妓楼の娼妓《しょうぎ》たちが、去来する客と浮寝をかわす歌に托《たく》したのは、長州藩の攘夷派が主君を動かし、公武合体から尊王攘夷へ急激に藩論を転向させたことへの、皮肉である。

「ご隠居は酔いがまわっちょったき、もうひとつ念を押したぜよ」

容堂はさらに、瓢簞《ひょうたん》をさかさまにえがいていった。

「これは、尊藩のいまのご様子でござる」

家来が主君をないがしろにして、藩政を牛耳《ぎゅうじ》っていると諷《ふう》したのである。

温厚な定広も、さすがに不快の色をあらわす。気性の激しい周布政之助は、容堂にいい返したいが、酒席を乱してはならないとこらえた。

たまたま末座にひかえていた久坂義助が、容堂の前に進み出て謁した。容堂は盃を与える。定広がいった。

「この者は、詩吟に長じております」

「それは聞きたいものでござる。ぜひにも一吟を所望いたす」

久坂義助は遠慮して引きさがろうとしたが、周布が彼の袖《そで》を引き、何事かささやく。

久坂はいったん退いたが、ふたたび進み出て容堂に一礼した。

「さらば仰せによりて、一吟つかまつりまする」

彼は周防《すおう》の勤王僧月性《げっしょう》の長詩を吟じはじめたが、「廟堂《びょうどう》の諸公、何ぞ違疑する」というくだりにさしかかると、突然口をつぐんだ。

周布政之助が立ちあがり、容堂を指さしていう。

「老公もまた、廟堂の一諸公でござろう」

周布はそのまま退席する。

座中の人々が愕然《がくぜん》として酔いもさめはてるなか、容堂は黙然として座を立ち、帰っていった。

龍馬は揉めごとの一部始終を聞くと、哲馬にいった。

「土佐勤王党は、危ない橋を渡りゆう。ご隠居は、いまは時のいきおいに押されて黙っちゅうが、胸のうちは公武一和にきまっちゅう。俺らあのような身の軽い者が、頭をあげるようなことを、良うは思うちゃあせん。攘夷いうて浮かれちゅううちはえいが、風向きが変わりゃ、ひとまとめにして始末されかねんぜよ」

まもなく長州藩の高杉晋作、久坂義助らが、横浜居留地を襲撃して公使を殺害し、幕府が攘夷の戦端をひらかざるをえない状況に持ちこもうと企てた。

勅使は伝奏屋敷でいたずらに日を過ごし、将軍は麻疹の病床に臥《ふ》している。幕議は攘夷の勅命に従うというが、内実は反論がしきりであるらしい。

高杉、久坂らは、わが行動を狂挙と呼んだ。外国と戦うのは、自ら死地に陥るにひとしいのを承知のうえで、あえて攘夷を断行し、幕府、諸大名を奮起させるのである。

同志十一人のうちには志道聞多《しじもんた》(のちの井上馨《いのうえかおる》)、品川弥二郎、赤根武人《あかねたけと》、土佐藩士弘瀬健太がいた。久坂義助は、武市半平太を誘おうとしたが、高杉晋作がとめた。

「あれは正論家ゆえ、かならず反対するぞ。事を洩《も》らせば、機を失うことにもなりかねぬ」

久坂は同意しなかった。

「俺はこれまで武市と国事をともにしてきた仲だ。同意すると否とにかかわらず、事をうちあけ、ながの訣《わか》れを告げてこよう」

横浜襲撃は、十一月十四日の午《うま》の刻(正午)頃に決行することになった。

前日、久坂は伝奏屋敷に半平太をたずね、企てを告げた。半平太は高杉の予想した通り、正論をとなえた。

「そがな暴挙で、わが身を捨てたらいかん。幕府に攘夷の勅を奉ぜしめ、正々堂々と外国に立ちむかうべきじゃ」

久坂はあえていいあらそわず、別れを告げて去った。

半平太は久坂らの暴挙によって政情が混乱すると判断し、ただちに土佐藩鍛冶橋藩邸に駆けつけ、事態を容堂に言上《ごんじょう》した。

容堂はおどろき、小南五郎右衛門を長州藩邸へつかわすとともに、幕府閣老に連絡して、横浜居留地警戒の人数を増強させた。

小南は長州藩家老浦靫負に会い、緊急事態を告げ、さっそく定広に召しだされた。小南は定広自身が出馬しなければ、事はおさまらないといった。

「大和弥八郎《やまとやはちろう》、長嶺内蔵太《ながみねくらた》、志道聞多、久坂義助、寺島忠三郎、高杉晋作ら十一人と、弊藩より二人が、明十四日に横浜異人館へ討ち入りいたし、暴発いたす由。せっかく勅使ご下向にて、十中の八、九分まで攘夷ご周旋もととのうところを、思いがけぬ妨げとなりまする。ついては、若殿さまご自身にておいでなされ、お取りしずめ願わしゅう存じまする。外の者が参らば、無益の争いにて死亡の者が出るやも知れませぬ」

毛利定広は、馬を走らせ、高杉らが泊まっている神奈川の下田屋へむかった。

小南五郎右衛門が鍛冶橋藩邸に戻り、容堂に長州藩世子の出馬を報告したのは、亥《い》の刻（午後十時）頃であった。

容堂は林亀吉、諏訪助左衛門、小笠原唯八、山地忠七を毛利定広応援の使者として、神奈川へ派遣するとともに、武市半平太に間崎哲馬、門田為之助《かどたためのすけ》、岡本恒之助《おかもとこうのすけ》ら勤王党の下士三人を同行させ、高杉らの説得にあたらせることにした。

半平太らが蒲田《かまた》の梅屋敷という料亭に着くと、高杉らはすでに神奈川から呼び戻され、世子定広の説諭をうけていた。

半平太は一件落着と見て、ただちに小田原宿へむかった。世上不穏の折柄、容堂の身辺警固を理由として、勤王党有志五十人が土佐から江戸にむかっているが、まもなく小田原宿に着く。

郷士、足軽、用人、庄屋など軽格の「五十人組」と称する彼らが、高杉ら長州藩激派と合流暴発するのを、半平太は危ぶんでいた。

半平太が梅屋敷を離れてまもなく、土佐藩士の林、諏訪、小笠原、山地が毛利定広から盃をうけ退出したとき、馬に乗った周布政之助に出会った。

酩酊《めいてい》した政之助は、宗十郎《そうじゅうろう》頭巾《ずきん》をかぶったまま、馬を歩ませあとを追ってくると、いいはなった。

「容堂公は尊王攘夷と仰せられておられるが、幕議がいつまでも決まらぬのは、本気ではおられぬためであろう。なかなかお上手のお方だ。尊王攘夷をおちゃらかしなさるのであろう」

林らはいっせいに馬上《ばじょう》提灯《ぢょうちん》を背にまわし、政之助につめ寄る。

「なんと申さるるぞ」

高杉晋作が、とっさに刀を抜き、ふりかぶった。

「この無礼者は、拙者が成敗いたす」

久坂がうしろから晋作を抱きとめる。晋作のふりまわした刀が政之助の乗馬の尻《しり》をかすったので、馬は闇中《やみなか》に駆け去った。

山地、林があとを追おうとするのを、小笠原が制した。

「俺らあは使者じゃき、復命せんといかん。そのうえで周布を成敗したらえい」

四人は藩邸に戻り、容堂に事情を言上した。容堂は火のように怒った。

「そのほうどもは、君はずかしめられ臣死すの義を知らぬか。なぜ周布をその場で討ち果たさざったか」

翌十四日の早朝、小笠原、山地、林、諏訪の四人は、周布政之助を成敗しようと長州藩邸へ出向いた。

小南五郎右衛門、本山只一郎《もとやまただいちろう》、乾退助ら容堂の側近も、彼らと同行した。

毛利定広は小笠原たちに会って告げた。

「政之助失言にて、容堂公とそのほうどもに対し、あいすまぬ。ついては趣によっては手打ちにもつかまつり、首にしてお渡し申そう」

小笠原たちは虚をつかれ、その場で返辞もできず、引きさがる。

定広はただちに騎馬で土佐藩邸をおとずれ、容堂に周布の無礼を詫《わ》び、処罰をどのようにすればよいかとたずねる。

容堂は厳罰に処する必要はないといったので、事件はおさまるかに見えたが、土佐藩からは、かるがるしく周布を成敗すると放言した、高杉、久坂の首を申しうけたいと要求した。

困りきった長州藩側は、松平春嶽に事情をうちあけ、仲裁を頼んで、ようやく紛争はおさまった。

このあと土佐藩では、梅屋敷事件のとき居あわせた間崎哲馬ら下士三人が、まったく傍観していたのは、平生長州激派と親交があったためだと上士の小笠原、乾らがいいだした。

「近頃、勤王党の奴原《やつばら》は、勅使の供などして、大きな面《つら》ばあしよる。こがなときに高慢の鼻を折ってやらんといかん」

小笠原は間崎、門田、岡本を呼び寄せ、はげしくなじった。

「こないだ周布がご隠居さまをあざけりよったとき、お前《ま》んらあのうちひとりとしてあいつを咎《とが》めだてせざったのは、何事ぞ」

間崎哲馬は憤然として反論した。

「あのとき、俺らあは別棟の離れにおったき、騒動を知らざったがです。知らんうちにおこったことを責められても、しかたない」

小笠原は耳をかさず、強弁した。

「こがな大事のときに、知らんいうて長州屋敷へ押しかけもせざったが、それで臣子の分をつくしたといえるかよ」

間崎らは、応分の返事をするといい、いったん築地藩邸へ戻った。

岡本は激昂《げっこう》していう。

「片腹痛い疑いをかけくさるなら、腹を切っちゃらあ」

間崎はとめる。

「あわてるな。腹を切ったら、上士のいいぶんが正しいと認めたことになるろうがよ」

十一月十六日、五十人組が江戸に到着した。彼らは容堂守衛のため、私費をもって、藩庁の許可をまつことなく出府した、気鋭の若者たちである。

彼らは小笠原ら上士が、間崎らを詰問したのを知ると、激昂し議論は沸騰した。

「小笠原らのいうことは、聞かいでもえい。あれらあは、眼のまえでご隠居をあざけられて、なにもせんと帰ってきた腰ぬけじゃろうが」

「そうじゃ。こっちから鍛冶橋へ押しかけて、理屈ばあいいよる腰抜けらあを、腹切らせにゃいかんぜよ」

総頭《そうかしら》の島村寿太郎、田所嶹太郎《たどころじゅたろう》は、伝奏屋敷へ出向き、半平太に裁決を求めた。

半平太は、意外な断案を下した。

「周布の一件はさいわいにおちついたが、その場におったか、おらざったかをあらそうがは、死を怖れるように見られよう。そがな疑いをうけたうえは、いさぎよく腹を切って、勤王党の名をあげよ」

間崎哲馬は、笑って半平太の意向に従った。

「俺は死を怖れてはおらん。このうえ同志をわずらわすがは、本意じゃないきのう」

三人は切腹することにきめ、十八日の夜、哲馬らの永訣《えいけつ》の酒宴が料亭でひらかれ、五十人組がこぞって出席した。

尾張町《おわりちょう》の寒菊亭という料亭には、龍馬も出向いた。彼はかねて弟のようにかわいがっていた河野万寿弥、望月亀弥太《もちづきかめやた》、千屋金策《ちやきんさく》らと同座して、近況を語りあう。

龍馬は、万寿弥たちにささやく。

「哲馬らあが腹切るに決まったわけじゃない。顎《あぎ》も、そがな指図をするほどの阿呆《あほ》じゃないきのう。これは芝居じゃ。もうじき顎が出てきて、助命の沙汰を伝えらあよ」

「まことじゃろうか」

龍馬はうそぶく。

「小笠原らあの難題をはねつけたら、それでのうても仲のわるい上士と下士が、大喧嘩《おおげんか》をしよる。それよりも、いったん腹切るというて、ご隠居に、その儀には及ばぬというてもろうたら、万事まるく治まろうが」

「そがいに、うまく治まるろうか」

酒宴が果てようとしたとき、半平太が駆けつけてきた。

「龍馬さんは、こがな成り行きをなぜ知っちゅうがぜよ」

万寿弥らはおどろきあきれる。

半平太は同志らに伝えた。

「俺はご隠居さまに、三士切腹のしだいを申しあげたが、今の時勢にあたら人材を失うべからず。しばらく死を思いとどまり、他日わが馬前に死せよとのご沙汰であったぞ」

大広間に歓声がわきおこった。


翌日、龍馬は騒動の発端から鎮静に至るまでを、麟太郎に語った。麟太郎は注意ぶかく聞き、溜息をついた。

「若くて気力のある人材が、つまらねえことで命を落とさなくてなによりだった。大名衆は人材の選びかた、処遇のしかたを知らないからな。拵《こしら》えのととのった、下緒《さげお》までついた刀でなければ、求めようとしねえようなものさ。錆《さ》びた刀でも、切れ味がよけりゃ使えばいい。拵えなんざ、あとでくっつければいいんだ。五人にすぐれた者は五人組の頭《かしら》とし、百人にぬきんでた者があれば百人の頭とする。そのようにしなきゃ、人材は集まらぬものだ」

麟太郎は、軍艦奉行並となってのち、小普請組《こぶしんぐみ》の組士二百六十六人を支配下にいれ、彼らのうちから海軍士官を養成する方針をたてた。

八歳から二十歳までの青年に、英語、仏語、地理、歴史、物理、数学を学ばせる。二十歳以上の者のうちで、明敏な者をえらび、航海術、船具運用、蒸気機関、海上砲術、造船を学ばせる。

だが、江戸育ちは気力に乏しかった。

「イギリスは生麦村の一件で、どう出てくるか分からねえ。国を潰《つぶ》さないためには、海軍を盛大におこすよりほかに道はないのさ。やる気のある悪党を、二百でも三百でも集めたいよ」

麟太郎が悪党というのは、気概のある男の意である。

「この月のうちに、蟠龍の修復ができあがるから、浦賀から品川海岸へ乗りまわしてくるつもりだ。咸臨、朝陽、順動と四隻を勢揃《せいぞろ》いさせておかなきゃならねえ。一橋殿と小笠原図書《おがさわらずしょ》殿が、来年早々に軍艦でご上坂されることになるらしい」

小笠原図書頭長行《ずしょのかみながみち》は、唐津《からつ》藩世子で老中格である。

翌年二月には、将軍家茂の上洛が予定されていた。幕府が参覲交代《さんきんこうたい》制を緩和したのち、朝廷から諸大名に、京都警衛にあたるよう勧誘があり、有力大名の入京があいついでいる。

朝廷は幕府所司代をまったく相手にせず、薩長など外様《とざま》の雄藩と緊密な連絡をとっていた。

「先生は大坂へ、俺を連れていってくれますろうか」

龍馬が聞くと、麟太郎は首をふった。

「脱藩人を、乗せてゆくわけにはゆかねえな。いろいろおもしろい見聞もあるだろうから、陸《おか》を歩いてくるがいい」

十一月二十日、幕府は井伊掃部頭《いいかもんのかみ》以下の、安政条約と大獄にかかわった人々、間部《まなべ》下総守《しもうさのかみ》、久世大和守《くぜやまとのかみ》、安藤対馬守《あんどうつしまのかみ》に追罰の処分をした。十万石を削封された彦根藩では、百姓が屯集し、不穏の動きをあらわす。

この措置は朝廷の要求によるものではなく、幕府が自発的におこなったものである。

二十七日、勅使が江戸城に入り、大広間で攘夷督促の勅諚、親兵設置の沙汰書を将軍家茂に渡した。

勅使に対する送迎の礼遇は、すべて三条実美が伝達した通りにおこなわれ、旧例によらず丁重をきわめた。

十二月五日、家茂は両勅使に、勅諚に従う奉答書をさしだした。

この朝、龍馬は越前霊岸島藩邸へ、間崎哲馬、近藤昶次郎《こんどうちょうじろう》とともにおとずれ、松平春嶽に面謁を申し出た。

近臣の中根雪江が三人に会い、用件を聞く。間崎がいった。

「拙者どもは土州藩の臣にござります。政事総裁職のご卓見をうかがいたく、まかりいでたるしだい。朋友《ほうゆう》山岡鉄太郎の添え状が、これにござります」

つづいて龍馬が厚い胸を張った。

「拙者とこれなる近藤は、いずれも勝麟太郎の門下生にて、かねがね春嶽公に拝謁いたし、ひとことなりともお聞かせいただいて参れといわれておったがです」

彼は麟太郎の添え状をさしだす。

「では、しばらくお待ち下されい」

龍馬たちは、どこからか香のにおいが流れてくる、森閑とした座敷で、火鉢の堅炭がひび割れる音を聞いていた。

龍馬は胸のうちでつぶやく。

――越前三十二万石のご当主、政事総裁職に俺らあが目通りできるのも、時勢じゃのう――

麟太郎は、龍馬が間崎哲馬に誘われ、春嶽公に謁見を乞いにゆくつもりだというと、機嫌よくすすめた。

「俺の弟子に、土佐の坂本という大男がいると、春嶽公に申しあげているから、たぶんお覚えだろう。歌をうたわせれば秀逸な節まわしだと、お耳にいれている。ご所望なら土佐のよしこの節をうたってさしあげろ」

龍馬は笑っていった。

「よしこの節ではありませんなあ。よさこい節ですが」

龍馬は高知にいる時分から、自分で文句を考え、乙女に三味線で節をつけてもらった、よさこい節という歌をくちずさみ、知人のあいだではやらせていた。

中根雪江は、龍馬たちの来意を春嶽にとりついでくれた。

「主人にはこれより登城いたす。暮れ六つ（午後六時）の大鐘の時分に、あらためて参られよ」

龍馬は哲馬とともに、よろこんでいったん辞去した。

「春嶽公は、晩に伺候したら目通りしてくれるがかよ」

龍馬が笑みをおさえきれず、頰《ほお》をゆるめると、哲馬は腕をくみ、反り身になった。

「添え状に眼を通しての返事じゃき、たしかじゃ」

政事総裁職に面識を得ておけば、今後の活動の幅がひろがる。

「今日は将軍が勅使に会うて、勅諚の請書《うけしょ》を奉る日じゃき、なにかとせわしかろう。顎《あぎ》も登城しゆう。衣冠をつけて三汁九菜の膳《ぜん》にむかい、箸《はし》をとるがはさぞかし難儀なことじゃろ」

その夜、龍馬は哲馬、昶次郎と連れだってふたたび越前藩邸をおとずれた。

中根雪江があらわれ、三人を奥へ案内する。広い廊下のところどころに金網で囲われた行灯《あんどん》がおかれ、冷えた夜気のなかに光を溜《た》めている。

龍馬は昶次郎にささやく。

「入ってしもうたら、出てくるところが分からんなるねや」

手燭《てしょく》を掲げた小姓が、廊下を幾度も折れまがって導くうち、足をとめた。

龍馬より七歳年上の松平春嶽は、大火鉢の熱気にあたためられた書院で待っていた。

傍《そば》に近習《きんじゅ》、小姓が幾人もひかえている。中根雪江は廊下に膝をつき、敷居の外から告げた。

「間崎哲馬、坂本龍馬、近藤昶次郎を召し連れてござりまする」

龍馬は、桔梗紋《ききょうもん》のついた紋服姿で、つめたい縁板に手をつき、平伏する。

春嶽がなにごとかつぶやき、近臣が龍馬たちに次の間の敷居際まで進み出るよう、命じた。

座敷のなかはあたたかく、龍馬の背に汗がにじむ。哲馬がまず春嶽に、京都防衛の方策について言上する。大坂から京都までの淀川沿いの要所に、要塞《ようさい》を連珠《れんじゅ》のようにつらね、摂海からの夷艦の攻撃を防ぐという、日頃の持論を、博学な哲馬は難解な漢語をつかい申し述べた。

龍馬がつづいて海軍振興のため、神戸あたりに操練塾を設けねばならないと力説した。

龍馬は春嶽にむかい海防論を説けと、中根雪江にすすめられたとき、恥ずかしさに冷汗が出て、動悸《どうき》が早まったが、自分をはげます。

──勝先生と話しゅうつもりで、いえばえいろう。先生は、いなか者の俺のいうことをおもしろがって、おんしはなかなかの悪党じゃと褒《ほ》めてくれた。どがな大名であろうと学者であろうと、存念をそのままにいうまでじゃ──

かつて橋本左内、いまは横井小楠という傑物を参謀にして、幕政を動かしている春嶽だ。俺の話などは聞きすてにするだろうが、なんちゃあかまんと、龍馬はひらきなおった。

「この先、攘夷をやる、やらぬは時のいきおいしだいとして、摂海の海防は一日も早う固めねばならぬと存じおりまする。大坂天保山、兵庫、淡路、紀伊加太《きいかだ》湊《みなと》あたりの要所に砲台を設けるは当然なれども、砲台は守備に偏しまするゆえ、どうしても海上の敵につけいられまする。されば、まず軍艦を多くそなえることが肝要にて、そのためには蒸気艦を進退させる術をこころえたる者を、大勢集めねばなりませぬ」

龍馬は万次郎、麟太郎からの耳学問に、自分の意見を加え、語りはじめるとつぎつぎと言葉が湧きでてきた。

春嶽が近臣になにごとかいう。龍馬への質問であった。

「足下《そっか》は、海防には砲台よりも軍艦を用いるがよしとの意見であるか」

問いかけに対し、龍馬はおおきくうなずき、思わず土佐訛《となまり》がでた。

「そうながです。軍艦がなけらにゃ、外国人らあに軽んじられるばあです」

春嶽がまた質問をした。家来が取りつぐ。

「足下は外国に対し、和戦いずれの論をとるものであるか」

さっそく大問題を持ちだしてきたと、龍馬はふるいたった。

「なにごとも、公明正大が肝心と勘考つかまつりまする。攘夷をいたすべき真の道理があれば、勝負はいずれになるとも、異人どもと一戦をまじえて然《しか》るべし。されども外国の者どもは和親を望みおりまするゆえ、こなたより攘夷をしかけねばならぬ理が立ちませぬ。それゆえ幕府は、外国と和親をすべきじゃと禁裏に申しあげ、ご納得いただくべきところを、戦いたいが武備が充分ないゆえにしばらく和親いたすなど、申しわけを重ねるゆえ、志士らあが怒って騒動するがです」

龍馬は春嶽の、燭台の明かりに浮き出ているほのじろい顔が、ほほえみうなずいたような気がした。

近眼の彼がもういちど見直そうとしたとき、近臣が声をかけた。

「お殿さまには、足下の歌を聞きたいとの仰せじゃ」

龍馬はおどろく。

「拙者の歌ですか。勝先生のところでうとうた、よさこい節ですろうか」

春嶽がはっきりと歯を見せて笑った。

「それだ。それを聞かせてくれ」

春嶽のよく通る声が耳にとどき、龍馬は頭をかかえ、笑い声をひびかせた。

「こりゃ、おそれいりまする。とてもお耳にいれられるようなものじゃござりませんきに、ご勘弁下されませ」

「いや、うたわねば帰さぬぞ。そのほうども三人でうたってくれい。ちと酒を飲ませるほどにのう」

「これは、おそれいってござります」

――この殿さまは、うちのご隠居さまと仲がえいというが、大分肌あいが違うぜよ——

銚子《ちょうし》が運ばれてきて、龍馬たちは大盃《たいはい》につがれた酒を飲みほす。臍《へそ》の辺りから熱いものが湧きあがってきて、いい気分である。

「ほんじゃ、ご無礼申しまする」

龍馬、哲馬、袒次郎は、手拍子をうってうたいはじめた。

〽土佐の高知のはりまや橋で
　坊《ぼん》さんかんざし買うを見た
　ヨサコイ、ヨサコイ

蛮声をはりあげ、うたいおえると、春嶽は機嫌よくいう。

「いかにも土州らしい歌だなあ。三味線に乗りやすそうだ。歌の文句は、そのほうがつくったのか」

「御意《ぎょい》にござります」

「僧がかんざしを買ったのは、なにゆえじゃ」

龍馬たちは、遠慮なく腹をゆすって笑った。

「ほんの下世話なことで、太守公に申しあげるのははばかられまするが」

龍馬は高知城下でおこった、純信という中年の僧侶《そうりょ》とお馬という少女の恋愛事件について、手みじかに語った。

春嶽はおおいに興をもよおした。
「もうひとふし所望いたす」
龍馬たちは手拍子をそろえ、うたった。
〽わしの恋人《といち》は浦戸の沖で
　雨にションボリ濡《ぬ》れて鰹《かつお》釣る
　ヨサコイ、ヨサコイ

十二月六日、土佐藩主山内豊範は、帰京する勅使に先行して、江戸を離れた。

半平太は翌七日、勅使に随行して帰京の途に品川宿に泊まった。その夜、千屋金策、田所嶹太郎、中岡光次（慎太郎）、山本三次《やまもとさんじ》、北代忠吉《きただいただきち》、島村寿太郎ら五十人組有志が、品川の料亭に半平太を招き、餞別《せんべつ》の酒宴をひらいた。

席上には、勅使随行の未曾有《みぞう》の大成功を祝う声が満ちていた。

「これでわが藩を背負って立つがは、半平太さんときまったぜよ。京都に帰ってのちは、お殿さんに、藩庁の政務革新を願い奉ってもらわにゃいかん。哲馬らあも土佐へ去《い》ぬきのう。青蓮院宮の令旨《りょうじ》をいただけば、なんでもできるろう」

土佐藩では、保守派が藩政を握り、人材を登用して時勢に適した施策をおこなおうとしていない。

間崎哲馬は容堂にしばしば藩政改革の献言をしていた。蒸気船を購入し、藩士に航海術を学ばせ、貿易を振興せよという哲馬の意見は、かつて吉田元吉を重用した容堂にうけいれられた。

容堂は哲馬と弘瀬健太に命じた。

「そのほうどもは、太守が京都へもどるとき、供をしてゆけ。将軍の勅使奉答書の写しを三条権中納言よりお預かりいたし、青蓮院宮としかるべき堂上衆に、関東の様子を申し上げよ。そのうえにて土佐に戻り、関東、京都の形勢とわれらが苦心のほどを、在国の者どもに知らせ、政事むきの改正をいたすよううながして参れ」

哲馬らは六日の夜、提灯をつらね出立《しゅったつ》した豊範の行列に加わり、江戸を離れた。

龍馬は半平太送別の席に、いつのまにかあらわれた。上座で同志たちに囲まれ、盃をとりかわしていた半平太が、めざとく見つけて声をかける。

「龍馬よ、きてくれたか」

「脱藩人があつかましいが、顔を出させてもろうた。俺もじきに京都へ上るぜよ」

「なにしにいくがかよ」

「蒸気船に乗るためじゃ。勝先生が、乗せちゃるというてくれるきのう。また会おうぜよ」

「あいかわらず、思うがままにやりゆうがじゃのう」

「いや、お前さんのような大立者じゃない。ほんの小《こ》んまい者よ。そのうち勤王党の若衆を四、五人、勝先生の海軍塾へ誘う手順になっちゅう。哲馬さんから、藩庁へ頼んでもろうちょる」

龍馬は十二月十二日に、江戸を発《た》つ予定であった。千葉重太郎と東海道を上るのである。重太郎は、父定吉《さだきち》とともに因幡《いなば》鳥取藩江戸屋敷の剣術指南役をつとめていたが、こんど藩周旋方に任用され、大坂表へ出張することになった。

勝麟太郎は、十二月十七日に、順動丸で品川を出帆し、大坂へむかう。順動丸とは、イギリス商人から買ったジンキーという鉄製外輪汽船である。

将軍上洛を翌春にひかえ、老中格小笠原図書頭が摂海巡見、警衛に、順動丸で出向くのである。

図書頭は外国奉行、目付ら百余人とともに乗船し、麟太郎は軍艦操練所頭取荒《あら》井郁之助《いいくのすけ》以下の乗組員とともに操船にあたる。

彼はいった。

「お前さんと昶次郎を、いっしょに連れてゆくわけにはいかねえ。なにしろ老中がはじめて船旅をやるんだから、こうるさい徒目付《かちめつけ》やら小目付がついている。月末には兵庫港にいるだろうから、たずねておいで。むこうにゆけば、船に乗るのは勝手だから、操船の手ほどきをしてやろう。この先しばらく、江戸と大坂を海路をとって往来することになりそうだ。海軍塾の相談も、そのうちに持ちだすつもりだよ。いまのうちに、門人を集めておいてくれ」

「それはもう、ぼつぼつとやりよります」

龍馬は五十人組に加わり江戸にきていた望月亀弥太と甥《おい》の高松太郎、土佐安芸郡和食《わじき》村の庄屋、千屋寅之助《ちやとらのすけ》を、勝の門下に加わるよう誘っていた。

京都の公家《くげ》、河鰭《かわばた》家に勤仕し、大河原刑部と名乗っている沢村惣之丞、高知の河田小龍の門人新宮馬之助《しんぐうまのすけ》にも、手紙で連絡をとり、入塾をすすめている。

千葉重太郎は、主君の因州侯池田相模守《いけださがみのかみ》が、帰国するのにさきがけて大坂へむかう。彼は大坂で主君に麟太郎をひきあわせ、藩内の海軍振興をはかろうと考えていた。

龍馬は江戸を発つ前日、千葉道場の自室を片づけ、旅支度をしていた。北風が吹きつのり、曇った空から粉雪が降ってはやむ日和《ひより》であった。

台所へ昼食をとりにいったあと、刀の柄袋《つかぶくろ》をとりだし、しわをのばしていると、佐那が新調の黄八丈の着物と黒絹羽織を持ってきた。

「毎晩夜なべをして、ようやく間にあいました。これは綿入れであたたこうございます。どうぞお召しになって下さい」

龍馬は眼をみはった。

「いっつもご雑作《ぞうさ》ばっかりおかけしゆう居候《いそうろう》に、こがなことをしていただいては困ります」

佐那は龍馬の膝もとへ衣服をさしだす。

「これは私の餞別ですから、いつもお召し下さい。上衣《うわぎ》の胸もとと背の真綿のなかには、重みのかからない細い一重鎖《ひとえぐさり》を入れておきました。狼藉者に仕懸《しか》けられたときは、いくらかでも防具の役に立ちましょう」

「ありがとうございます。ほいたら、遠慮のう頂戴《ちょうだい》いたします。これを着てりゃ、寒さも身にこたえんですろう」

衣服をうけとろうとする龍馬の手に、佐那が白い指をかさねた。撃剣稽古で鍛えあげた、肉が厚いが、どこかおさなげな形の佐那の手に、龍馬は眼をおとす。

佐那はささやくようにいった。

「京都は天誅《てんちゅう》騒ぎが毎日のようにあるとか。充分にご用心なされませ」

「ご忠言、かたじけのうございます」

佐那が龍馬の手をにぎりしめた。

「きっとこの家へ、お戻り下されませ」

龍馬のみぞおちに、湯のようなものが湧きあがった。

「おおきに。誰がそがなことをいうてくれますろう。もったいないことです」

龍馬は、自分を慕ってくれる佐那の気持ちが、よく分かっていた。

――こがな嬢《いと》を嫁に貰《もろ》うたら、しあわせじゃろうのう――

龍馬は望外の夢を見るような思いを、あわててうち消す。

勝麟太郎の門下生として京都にのぼる彼の前途は、どのようにひらけるか見当もつかない。天下の形勢は、前途に動乱の予兆をはらんでいる。

大名家指南役をつとめ、門人たちの束脩《そくしゅう》が毎月何百両もはいってくる千葉定吉のひとり娘に、身ひとつで放浪の暮らしをつづることになる龍馬が、結婚を申しこめるわけもなかった。

「こんどは、いつ頃お戻りなされますか」

色白の佐那が、茶色の瞳《ひとみ》で龍馬の眼をのぞきこむ。

「たぶん、二月頃までには順動丸で戻《も》んてくると思いますがのう」

「ではそれまで、あなたの紋服をお預かりして、洗い張りをしておきますほどに」

「いや、あれは大分汚れておりますき、捨ててもえいがです」

「いいえ、お預かりしておきます。あなたのお肌身につけたものが傍にあれば、さびしくありませぬもの」

龍馬は黙って頭を下げた。

龍馬が千葉重太郎、近藤昶次郎とともに江戸を離れたのは、十二月十二日であった。

健脚の彼らは、その日は十里半を歩き、戸塚《とつか》宿で泊まった。十三日には、江戸から二十里離れた小田原に着いていた。

十二日夜、品川御殿山に新築落成間近のイギリス公使館が放火され、全焼した。犯人は、長州藩の高杉晋作、久坂義助、山田顕義《やまだあきよし》、野村和作らであった。

彼らは横浜の外国公使襲撃が不発に終わったので、こんどは幕府が建築した公使館を焼きはらったのである。

「幕府は攘夷の勅諚を奉承しながら、御殿山に外国公使館を建てるのは、納得できない」

御殿山には、イギリス公使館ができあがっていたが、まだ人が入居していなかった。

建物は品川の海を見おろす高台に立つ、二階建ての洋館である。本館は宮殿のように広大で、附属建物は、書記官、補助官、通訳の住む平屋である。

構内には、四十頭の馬を入れる厩舎《きゆうしや》と、幾棟かの牛舎があり、二階はイギリス衛兵の屯所であった。

附近には、フランス、オランダの公使館が建築中である。

建物の周囲には、深い空濠《からほり》と木柵《もくさく》をめぐらしていたが、高杉ら十数人は、火薬と桐炭の粉を混ぜ、和紙で包んだ焼き玉（焼夷弾《しよういだん》）を抱き、侵入した。

彼らが空濠を渡り、柵を鋸《のこぎり》で破って侵入すると、葵《あおい》の紋のついた提灯を持った見廻《みまわ》りの者があらわれた。

高杉が刀を抜き、近寄ると、相手はおどろいて逃げうせた。館内に侵入した彼らは焼き玉のうえに、踏み砕いた戸障子をつみかさね、導火線に点火した。

火薬は大きな焔《ほのお》を発し、燃えあがった。

外国奉行水野忠徳《みずのただのり》は、火災の報告をうけた記録に、つぎのようにしるしている。

「火事がおこって、番人が駆けつけると、柵のそばで銃声が四、五発ひびき、人影が六、七見えた。

イギリス館の庭にヤーゲル銃一挺《ちよう》、鋸一挺、下駄《げた》片足、遊女の手紙が落ちていたという」

焼き討ちに加わった若者のうち、伊藤俊輔《いとうしゆんすけ》（のちの博文《ひろぶみ》）、志道聞多《しじもんた》、山尾庸三《やまおようぞう》は、五カ月後の文久三年五月十二日、イギリスの船会社ジャーデン・マジソン商会の紹介で横浜から上海へむかう汽船に乗り、イギリスへ密航した。

密航については藩の許可が下りている。幕府が厳禁している海外渡航の便宜をはかったのは、長州藩の御用商人である江戸の豪商、大黒屋六兵衛であった。

大黒屋は横浜の出店の番頭を通じ、イギリス領事ジェームス・ガワーに渡航手続きを頼んだ。

ガワーは伊藤、志道、山尾のほか二人の長州藩士の渡英について、ジャーディン・マジソン商会を通じ周旋をした。

イギリスまでの船賃と一年間の滞在費用で、一人千両を要すると、莫大《ばくだい》な値段を吹きかけられたが、大黒屋が五千両をたてかえ、伊藤たちの渡英は実現した。

ガワー領事は、伊藤、志道、山尾が狂暴な攘夷志士であるのを知らなかった。

伊藤と山尾は御殿山焼き討ちの九日後の十二月二十一日の夜、国学者塙次郎《はなわじろう》が外出して、麹町《こうじまち》三番町の自宅に帰る途中を待ち伏せして、「国賊」と叫びつつ斬殺《ざんさつ》した。

塙は幕府の下命により、歴史上の廃帝の前例を調べている。それは孝明《こうめい》天皇を廃そうとする幕府の策謀によるという、風説を真実と思いこんでの暗殺であった。

山尾は渡航手続きのため、ガワー領事に会いにいったが、彼は未遂に終わった外国領事暗殺事件の一味であった。

志道聞多は、御殿山放火の際、同志が逃げ去ったあとも現場に踏みとどまり、火が燃えさかるのを認めてから退去した男である。

三人のような強硬な攘夷活動家がイギリスへ勉学に出向くのは、矛盾した行動であるように見えるが、彼らは攘夷をおこなうために外国へ学びにゆくのだと、わりきったあつかましい考えかたをして、ためらわなかった。

彼らの乗った汽船が出航するとき、横浜港には、生麦事件の賠償を要求するために来航していた、イギリス東洋艦隊の軍艦十二隻が、碇泊していた。重大な国運変転の時期である。

龍馬が千葉重太郎、近藤昶次郎と京都へむかったのは、全国の尊攘浪士が目的のために手段をえらばない獰猛《どうもう》なエネルギーを暴発させ、弱腰の幕府を震撼《しんかん》させる行動をあらわす、激動の季節であった。

京都に集まる尊攘浪士は千を超えるといわれ、所司代、町奉行を無視してはばからない。

彼らのうちには、商人たちの金銀取引の相場、米相場、薪炭《しんたん》取引の相場を勝手にきめた落書を市中へ貼りだし、違反する者には誅伐を加え、河原へ首をさらすと威嚇《いかく》する者がいる。

そうすることで諸物価が実際に高下した。

文久二年十二月二十九日、おだやかに凪《な》いだ兵庫港の沖に、二隻の蒸気船が碇泊していた。

一隻は砲十二門を備えた木製内輪の幕府軍艦朝陽丸、いま一隻は鉄製外輪の幕府輸送船順動丸である。

勝麟太郎は、順動丸の船長室で、テーブルのうえに瀬戸内海の海図をひろげ、訪客の明石《あかし》藩重役たちと話している。

接待のシャンパンに酔った訪客が、声高に語るのにあいづちをうちながら、麟太郎は冴《さ》えわたる碧空《あおぞら》にそびえる六甲《ろっこう》の山なみに眼を遊ばせる。

連嶺のあたりに白粉《おしろい》を刷《は》いたように淡雪をよそおっているが、真昼の海風はあたたかく、瞼《まぶた》を引きあけられるように明るい光が、景色のなかに満ちわたっていた。

鷗《かもめ》が騒がしく啼《な》きながら波上をかすめ、餌《えさ》をあさっている。

瀬戸内の潮の色は、いつきても江戸近辺の海とちがい、心をひきたたせる澄んだ紫紺である。

順動丸は、十二月十七日の明六《あけ》つ半（午前七時）、朝陽丸とともに品川を出航した。その日のうちに下田港に着いたが、逆風のため十八、十九両日は滞船。

二十日に下田を離れ、二十一日の深夜に兵庫港に到着した。

和歌山加太沖、友《とも》ヶ島《しま》を過ぎて摂海に入った頃、暗闇のなかから廻船《かいせん》が一艘あらわれ、横から順動丸に衝突した。

檣灯《しょうとう》、舷灯《げんとう》を掲げていたが、和船の船頭は気づかなかった。外輪の水掻《みずか》き板《いた》三本が折れ、五本が曲がったが、わずかな損傷ですんだ。

十五万ドルで買いもとめた新鋭船を、事故で沈めてはならないと、麟太郎は舷灯に反射板をとりつけ、照明をあかるくした。

二十二日から二十四日まで、小笠原長行《おがさわらながみち》が内海の地勢を巡見するので、明石、須磨《すま》へ運行する。

小笠原の一行が大坂へ上陸し、荷物陸揚げを終えたあと、麟太郎は船を兵庫へ戻した。

朝陽丸が兵庫に入港したのは、二十八日の昼間であった。同艦は三百トン、百馬力で、四百五トン、三百六十馬力の順動丸には、速力において遠く及ばない。

訪客と話がはずんでいた八つ（午後二時）頃、下役が船長室へきて、江戸からの客が三人たずねてきたという。

さしだした名札を見ると、千葉重太郎、才谷梅太郎《さいたにうめたろう》（坂本龍馬の変名）、近藤昶次郎と記されていた。

龍馬たちは朝のうちに大坂天保山から兵庫ゆきの廻船に乗り、昼過ぎに兵庫港に着いた。

澄んだ海水が静かに上下する港には、二隻の蒸気船が錨《いかり》をおろし、そのうえを餌をあさる鷗の群れが啼き騒いで飛んでいる。

龍馬たちは、歓声をあげた。

「ついちゅうぜよ。順動と朝陽じゃ」

船体に黒い瀝青《チャン》を塗った順動丸の舷側に、小舟を漕《こ》ぎ寄せた三人は、船上の見張り役に来意を告げる。

名札を渡し、しばらく待っていると、黒木綿筒袖《つつそで》、股引《ももひき》をつけ両刀を帯びた士官があらわれた。

「どうぞおあがり下さい。船長室へご案内いたします」

上甲板へあがると、船長室の扉があき、立派な風采《ふうさい》の武士三人を送って麟太郎が出てきた。茶色の袖なし羽織にたっつけ袴《ばかま》をつけた麟太郎は、眩《まぶ》しい陽射《ひざ》しに眼をほそめ、笑みをみせた。

部屋で待っていると、麟太郎が戻ってきた。

「いつ着いた」

「二十三日に京都へ入りました」

「そうか、京都の様子はどうかね」

「私が江戸におったあいだに、えらい物騒になっちょったです」

龍馬は麟太郎と初対面の、千葉重太郎を紹介した。

「こなたは私の剣術師匠、千葉重太郎さんです」

「桶町千葉ですね。ご高名はかねて承っております。爾今《じこん》はご昵懇《じっこん》にお頼み申します」

麟太郎は、重太郎といんぎんに挨拶《あいさつ》をかわす。

龍馬は、ボーイがギヤマンの盃についでくれたシャンパンを、ひといきに飲みほす。窓外に眼をやった彼は、おだやかな声でいう。

「ええ天気で、ここらあたりの景色を見ちょったら、土佐を思いだしますのう」

「冬でも明るい眺めだからな。まったく、うららかなものだ」

「京都へついた朝は、きつい冷えこみで、雪が降りよりました。三条縄手《なわて》の宿の手前で、大勢人だかりがしちょります。のぞいてみると、三十がらみの侍が死んじゅうがです。右肩からおおきく斬《き》りさげられ、喉《のど》もとにとどめをさされちょりました」

黒ずんだ家並みを降りこめる雪のなか、屍体《したい》の傷口からのぞいた黄ばんだ脂肪の色が、龍馬の記憶に残った。

龍馬が京都へ着いた翌日、会津藩主松平容保《まつだいらかたもり》が京都守護職の大任を果たすため、入京した。

容保は陣羽織を寒風にひるがえし、威風堂々と馬上にまたがり、数百の士卒を従えていた。

龍馬がいった。

「会津侯は蹴上《けあげ》から三条大橋へ、長い行列でさしかかりました。東と西の町奉行らあが、大橋の東側へ出迎えちょったがです。行列はおおかた一里もつながって、野戦砲も何挺か曳《ひ》いちょりましたのう。しんがりをかためる家老の横山《よこやま》という人は、四、五十人も供を連れ、別の大名があらわれたかと思うばあの、威勢でしたのう」

行列は、三条通りから寺町通りを北へのぼっていった。

沿道には見物の町人たちが人垣をつくっている。群衆のあいだで、明るい声がかわされた。

「これからは、無法なことをする浪人も、会津さまをはばかって、おとなしゅうなりよるやろ」

「そらそうや。なんせ、たいしたご威勢やないか」

容保は関白近衛邸に挨拶に出向いたのち、日没まえに黒谷《くろだに》の金戒光明寺《こんかいこうみょうじ》に入った。広大な寺内の長安院以下四カ院を、仮本陣として借りうけていた。

麟太郎はきびしい眼差しになった。

「会津侯は公武一和をこころがけられておるが、尊王攘夷の浪士の徒にも、決して悪意を持ってはおられぬ。しかし、波風はこれから強くなってくるばかりだから、たいへんなお役儀だよ」

龍馬が応じた。

「まっことそうですろう。京都に着いてみたら、朝廷に国事御用掛ができちょりましたが、禁裏ではじめてのことです」

国事御用を仰せつかった朝臣は、禁中小御所《こごしょ》に毎月十日間出仕して、執務をする。

国事掛には、青蓮院宮法親王、関白近衛忠煕以下の摂家、清華《せいが》、大臣家から橋《はし》本《もと》実麗《さねあきら》、大原重徳、右近衛権少将河鰭公述《かわばたきんあきら》、橋本実梁《さねやな》、姉小路公知ら下級の公《く》卿《ぎょう》に至るまでの人材が、幅ひろく登用された。

門閥にかかわらず、政事、国事にあかるい人間が、抜擢《ばってき》されたのである。

彼らの背後には、長州、土佐などの尊攘諸藩の力が及んでいた。

下戸《げこ》の麟太郎は、テーブルの菓子鉢から西洋菓子をつまみながら、龍馬にいう。

「公辺《こうへん》の探索方が、近頃いっているようだ。越前では横井平四郎（小楠）、土佐に間崎哲馬、会津に秋月悌次郎《あきづきていじろう》、水戸に原市之進《はらいちのしん》、長州に桂小五郎、周布政之助と、各藩に帷幄《いあく》の謀臣がたくわえおかれているとね。古例に頼るばかりの俗吏では、間にあう世のなかではなくなったからな」

酔いのまわった龍馬は、手をうってよろこぶ。

「哲馬が土佐の謀臣と見られれちゅうがですか。あれはまっすぐな、心がけのえい男で、俺とはちごうて学者ですらあ。近頃はようやく、飯炊き洗濯をする小者をつけてもろうて、酒もちくといけるばあの懐ぐあいになったがです」

「青蓮院宮家へ、出入りしていたと聞いたが」

「そうながです。武市、平井と同様に、京都でようはたらきよりますきに」

龍馬は、哲馬と気があう。哲馬は藩庁へ蒸気船を早急に購入するようすすめ、藩士に航海術を習得させるため、麟太郎の塾への入門が必要であると説いていた。

麟太郎が龍馬にいった。

「お前さんにちと用を頼みたいんだ。京都のある貴家に、手紙を届けてほしい。なに、急ぐことはない。年の内はここにいて、元日にいってくれ。八日頃に、昶次郎といっしょに戻ってくるがいい。朝陽艦に乗せてやるよ」

「それは、ありがたい。楽しみですのう。ところで先生、重太郎さんからお頼みしたいことがあるがです。聞いてつかあさい」

重太郎が用件をきりだした。

「私の主人松平（池田）相模守は、上洛して帰国の途中、大坂宗是町《そうぜちょう》の蔵屋敷に逗留《とうりゅう》しております。今度、勝殿が兵庫、大坂におられるうちに、ぜひにも屋敷へお越しいただき、海軍についてのお説を拝聴したいものだと申しております。なんとかお運び願えませぬか」

因州《いんしゅう》鳥取三十二万石の太守、池田相模守慶徳《よしのり》は、将軍後見職一橋慶喜の兄であった。

「そうだな、都合をつけるか、大坂で海軍塾をひらくつもりだから、その話も通じさせていただくこととしよう」

大名から面会を望まれても、たやすく応じない麟太郎があっさりと承知したので、千葉重太郎は、肩の荷を下ろした気分になった。

（『龍馬 三 海軍篇』に続く）

この作品は二〇〇五年四月に角川文庫で刊行されました。

初出紙　「東京新聞」「中日新聞」「西日本新聞」「北海道新聞」に一九九九年二月一八日から九月二六日まで、「高知新聞」夕刊に一九九九年四月六日から一二月二二日まで連載（原題「奔馬の夢」）

単行本　二〇〇一年四月、角川書店刊

津本　陽

月とよしきり

落ちぶれ果てても男には、譲れない道がある！『天保水滸伝』で有名な伝説の剣豪、平手造酒。将来を嘱望されながらも、不運の転落人生を歩んだ剣客。その魂の叫びがよみがえる痛快時代小説。

集英社文庫

集英社文庫

龍《りょう》　馬《ま》　二　脱藩篇《だっぱんへん》

2009年9月25日　第1刷　　定価はカバーに表示してあります。

著　者　津本《つもと》　陽《よう》

発行者　加藤　潤

発行所　株式会社　集英社
東京都千代田区一ツ橋2-5-10　〒101-8050
電話　03-3230-6095（編集）
03-3230-6393（販売）
03-3230-6080（読者係）

印　刷　中央精版印刷株式会社　株式会社美松堂

製　本　中央精版印刷株式会社

フォーマットデザイン　アリヤマデザインストア　　マークデザイン　居山浩二

ISBN978-4-08-746485-6 C0193